闇祓

Mizuki Tsujimura

Yami-hara

辻村深月

角川書店

闇祓

Yami-hara

Mizuki Tsujimura

辻村深月

角川書店

闇祓

装画　佳嶋
装丁　鈴木久美

目次

ヤミ-ハラ【闇ハラ】　闇ハラスメントの略。

ヤミ-ハラスメント【闇ハラスメント】　精神・心が闇の状態にあることから生ずる、自分の事情や思いなどを一方的に相手に押しつけ、不快にさせる言動・行為。本人が意図する、しないにかかわらず、相手が不快に思い、自身の尊厳を傷つけられたり、脅威を感じた場合はこれにあたる。やみハラスメント。闇ハラ。ヤミハラ。

第一章　転校生

転校生を紹介します――。

そう言われて顔を上げた途端、目が合った。

そのあまりの唐突さに一瞬、ドキリとする。

担任の南野《みなみの》の横に立っていたのは、詰襟《つめえり》姿の男子だった。手足が長く、ひょろっと痩《や》せている。取り立てて美形ということはないけれど、鼻筋は通っているし、特別不細工だというわけでもない。ちょっと瞼《まぶた》が腫《は》れぼったくて眠そうで、目つきも少しおどおどしているように見えるけれど、転校生で、初めての教室に来たのだから、そうなっても当然かもしれない。

背は、高い方だった。小柄でずんぐりした体型の南野先生と並んでいると、若手の漫才コンビか何かみたいに見えなくもない。髪の毛がぼさぼさなのが、少しだけ気になった。今日は転校初日だというのに、あまり身なりに気を遣わないタイプなのかもしれない。

制服が間に合わなかったのだろう。彼の詰襟姿が、ここでは新鮮だ。うちの高校の制服は、男子も女子もカーキ色のブレザーだ。男子はネクタイ、女子はリボン。

目が合ってしまった気まずさで、澪《みお》は不自然に思われない程度に視線をそらす。南野先生が、転校生を振り返った。

「じゃ、白石《しらいし》」

「はい」

挨拶《あいさつ》するように促された彼が、聞こえるか聞こえないかの、か細い声で答えた。

「父親の都合で、転校してきました。これから、よろしくお願いします」

「名前」

「え？」

「名前は？　言わないのか？」

からかうような口調で先生に促され、転校生が「あ」と短い声を出した。それからまた掠《かす》れたような不明瞭《ふめいりょう》な声で、「しらいし、かなめ」と続けた。「です」という、語尾がない。名前だけだった。

横で、南野が黒板に「白石要」と書き入れる。

「ちょっとうっかりさんみたいだけど、みんなよろしくな」

先生が場を和ませるように朗らかな声で言うが、笑いは起きなかった。

そんなやり取りを眺めながら――、あれ？　と思う。

彼の目が、また澪を見ていた。さっき目が合ってしまったから、なんとなくまたこっちを見たのだろうか。それとも、澪の気のせいで、後ろの何かを見ているのか――。

「席は、二列目の後ろな」

教室の後方に、いつの間にか新しい机と椅子が運び込まれていた。転校生が「はい」と返事をする。その間も、目は、案内された自分の席とは全然別の、こちらの方を見ていた。転校生・白石が、自分のカバンを手にふらりと、席に向かう。その時になって、ようやく、澪から視線をそらした。


気のせいかと思ったが、転校生の視線に気づいていたのは、澪だけではなかった。

その日、いつものメンバーでお弁当を開いてすぐ、親友の澤田《さわだ》花果《はなか》が声をひそめながら「ねねね」と、内緒話でもするように澪の方に額を寄せて来た。ロングヘアの長い髪が澪の顔の近くでさらりと揺れる。

「あの暗そうな転校生さ、澪のことずっと見てたよね」

「え、うっそ。ほんと？」

親友三人での昼休み。教室の窓際で、澪は窓を背に、残りの二人は窓の方を向いて、互いに向き合う形でいつも一緒にお弁当を食べる。

おもしろがるような花果の声に、もう一人の親友・今井沙穂《いまいさほ》がとっさに転校生の席を振り返ろうとする。それを花果が「ちょっ！　見ちゃダメだって」と制した。

「こっちで噂してるのバレるじゃん。振り向いちゃダメ」

「えぇー、でもそれってさ、澪を好きになったってことじゃない？」

「……たまたまじゃないかな」

二人の声に苦笑を返しつつ、澪が答える。単に少しこっちを見ていた、というだけだ。

「まだ一言も話してないんだし、好きとかおかしいでしょ」

「いやいやいやいやいや」

花果と沙穂の声がそろった。二人して大仰な仕草で顔の前で手を振り動かす。

「一目惚《ひとめぼ》れってこともあるかもよ？　でもさ、ヤバくない？　漫画とか映画の中だったら、一目惚れって胸キュン要素だけど、実際は話したこともないのに好きになられるのとかドン引くよね。ストーカーっていうか」

「ちょっと。そんな言い方やめて」

沙穂がもともと恋話《コイバナ》の類《たぐい》が好きで、悪ノリが過ぎるところがある子なのは長いつきあいの中でよく知ってる。けれど、出会って間もない相手に対してそんなふうに騒ぎ立てるのはどうだろう。澪が眉《まゆ》を顰《ひそ》めると、花果の方がようやく「ごめんごめん」と謝った。

「でもさ、白石くんってきっと頭いいんだね。うちの転入試験、結構難しいって話なのに。去年転入してきた先輩だって、いきなり学年一位の秀才だったわけだし」

澪たちの通う三峯《みつみね》学園は私立高校だ。千葉県内では歴史は古い方の、いわゆる進学校。私立のせいか転校生は滅多にいないが、それでもごく稀《まれ》に転入を受け付ける代がある。そして、転入試験は入学試験より難しいという噂が確かにある。

「転入受け付ける以上は、大学進学の実績を稼いでくれそうな子を学校側だって選びたいってことでしょ？　白石くんも、相当頭いいんじゃない？」

私立の進学校だけあって、三峯学園はそのあたりはシビアだ。学校案内や校舎の壁に、まるで大手の塾ばりに、前年の大学合格者数の実績が貼り出される。

「そうだね。でも転校してきたばかりだし、あんまり決めつけた目で見るのはかわいそうだよ。頭いいかも、とかもだけど、さっきみたいに暗そうとか」

「ええ〜、でもさぁ」

セミロングの髪を耳にかけつつ、沙穂がまだ何か言いたげにしている。そこに、「原野《はらの》」と声をかけられた。いつの間に来たのか、南野先生がすぐ近くに立っていた。花果と沙穂が、ばつが悪そうに黙り込む。澪は至って平然と「はい」と返事をした。南野先生が言う。

「悪いけど、白石のこと、よろしくな。できたら放課後、何人かで学校を案内してやってくれないか？　本当は宮井《みやい》がいたら頼んだんだけど、今日は休みだから」

宮井はクラスの副委員長を務める男子だ。南野先生の言葉に花果と沙穂が意味ありげに目配せをするのがわかったけど、見なかったふりをした。

「わかりました」

「よかった。どんな部活や行事があるかとか、だいたいのところは俺からもう伝えておいたから、場所だけ、案内してやって」

「はい」

担任教師が行ってしまうと、花果と沙穂がにやにやしていた。澪に向けて小声で「さっすが委員長」と呟《つぶや》く。沙穂の方が「優しくすると、よりいっそう、好きになられちゃうかもよ」とからかってくる。

「バカなこと言わないで。ほら、さっさと食べないと昼休み、トイレ行く時間なくなるよ」

呆《あき》れがちに笑って注意する。花果は「澪って本当に優等生だよね」と笑い、沙穂はまだ「澪、モテるからなぁ」とか言っている。二人だって本気で言っているわけではないのだし——、と聞き流しながら、ふと顔を前に向けて、澪は、え？　と思う。

白石要が、こっちを見ていた。

一人だけ制服が違う詰襟姿の男子が、周囲からぬぼっと浮き上がって見える。また目が合いそうになって、澪は咄嗟《とっさ》に目線を下げた。彼がこっちを見ていることに気づかなかったふりをする。

「ああ、午後の授業、ダルい。帰りたい」

「あー！　お母さん、お弁当にミニトマト入れないでって言ったのに」

もう話題が別のことに移った二人は、白石の視線にも、澪の様子にも気づいていないようだった。そのまま、澪も平静を装って、なるべくぎこちなく見えないよう、母親の作ったお弁当に目を向ける。

まだ、彼がこっちを見ている気がする。目線を上げたら、目が合ってしまう気がする。そう思ったら、顔がまともに上げられなかった。視界の隅の、紺色の詰襟の影がさっきから微動だにしない。

心臓の音が大きくなっていた。怖いというより、気まずさで。さっきまでの自分たちの会話が、転校生に聞こえていたのかもしれない。南野先生だって、白石本人が同じ教室にいるのに、あんなふうに今ここで澪に頼むことはないのに。

それからふと――、疑問に思った。

転校初日。うちのクラスの男子たちはみんな、多少の悪ふざけはするけれど、基本的には真面目で気のいいタイプが多いはずだ。だけど、誰も転校初日の白石を、自分たちの輪に誘わなかったのだろうか。一人でお弁当を食べさせていたのだろうか。

詰襟の影は一人きり。他に誰かと一緒にいる気配もなく、澪の視界の中で位置を変えない。

白石要がどうして昼休みに一人きりだったのかは、後から、わかった。

放課後を前に、仲のいい男子に話を聞くと、クラスの男子の何人かは、もちろん、声をかけたのだという。「一緒に飯、食わない?」と。

白石の答えはこうだった。「え?」と、知らない言語を聞いたように首を傾げ、それから、クラスメートの皆が持つ弁当箱やコンビニで買ってきた菓子パンなどを見てから、緩慢な仕草で、「ああ——」と深く息を吐きだす。それから「持ってない」と答えた。

ひょっとして、今日は半日だけの登校のつもりだったのだろうか。それとも、前の学校が給食だったのだろうか。中学までならいざ知らず、給食の高校というのはこのあたりではあまり聞かないけれど、別の地域ではそういうところもあるかもしれない。そう思って、何人かが聞くと、白石はどちらの問いかけにも「違うけど」とだけ答えた。少し、めんどくさそうに。

その様子に、気のいい男子たちもさすがにちょっと気持ちが挫《くじ》けた。それ以上誘うのをやめて、パンが買える購買の場所などを教えたけれど、白石は生返事のように浅く顎《あご》を引いただけで、買いに行く様子もなかった。そのまま一人、教室の自分の席にぽつんと残っていたそうだ。

そんな話を聞いた後だったから、澪は当惑しながら、今、白石の横を歩いていた。南野に頼まれた放課後の学校案内も、声をかけた男子たちに断られてしまったのだ。昼休みのそのやり取りが影響してのことなのかもしれなかった。花果や沙穂も、今日はそれぞれ部活の大事なミーティングや彼氏との先約があるということで誰もつきあってくれなかった。

「ごめーん、澪」「がんばってねー」と謝る彼女たちの口元には、またからかうような笑みが浮かんでいた。釈然としないものを感じながらも、だから、澪は一人きり、無口な転校生に学校案内をしている。

そう——、白石要は想像以上に無口だった。

「白石くん。学校、案内するよ。南野先生から聞いてるよね？」

と澪が放課後、席で声をかけた時からそれはそうで、軽く顔を上げてちらりと澪を見てから、無言で頷《うなず》いた。うんともすんとも、発声はない。拍子抜けするような思いになりながら、澪が続けて自分の名前と委員長であることを伝えたけれど、それにも同じように、したかどうかすらさだかでない微《かす》かな頷きを返しただけだった。

今日、二度もこっちを見ていたと感じられたことが嘘のように、いざ面と向かうと、澪とは目も合わせてくれなかった。どうやら相当の人見知りなのかもしれない。

「三階がね、音楽室とか、美術室とか、特別教室が集まってるんだ。教室移動の時は、だいたい、だから三階」

歩きながら説明しても、転校生はほとんど表情を変えない。最初はしていた頷きすら、返してもらえているかどうかわからないほどになった。

「おなか、空《す》いてない？」

少しでも反応が欲しくて、笑顔で尋ねる。白石がわずかにだけど、顔をこっちに向けた気がした。

「男子たちから聞いた。お弁当、忘れちゃったんでしょ？　何にも食べてなかったから、大丈夫だったかなって、みんな心配してたよ」

後半はアレンジだ。実際には男子たちはみんな呆れたり、「ブキミ」とか言っていただけだ。澪が顔を覗《のぞ》き込むと、白石が頷いた。小さく。

ようやく反応らしい反応が見えて、澪が「前の学校はお弁当だった？」と続けて聞く。だけど、今度はまた反応がなかった。顔を背けて、何も言わない。澪の言葉だけが宙ぶらりんに放置された形だ。

頬がかっとなった。

誰かに見られたら、今のは、自分が無視されたように見えたはずだ。恥ずかしくなって、——でも気を取り直して、どうにか「じゃあ、次は音楽室ね。つきあたり」とまた歩き出す。白石が黙ったまま、ついてくる。

澪の後をついてはくるものの、あまりの手応《てごた》えのなさに、バカにされているような気持ちになってくる。

各教室では、部活が始まっているようだった。

音楽室から、ブラバンのパート練習の音が聞こえる。澪は陸上部だ。今日は行くのが遅くなると同じ部の子に伝言を頼んだけれど、先輩たちにサボりだと思われなければいいな、とちょっとだけ気になる。

澪は、優等生だ、と人によく言われる。

自分でも、そうなんだろうな、と思っている。尤《もっと》もそれは、褒め言葉だとは絶対に思わないけれど。

幼い頃から、気づくと面倒見がよかった。弟がいるから、ということも多少影響しているかもしれないけれど、小学校の低学年の時にはもう、先生や大人たちから「しっかりしている」と言われることが多かった。クラスや班、部活の中で、みんなの輪に入れないでいる子がいると気になって声をかけたし、風邪で何日も休んでいた子がひさしぶりの学校に戸惑っていると、特に仲良しの子というわけでなくても近寄って行って「おはよう。一緒に遊ぼうか」と誘った。

そうすると、先生や、大人たちからこう言われるようになった。

「さすが澪ちゃん」

褒められると嬉《うれ》しかったが、褒められるためにしている、というわけでもなかった。いい人ぶってるとか、そういうことではなくて、ただ、そういうものだからやるべきだ、と思っているだけだ。実際、いい人ぶってるという陰口は、これまで聞き飽きるほど聞いてきた。仲がよくない子から言われることもあるし、同じグループの子たちからだって言われる。優等生だよね、という花果の言葉も、だから感心なんかじゃ絶対にない。その声の裏に「よくやるよ」という、別の声が二重になって聞こえるように思えることもある。

だけど、気になって、ほっとけないのだ。なんとなく、やってしまう。一人でいると寂《さみ》しいだろうな、たとえ本人が寂しくないと思っていても、友達がいないように周りに見えていると考えたら、複雑な気持ちなんじゃないか、と。

学校というのは、不思議なところだ。小学校、中学校、高校。どの段階に進んでも、どのクラスに属しても、教室の中にくっきりと層ができる。スクールカーストという言葉がある、と聞いた時には、なるほど、と思わず納得してしまった。クラスの中の、上位グループと、下位グループ。上とか下、という言い方は好きではない。それぞれ興味の対象が違うだけで、どっちの方が優れているということではないと思う。けれど、わかってしまう。積極的なタイプと、控えめなタイプ。派手なタイプと地味なタイプ。うるさいか、おとなしいか。

　上と呼ばれるグループの方が、確かに積極的だったり、派手でうるさい傾向にあるから、発言権が強い。でも、それは裏を返せば――無神経だからだ、とも思う。無神経なタイプの方が気が弱いタイプより「上」を名乗っているんだとしたら釈然としない。

　中学校の頃、おとなしいグループの子と話していたら、「澪ちゃんは、あっちのグループの子なのに優しいね」と言われたことがある。

　すぐには意味がわからず、きょとんとしていると、その子に続けて言われたのだ。

「たまにいるよね。グループ関係なく、上とか下とか関係なく、真ん中で、どっちともしゃべれる子たち」

　自分で自分のことを「下」と平然と言ってしまえるその子の言葉に胸が痛かったけれど――その一方で、確かにそうかも、と思った。「上」の子たちは、「下」の子たちに無神経に話しかけているけど、「下」の子たちから「上」の子に話しかけることはほとんどない。遠慮している。

　真ん中、と呼ばれる自分の立ち位置に、妙に納得できる。実際、仲良くなる子にもそういう子が多いかもしれない。たとえば、今仲のいい花果や沙穂もそうだ。校則が厳しい真面目な進学校でも、不思議なものでコスメやおしゃれに熱心なタイプや、遊び好きの不良タイプもそれなりに出てくる。他校の生徒としょっちゅう合コンしてるような「上」の子たち。花果と沙穂は運動部だし沙穂は彼氏がいて、そういうのは、本当に地味なタイプの子たちから見ると、若干派手に見えるかもしれない。けれど、二人とも優しいし、悪ノリはするけど、無神経なタイプじゃない。

気を遣える。

そして、そんな周りの子たちと比べても、我ながら、澪はとりわけ気を遣う方だった。

さっき、白石に向けてそうしたように、いつも、誰にでも気を遣ってしまう。

優等生、と言われるけれど、本当はわかっている。

私は、気が弱い。

クラス委員や委員長。クラスで上に立つ役割を務めることも昔から、多かった。特に仕切りたい、と思っていたわけではないし、権力がほしい、目立ちたいという性格じゃないと自分でも思うのに。でも、なんだかやった方がいい気がして、立候補してしまうことが多かった。

今の二年三組でも、そうだった。立候補じゃないけれど、推薦されて引き受けた。一年生の時もやってるからっていう理由で。

だから、委員長が転校生に校内を案内するのも自然なはずだ。

気を遣ったところで、いつもその見返りがあるとは限らない。むしろ、相手がそんな気遣いに気づかず、ちっとも見合わないことの方がずっと多い。

校舎の三階の長い廊下を、白石と二人で歩きながら、澪は内心でため息を吐く。こんなところを人に見られたらどう思われるだろうか。誰か知り合いに会ってしまったら、堂々と転校生を案内しているんだと説明しよう——自分のつま先を見つめながら、白石に言う。

「音楽室は、普段は放課後、ブラバンの子たちが使ってるんだ。白石くんは、前の学校で部活、何、やってた?」

また反応は返ってこないかもしれない──、覚悟しながら聞くと、白石は案の定、黙ったままだった。こうなりゃ自棄《やけ》だ、と、澪は質問を重ねる。

「背、高いし、何かスポーツしてた？　運動神経よさそう」

本当は少しもそんなことを思わなかったけれど、相手を持ち上げるように言ってしまうのもいつもの癖だった。今度も芳しい反応はないだろう──、そう思う澪にいきなり、声が聞こえた。

「原野さん」

びっくりした。それが隣を歩く白石の声だと、すぐにはわからなかった。ほとんど初めて彼から声を聞いた。顔を上げると、今度は至近距離でまともに目が合った。

何？　と声を返そうとした。笑顔を作ろうとした。

しかし、その笑顔が、彼の次の言葉で凍りついた。白石が言った。

「今日、家に行ってもいい？」

その顔が──口元が、笑った。左右にゆっくりと口角が吊《つ》り上がり、間から、歯並びがあまりよくない、しかも数本がやたらと鋭く尖《とが》ったギザギザの歯が見えた。とても、とても凶悪に見える、笑顔だった。


逃げ込むように部室に飛び込んだところで、やっと息ができるようになった。

どうやって転校生と別れたか、思い出せない。

喉《のど》から声が出なかった。何かの聞き間違いだったんじゃないか、冗談なんじゃないか、と顔を見つめ返して、ごまかすように笑おうとして──、けれど、相手と自分がそんな冗談を言い合うような関係性ではないことに気づいて、――笑え、なくなった。

え？　と呟いて、相手が何か言うのを待った。今のが自分の聞き間違いだと確かめたかった。

けれど転校生は何も言わない。貼りついたような微笑みでこっちを見つめるだけだ。次に考えたのは――、逃げなきゃ、ということだった。

この人、ヤバい。

二言、三言、それでも何か、言葉は返したはずだ。気遣いじゃなくて、本能みたいな感覚で。露骨に突っぱねたり、拒絶したらたぶんヤバい。ごめん、もう行かなきゃ、とか、そんなふうに言った気がする。

心臓がバクバクしていた。安心できる場所に来て、自分が焦っていたことをはっきり自覚する。それから一歩遅れて、改めて、わかる。怖かったのだ、と。

こみあげてきたのは――、情けないという気持ちだった。

思い出すのは昼休みの花果と沙穂の声だ。「澪、モテるからなぁ」。

ストーカー、暗そう、一目惚れ。優しくすると、よりいっそう好きになられちゃう……。

悔しいが、昔から、思い当たることがないでもなかった。全然タイプでもなんでもない男子――クラスで外されていたり、人気がないようなタイプに、いつもの調子で気を遣って声をかけたことで、好意を持たれてしまう。

澪、モテるからなぁ、という沙穂の言葉は、だから、わかる。でもそれも決して褒め言葉ではない。呆れているのだ。そういう男子たちに優しくする澪に。

そして、さらに情けなく思うのは、モテるから、と言われて、それが褒め言葉でないと思っていても、悪い気はしていなかった自分自身に対してだ。こういう目に遭ってから、いつも後悔する。私が調子に乗っていたせいで、またやってしまったんだ、と。

白石要は普通じゃない。あんなことをいきなり言ってくるなんて、どうかしている。けれど、そんな普通じゃない相手につけ入られるスキを作ってしまったのは自分だ。

学校案内なんて、別の日にずらせばよかった。男子の副委員長に、すべてまかせればよかったのに、一瞬、自分はこう思わなかっただろうか。浮いてる転校生に優しくすることで、彼に自分を「優しい」と思ってほしい、と。

恋愛感情を持ってほしい、とまでは思わない。そういうこととは違う。だけど、澪はいつもそうだ。いつもこうなる。

「あれ、原野？」

声がして、びくりと背筋が伸びる。

一人きりだと思っていたけれど、部室の隅から、むくりと人が起き上がる。陸上部は、男女ともに更衣室があるが、ここは、ミーティングなどで使う男女兼用の部室だった。今の時間は、みんな校庭だと思っていたのに――と、起き上がった人物の顔を見て、澪はほっと息を吐いた。

「神原《かんばら》先輩――」

「あー、よく寝た。悪《わ》りぃ、昨日、あんまり寝てなくてさ。練習行く前、五分だけ寝かしてって部長たちに言ってたんだけど、ひょっとしてオレ、置いてかれた？」

間延びした声で言って、両腕を大きく動かして伸びをする。

神原一太《いった》は、陸上部のひとつ上の先輩だ。競技は澪と同じ幅跳び。一緒に練習することが多いので、部内でも特に仲のいい先輩だった。ジャージの袖《そで》をまくりあげ、腕時計を確認し、「やっべー、もうオレ、このままじゃサボりじゃん。タガワちゃんに怒られる」と大袈裟《おおげさ》に嘆く仕草をする。

陸上部の顧問教諭の名前を軽やかにちゃんづけで呼ぶ。その明るい口調に、救われる思いがした。

「どうしたの？」

ふいに、神原が聞いた。「え」と思わず声が出た澪の顔を、彼が覗き込む。

「優等生の原野がこんな遅刻してくるなんて珍しいから。劣等生のオレならともかく」

「そんな……」

優等生、と持ち上げられたことに否定の言葉を返そうとして、けれど、胸が詰まった。なんだか泣きそうになる。さっきの転校生とのやり取りを思い出してしまう。

すると、神原の目つきが変わった。寝起きのだるそうな感じが消えて、真剣な顔で澪を見た。

「本当にどうした？」

背は高い方じゃないけれど、よく整った顔をしている神原に正面から見つめられると、場違いに、この人、本当にきれいな顔をしているな、と思ってしまう。くっきりとした二重の瞳《ひとみ》。よく日焼けしているけど、肌だってきれいでニキビひとつない。曇りのないまっすぐな目に見つめられ、気づくと、澪は話していた。

今日来たばかりの、転校生のこと。

二度感じた視線と、いきなり「家に行ってもいい？」と聞かれたこと。

改めて口に出すと、ぞっと背筋を寒気が覆った。話を聞いた先輩の目つきがより真剣なものになる。身を乗り出し、「ヤバいじゃん」と呟く。

「――ヤバいんです」

澪も言った。ただ、人に話せたことで、切迫感が少し消えて、口元が弱々しく笑う。本当に困っているのになぜか笑えてしまう。

「私も何か、誤解させるようなことをしちゃったのかもしれない、とも思うんですけど……」

気づくと、そう付け加えていた。

ヤバい、と感じたからだ。

転校生の白石要のことではない。彼もヤバいけど、自分の思考の流れが、このままだとヤバい。人に話すことで、このことが「ネタ」みたいになる。――モテることとの、自慢みたいになっている。そういう気持ちが自分に少しもないとは言い切れない分、後ろめたくなる。

しかし、神原がきっぱりと首を振った。

「原野は悪くないよ」

その潔い言い方がすごく嬉しかった。神原がごくあっさりとした声で、「どうしたらいいのかなぁ、そいつ」と呟いた。部室の机の上に、行儀悪く胡坐《あぐら》をかいて座り直す。

「なんか思考がどうかしてるとしか思えないよな。まともなコミュニケーションができない、というか」

「……そう思っても、おかしくないですよね？」

「でしょう。つか、そう思わないとどうかしてる」

第三者に言い切ってもらえたことで、ほっとする。神原先輩が言った。

「原野のこと好きなのかもしれないけど、いきなりそれはないよな」

「好きとか、そんな問題なんでしょうか」

「好きは好きなんだろ？　わかるよ、原野、いいもん。優しいし、かわいいし」

え――、と、今度は白石要の時とは別の理由で、咄嗟に声が出なかった。男子から――面と向かってそんなふうに「かわいい」なんて言われるのは、生まれて初めてだ。

しかも、先輩から。

憧《あこが》れの、神原先輩から。

「ともかくさ」

言葉ひとつで澪を動揺させたことに、気づいたのか気づかなかったのか――。先輩があっさりと言って、立ち上がる。

「もしこれ以上何かまたありそうだったら、いつでも言えよ。あと、クラスの友達とかにも相談して、なるべく一人にならないようにしろよ？」

「そうですね……」

まだ揺れる気持ちを抑えるようにして澪が頷くと、「心配だから」と神原が言った。深い意味はないのかもしれないが、その言葉にまた胸がきゅんとなった。

◆

翌日の学校は、気が重かった。

あの転校生のいる、同じ教室に行くのは正直しんどい。

部活の朝練を終えて教室に行くと、白石要はひとまず、まだ来ていなかった。

「おっはよー」

澪に少し遅れてバレー部の朝練を終えてやってきた花果に、昨日の出来事をすぐにも話したかったけれど、沙穂がまだ来ていない。転校生のおかしな言動についてもだけど――、神原先輩とのやり取りについても聞いてほしかった。

去年、先輩に初めて会った日から、実は、澪は親友たちに神原先輩の話をすることがとても多かった。気になり続けている――と言っていい。

いつも遅刻ギリギリでくる沙穂は、この日も寝ぼけ眼《まなこ》でだるそうに、始業のチャイムとともに教室にやってきて、結局、朝は二人と話せる時間がないままになった。

白石要の席は、不在だ。

一瞬、今日は欠席かもしれない、と、期待したが、チャイムが完全に鳴り終わった後になって、彼はやってきた。

制服は、今日もまだ新しいものができていないようだった。紺色の詰襟。特に遅刻だと焦る様子もなく、ゆっくり――そして少しふらついた足取りで教室に入ってくる。黙って席に座る。近くの席の子たちが「おはよう、白石くん」と挨拶したが、それに返す声は聞こえなかった。軽い会釈くらいはしたかもしれないけれど、少なくとも、澪には何も聞こえない。

背が高いせいか、歩く時に少しふらつくと、その姿がゾンビみたいだ。昨日のお昼、何も食べていなかった、というのもなんだかそれらしくて、改めて不気味だ。

よくない、と思う。

昨日の一件で、それまでなんとも思わなかった体型や歩き方まで全部、相手に抵抗を覚えるようになっている。白石要の席を見てしまいそうになる衝動を抑えて、澪は平然と前を向く。こちらを見つめる視線を、白石の方から感じるけれど、気のせいだと思い込んで、無視をした。

その日の昼休み、花果と沙穂に話せるタイミングが来るまでの半日間、見られている気配はずっと続いた。

視線にも物理的な圧力があるのだろうか。白石のいる右側の首筋が、引き攣《つ》れたように痛い。体が緊張していた。

昼休みになると、白石要の姿は、いつの間にかどこかに消えていた。今日もお弁当は食べないのだろうか。

今なら、いない。

本当に、ちゃんといない。

何度も確認してから、澪は、親友二人に打ち明けた。

「実は――」

家に行ってもいいか、という例の発言については、二人とも絶句していた。それまで、からかうように笑って「何ー？　好きになられちゃった？」「だから言ったじゃん」と話していた顔から急に表情が消える。

花果が後ろを振り返り、白石の席に誰もいないことを確認してから、澪を見る。

「ヤバいじゃん」

皆、判で押したようにその言葉を使う。けれど、澪もまったく同感だった。その言葉しか出てこない。

花果と沙穂の声が低くなる。それまでも周囲に気を遣ってしゃべっていたけれど、額を突き合わせるナイショ話の体裁がより強くなる。

「白石くんって、なんか、それ、ただ暗いだけじゃないってことだよね？　どうかしてる。ヤバい人だ」

「うん……」

澪も途方に暮れた思いで頷く。今朝も視線を感じたことを打ち明けると、花果と沙穂が眉を顰めた。

「昨日、大丈夫だった？　家までつけられたりしなかった？」

「たぶん。そこまでは……。部活で、先輩に事情を話したら、家まで送ってくれたし」

少し前から、このメンバーで澪が「先輩」と言ったら、名前を出さなくても神原先輩を指すことが当たり前になっていた。それまで強張《こわば》っていた花果と沙穂の表情がふっと緩む。

沙穂が、「ええー！」と声を上げた。

「家まで？　え、それってすごくない？　澪ったらいつの間に」

「たまたまなの。部室に行ったら、そのタイミングで先輩が一人でいて。すごく怖かったから話したら、すごく心配してくれて」

白石が家まで実際につけてくるとはまだ思えなかったけれど、部活を終えた神原が当たり前のように校門のところで澪を待っていてくれた時には、本当に感動した。

「え、大丈夫ですよ。どうしてですか」と、感激しつつも遠慮して申し出を断ろうとした澪に、めんどくさそうに顔を顰《しか》め、「あんな話聞いちゃったら、今日は一人じゃ帰らせられないっしょ」と言ってきて――、澪の手提げカバンをひょいっと持ちあげてくれた。

緊張と嬉しさで、心臓が止まるかと思った。

先輩のような彼氏がいたらいいのに、と思ってしまった。

「えええええー!!」

二人の口から、悲鳴のような声が出る。限りなく、「きゃー」という嬌声《きょうせい》に近い。沙穂が身を乗り出し、興奮した様子で、「よかったじゃん、澪!」と澪の肩をさする。

「先輩もどうでもいい相手だったら、いくら後輩だってそこまで親切にしないよ。転校生のことはアレだけど、こういうのってなんていうんだっけ？　ケガの功名？　雨降って地固まる？　ともかくさ、ライバルが出現したから、先輩も焦ったんじゃない？　もともと、澪のこと気になってた、とか！」

「や。先輩はただ心配してくれただけだから……」

澪以外の後輩や部活の仲間にも、神原は優しい。それが澪じゃなかったとしても、彼なら同じことをしていただろう。そういう人格者然としているところも、澪が彼に惹《ひ》かれる理由のひとつだ。

「白石の暴走は、まあ、気になるけど……。でも本当、ろくに話したこともないのに、やっぱり一目惚れされたってこと?」

「女子とろくに話したことないからこそ、でしょう。ちょっと優しくされると勘違いしちゃうんだよ」

花果と沙穂がひそひそと話す。と、沙穂が「でもさ」と続けた。

「でもちょっと、わかるとこもあるかもなんだけどさ」

「え？　何が？」

「恋すると暴走するっていう、そういう感覚」

意外だった。沙穂は、白石のようなタイプのことを最も毛嫌いして、悪く言いそうなのに。澪が黙り込んでしまうと、沙穂があわてたように「澪はもちろんかわいそうだよ！　だけど」と続ける。

「私はさ、恋愛してる時の自分が信用できないから。絶対にメールしなきゃいいようなタイミングでも不安になって何度もメールしちゃったり、相手が迷惑かもしれないのに、自分の恋愛の相談、一方的にずっと、しちゃったり。――二人にも、去年は前の彼氏のことで超迷惑かけたし」

澪と花果が、驚いて沙穂を見た。普段から恋愛体質で、恋話が大好物の沙穂。この子が、そんなふうに自覚していると思わなかったのだ。

「――白石くんは、沙穂とは違うよ」

澪が言うと、すぐに、沙穂が元通りおどけるように微笑んだ。

「そりゃま、そうなんだけど。でも、今は冷静にそう思える私ですら、恋愛中はそうなるってこと」

「今の彼氏は、超いい人みたいだけどね」

「ええ。愛してますから！」

花果が言うと、沙穂の顔がとろけるような笑みを浮かべる。すると——、その時だった。

「澪ちゃん」

呼びかけに振り返る。クラスメートの矢内《やない》が立っていた。三つ編みの眼鏡。文芸部の真面目なタイプの女子で、澪とは席が隣同士だ。

まだ盛り上がる花果と沙穂をそのままに、澪が「何？」と返事をする。

「矢内ちゃん、もう、ごはん終わったの？」

「あ、うん。文芸部の子たちと部室で食べて——、それはいいんだけど」

その時になって初めて、彼女の様子に気づいた。なんとなく落ち着きがなく、戸惑っている、ような。

「今、廊下で白石くんに話しかけられて」

名前が出て、視線が固まる。彼女の眼鏡の奥のつぶらな目が、より困惑したように——混乱したように、それをごまかすように、ゆっくりとまばたきをする。

「言われたの。——席を替わってくれないかって。その、原野さんの隣の席になりたいからって」

ぞわっと鳥肌が立った。冗談のように、一瞬でそうなった。

いつの間にか、目の前の花果と沙穂も息を呑《の》み、黙ったまま目を見開いている。矢内はとても困惑している様子だった。

「冗談だと思うんだけど……。ごめん、一応、教えておくね」

そそくさとそれだけ言って、逃げるように、彼女が教室を出ていく。

唖然《あぜん》として、こみあげてきたのは——怒りだった。

どうして？　どうして？　と頭の中が疑問符だらけになる。そんなに好かれるようなことをした覚えはない。まだ昨日会ったばかりで、転校生とはそんな関係ではないのに、どうして？

「信じられない」

横で聞いていた沙穂と花果も口々に言う。心配そうに澪の肩に手を置いてくれる。

「大丈夫、澪？」

「いくら好きだからって、それはないよね」

――好きだから。

沙穂の声に、背筋が凍る。好き。相手は確かにそうなのかもしれない。だけど、澪は違う。それなのに気持ちを押しつけてくるのは暴力じゃないのか。

「セクハラじゃん」

花果が言った。言葉の強さに息が詰まる。セクハラ。そうかもしれない、と呆然《ぼうぜん》と思いかけて、だけど強烈な違和感があった。

「セクハラ、ではないんじゃない？　特に性別がどうだからって話じゃないし……」

「そう？　だけど、何かハラではあると思う。私、よくわかんないけど、名前つけていいと思うよ。この、距離感間違えてる、身の程知らずな感じ」

花果に言われるその感覚が、しっくりくるところも確かにあった。一方的に何かを押しつけられて、相手がそれをおかしいとも思っていない、この感じは確かに普通の関係性ではあり得ない。

「あいつに直接、言おうよ」

花果が言った。澪が泣きそうな気持ちで顔を上げると、毅然《きぜん》とした口調で続ける。

「転校生に言おう。どういうつもりなのかって。澪のこと好きなのかもしれないけど、迷惑だって」

「それは――、ちょっと……」

反射的に声が出た。

「なんで?」

花果が片目だけ細くして、澪を睨《にら》む。

「澪がもし直接言うのが抵抗あるなら、私たちで言ってくるよ?」

「ありがとう。だけど……」

刺激したくない、という感情が何よりも強い。はっきり言う、ということは相手にするということだ。もし無視することでやりすごせるなら、それに越したことはない気がする。

「普通に言い返しても、相手が、かえってなんかしてきそうで怖い気がして」

「それは、なんか、私もわかるかも」

鼻息を荒くする花果をなだめるように、沙穂が同調してくれる。

「相手にすると、確かにつけあがる気もするよね。無視するのが一番堪《こた》えるのかも、こういうのって」

「えー! でも、そうやって静かにしてた結果、さらにエスカレートしたら嫌じゃない? 気持ち悪い」

「花果、ちょっと、静かに」

沙穂が花果の方に顔を寄せる。その目が教室のドアの方を見ているのに気づいて、澪も唇を閉じた。

白石が、教室に戻ってきたのだ。今日は昼休み、何か食べたのだろうか。一人きり、自分の席に戻る。澪はすぐに視線をそらした。あの目がまたこちらを見ようものなら、今度こそ悲鳴を上げてしまうかもしれない。

沙穂と花果の二人は、澪よりは長く、白石の方を見ていたはずだ。それでも何も言わないということは、彼がこちらを見ることはなかったのだろう。心臓がバクバクしていた。彼がこっちを見なかったことに安堵《あんど》はするけど、数分前に矢内にあんな申し出をしておいて何もないんだとしたら、それはそれで、バカにされているような気持ちになってくる。

「……矢内さん、ちゃんと断ってくれたのかな」

「え？」

沙穂が言って、澪が見つめ返すと、沙穂が気詰まりな様子で続ける。

「席替わってほしいって言われて。そのこと、澪に教えてくれたけど、白石くんにはどう答えたのかな？　きっと、ちゃんと断ったよね」

言われて初めて、彼女がそのあたりについて話していなかったことを思い出した。

「……矢内ちゃんに、ちょっと確認してくる」

大丈夫。大丈夫なはずだ。思っても、胸がざわざわした。

お弁当の続きを食べる食欲がなくなっていた。食べかけのお弁当をバタバタと片付けて、矢内を捜しに、廊下に出た。

◆

「今日は、あいつ、大丈夫だった？」

放課後の部活。幅跳びの練習前に砂をならしていると、背後から声をかけられた。澪は一人になりたい気持ちで、黙って下を向いてトンボを動かしていた。

振り返り、ジャージ姿の神原の姿を認めた途端、ほっとした。スニーカーのつま先をグラウンドにトントントン、と左右二回ずつつけて、片腕を回しながら軽い準備運動をしている先輩が普段通りにそこにいる、というだけで、なんだかものすごく心強い。

「神原先輩……」

「昨日、送ってってから気になってて」

神原の言葉に、後輩の一年生たちと話していたはずの三年生の女の先輩たちがちらりとこっちを見たのがわかった。顔立ちが整っていて、勉強ができて、運動神経もいい神原は同学年の女子からも人気がある。みんなが憎からず思っているのは、部内にいるとよくわかる。

澪はあわてて首を振った。

「——大丈夫です。昨日はありがとうございました」

「何かあったらいつでも言ってよ。一応、オレのが先輩だから、相手の男もそういうとこで怯《ひる》むと思うし」

言葉のひとつひとつが甘美な誘惑の声に聞こえた。先輩に今日あったことも全部話してしまいたい――と思うけれど、三年生の他の先輩たちがこっちを気にしている。

「大丈夫です」と繰り返した。

あの後、矢内に確かめると、席替えの件はちゃんと断ってくれていた。ただ、その断り方は、「席は生徒の一存で決められるものではないから……」という一般的な返答の仕方で、白石の普通でなさ、おかしさを責めるものではなかった。都合のいいことかもしれないけれど、澪はそれに少し落胆した。

誰も、彼をおかしいと、面と向かって責めてくれない。澪も、関わり合いになりたくないから、と花果たちに何も言わないように頼んでしまった。

「そう？　ならいいけど」

神原先輩がまだ少し心配そうに言う。その表情に、ついつい甘えてしまいそうになるけれど、我慢した。

部活の終わり、更衣室で、三年生の先輩たちが、澪の後ろで何かこそこそ話す声が聞こえた。

「……送ってった、とか、言ってて」

声を聞き、そそくさと着替え、鈍感を装って、「お先に失礼します」と更衣室を出た。先輩たちのもの言いたげな視線を感じたけれど、そのまま、出た。

すると――。

「あ、よかった。原野、まだいた」

廊下の先で、神原が壁を背に立っていた。「先輩」、と声に出すか出さないかのうちに、神原が「ＬＩＮＥ、交換しようよ」とスマホを取り出した。「友だち追加」用のＱＲコードを表示して、こちらに示す。

「あ、はい」

澪も自分のスマホを取り出す。LINE交換のために互いのスマホの画面を覗き込むと、顔がものすごく近づいた。

ドキッとする。

「なんかあったら連絡して。じゃ」

短く言って、背を向ける。「ありがとうございますっ！」という澪の声にふっと振り返り、そして笑った。

「原野、ショートカット似合うよね」

「え？」

「声とか、挨拶の時も元気いいし」

さりげなく言われて、ふわっと足元が軽くなる感覚がある。頬が熱くなる。先輩はまたさっさと前を向いた。

「あ、ありがとうございます……！」

嬉しさで今度は少し声を詰まらせた澪に、先輩が後ろ姿のまま、手だけ振り動かしてさっさと行ってしまう。

先輩とLINE交換なんて夢みたいだ——手元のスマホを握り締めて、澪は思う。

女子の先輩たちが見ていない時で、本当によかった。

高校からバスに乗って、七つ目の停留所で降りる。

そこから、徒歩で十分程度の、裏に竹藪《たけやぶ》のある二階建ての一軒家が澪の家だ。もともと父親の実家で、祖父母と同居していたが、今は祖父が他界し、祖母、両親、澪、弟の五人家族だ。

三峯学園にはバス一本で通えるので、その立地に惹かれて進路に選んだけれど、高校からここまでは決して近い距離ではない。このあたりで三峯学園に進学したのも澪だけだから、普段は同じ学校の生徒の姿すらほとんど見ない。

部活を終えた後の、秋の夕暮れにうっすらと月が出ていた。夏が終わり、秋が始まる、少し物悲しいこの季節が澪は好きだ。最近は新しいアパートもだいぶ多くなったけれど、それでもまだまだ畑が残るこのあたりののどかな景色を見ると、学校の時間をいったんリセットできる気持ちになる。幼い頃から見慣れた、この景色。

――だからこそ、この間、神原先輩とこの道を歩いた時にはドキドキした。バス停まででいいですよ、と澪は遠慮したのに、先輩は「なんで？」と聞いた。「家まで送らないと意味ないじゃん」と言って。

生まれ育った見慣れた光景の中に、自分の好きな人が入ってきた。隣に並んで歩いた。好きな人、と言葉にして思ったことで、昨日から、自分の気持ちがはっきりわかってきた。先輩と並んで歩く姿を誰かに見られたらいいな、とつい、期待してしまった。近所のおばさんたちに見られて、彼氏だと思われたら、と考えると、誇らしいようなくすぐったい気持ちになる。家族に見られるのはまだ気恥ずかしいし、特に、お父さんに見られたらどんな顔をしていいかわからないけれど、弟の雫《しずく》にだったら――。雫に、「姉ちゃんの彼氏？」と聞かれて、「誰にも言わないでよ」と自分が答えて――。想像すると、走り出したくなるほど、恥ずかしく、同時にうきうきとした気持ちになる。

沙穂と、花果と、澪。いつものメンバー。

沙穂は恋愛体質だし、花果も中学の頃には彼氏がいたことがあると言っていた。澪だけがまだ誰ともつきあったことがない。だからわからない。つきあう始まりというのは、こんなふうに起こるものなのだろうか。

かわいいと言われた。送ってくれた。LINEを交換した。先輩との距離が、近づいている実感がある。恋愛ゲームで言ったら、今はフラグが立っている状態なんだろうか。そんなことを都合よく期待していいものなのか。

夕方と夜が混ざり合ったような淡い色の空に浮かぶ月を眺めながら、そんなふうに想像を膨らませていると、家の門の前まで来ていた。すると、裏の竹藪の方から、誰かが出て来た。背の高い男子生徒だ、と思った。

思ってから、気づいた。

男子生徒。

このあたりでは、同じ学校の生徒の姿はまず見ない。

夕闇の中から近づいてくる彼は、制服を着ていた。見覚えのある、詰襟の制服を。うちのクラスで、一人だけ、違う制服。

転校生の――白石要だった。

「あ」

白石が、澪に気づいた。その短い声はなぜか、澪には「しまった」と聞こえた。

学校で、あれだけ避けてきた白石が、自分の家の裏手から出て来たのだ。

次に何かがあったら悲鳴を上げてしまう——、そう、強く思っていたはずだったのに、不思議と悲鳴は出なかった。ただ、目を見開いて、口が半開きになる。何かを言いたい——言わなきゃいけないのに、言葉が出てこない。あまりのことに声が出ない。

白石は、表情を変えなかった。

何か言ってよ、と思うのに、何も言わない。気まずそうに目をそらしたり、焦ったり、そういうことが一切ない。感情がないみたいだ。

「——なに、してるの」

自分の声が震えていた。澪の方から、結局、尋ねるしかなくなる。

「ここで、なにしてるの」

ここ、私のうちなんだけど。

そう続けたいのをぐっとこらえる。相手に、自分の情報を何も渡しちゃいけない、と本能が警鐘を鳴らしている。だけど、頭の中は大混乱だった。どうしてうちの場所を知っているのか。住所が載ってる名簿なんて、学校は配布しない。どうやって調べたのか。それとも、あとをつけてきたのか。昨日、先輩と一緒に帰っている、嬉しくて、誇らしかったあの時に、ひょっとしたら後ろに——。

白石の目が胡乱《うろん》な光を浮かべている。こんなところにいたのは自分のくせに、——自分が悪いくせに、どこかめんどくさそうな、緩慢な仕草で首を傾け、改めて澪を見下ろす。

「どんなとこに住んでるのかなって、思って」

その瞬間——悲鳴が出た。ただ、思ったように大きな声にはならなかった。喉の奥から高い笛が鳴るようなか細い音が短く出ただけ。

いきなり、「家に行ってもいい？」と聞かれた、昨日とまったく同じ怖さ、得体の知れなさ、気持ち悪さ。

だけど、状況はもっとずっと悪い。

だってここは私の家だ。私の家の、前だ。

白石が澪を見る。その顔の口端がゆっくりとゆがむ。そこから例の、ギザギザに尖った歯が覗く。

笑うのだ――、と思ったら、ようやく、体が動いた。

家の門の内側に飛び込む。家目指して、一目散に。

「お母さん、お母さん……っ！」

転げ込むように玄関に入り、急いで鍵《かぎ》をかける。懸命に母の名前を呼んで捜すけど、返事がすぐにない。「お母さん――っ！」と長く呼んだところで、中学一年生の弟の雫が、「うっせえな」と顔を出した。

「母さんなら買い物だよ」

「雫……」

コミック片手にしかめっ面をしていた雫が、澪を見てぎょっとした顔になる。「何……？」とひくついた声で続ける。

「姉ちゃん、顔真っ青だよ」

自覚があった。腕にぶつぶつと鳥肌が立っている。怖かった。ものすごく怖かった。どうやら自分がよくわからないものに魅入られてしまったことを、絶望的に思い知る。

まだ昨日出会ったばかりなのに執着されて、こんなの、理不尽すぎる。

「……変な男に、追いかけられて」

そう言うのが、精一杯だった。雫が「ええっ!?」と大声を上げる。そのまま、その場をぱっと飛び出していく。止める間もなかった。

「雫、やめて!」

刺激したくない――、白石に弟の存在を見せたくもない。家族に、会わせたくない――。そう思うけれど、追いかけられない。外に出て、白石とまた顔を合わせるのが怖い。

外に出て、すぐ、雫が戻ってきた。

「誰もいなかったよ」

その声を聞き、「そう」と力ない声で答える。雫が心配そうに顔を覗き込んでくる。

「大丈夫? 姉ちゃん」

「……大丈夫」

大丈夫じゃない、大丈夫じゃない。

だけど、なぜかそう答えてしまう。あまりに怖くて、出てきた涙を、雫にバレないようにそっと拭《ぬぐ》った。

自分の部屋に入ると、改めて、恐怖がこみあげてきたけれど、それと同時に猛烈な安堵を感じた。無事に戻ってこられてよかった、逃げられてよかった、と。

窓辺に注意深く、そっと近づいて、カーテンを引く。そうしながら、眼下を盗み見た。

家の前の通り――、見える範囲に、白石の姿はない。そう思っても、怖くて部屋の灯《あか》りがまだつけられなかった。

神原先輩とＬＩＮＥ交換していなかったら、ひょっとしたら、澪は雫や両親に泣きついていたかもしれない。

先輩の名前を検索して、「原野澪です。今、いいですか」と打ち込む。

先輩からの返事を待ち侘《わ》びながら、スマホを握り締め、俯《うつむ》く。そうすると、また涙が出てきそうだった。何もかも嫌になって、子どものように泣いてしまいたい衝動に駆られる。

薄暗い部屋の中で、灯りがぼわっと点《とも》る。スマホが震える。メッセージではなく、通話だ。心の底から洩《も》れ出たような、大きな大きなため息が出る。

『原野、どうした?』

「先輩……」

何からどう話そう、と思っていたはずだったのに、声を聞いたら、呼吸が乱れた。涙がふっと出てくる。

助けて、と言っていた。

「先輩、助けてください」

『いいよ。どうしたの?』

澪を落ち着かせようとしてくれている。切迫した泣き声に動じる様子がない先輩の声が、ただただ、力強く聞こえた。

◆

まさか、こんな始まりになるとは思わなかったけれど――。

神原先輩が毎日、一緒に帰ってくれるという。家まで送ってくれるそうだ。澪も、今度こそ遠慮しなかった。そんな余裕が根こそぎなくなったのだ。

部活を終え、更衣室で着替える澪を、先輩が当たり前のように廊下で待っていてくれる。女子の先輩たちが驚きながら、「どういうこと？」と聞く声に、澪が説明するより先に、軽やかな声で先輩が答えた。

「なんでー？　野暮なこと聞かないでよ。つきあってるからに決まってるじゃん」

え、と澪の喉の奥で声が止まった。息まで止まるかと思った。聞いた先輩たちもびっくりしていた。神原がそのまますっさと歩き始めるのを、澪はあわてて追いかける。啞然とする他の先輩たちに、言い訳のような会釈を残して。

気まずいし、先輩たちに申し訳ないような気もしたけど――、実を言えば、気分が、ものすごくよかった。神原に追いついて、「あの……」と今の発言について聞こうとすると、神原は何も特別なことなどなかったように、「何か食べて帰る？」と聞いてくる。

一緒に、学校近くのファストフード店でごはんを食べた。この時間が永遠に続けばいい。ストーカー対策のために言われただけだとしても、束《つか》の間の彼女気分は嬉しかった。このまま、うやむやに関係が本当のものとして始まってしまえばいいのに、と願ってしまう。

白石のことは、学校で、徹底的に無視することにした。本当は、同じ教室に――それどころか、同じ校舎の中にいるのすら嫌だったけれど、白石に面と向かって話しかけられたのは、いずれも澪が一人でいる時だ。他に人がいたら、いかに彼でも話しかけられないのではないか。

ただ時折、まだ、視線を感じる。

見られている。だけど、そういう時にはもう、絶対にそっちを見ないと固く決めた。見てしまったら、関わってしまう。だから、どれだけ気になっても確かめない。

白石の新しい制服は、まだ届かないようだった。そのことにも澪は苛立《いらだ》っていた。自分の視界の隅、絶対に見ないけれど、詰襟のぼんやりした存在感がゆうらりと常に漂っているような違和感が、気にしないように努めても努めても、自分を追いかけてくるようだ。

でも、あいつはきっと何もできない。花果たちも澪が絶対に一人にならないように一緒にいてくれるし、無視できる。

——そう思っていた、のに。

気づいたのは、数学の授業中だった。

ふと、視界に見える何かがおかしい、と感じた。おかしいと思って、机に目を落として、そしてまた、あれ、と気づいた。

教科書を置いた下に、うっすら、見覚えのない文字がある。

大手の塾のようだ、と言われる私立進学校の三峯学園は、机があまり荒れていない。授業中にふざける生徒がほとんどいないからだ。前の持ち主がつけた傷や、小さな落書きもないではないけど、ごく稀だ。

『　　　　　　　　えますか』

という文字が、まず見えた。

とても達筆な、鉛筆だけど、「とめ」や「はね」がまるで筆で書いたように美しい字だった。ただ、まるで機械で書いたような整ったその文字に、違和感を覚えたのも事実だった。

何より、書かれているのは、他でもない、自分の机だ。こんなもの、昨日までなかった。

教科書をズラす。そして——、息を呑んだ。そこにはこう書かれていた。

『神原一太と仲良くしないでもらえますか』

口を、押さえた。

そうしないと、また喉からヒュー、と笛が鳴るような悲鳴がこぼれそうだった。体を二つに折り、机に伏せる。幸い、声は出さずに済んだ。反射的に顔を上げそうになって、あれだけ見ないと決めていた、白石の方に顔が向きそうになる。そこで思いとどまって机に額をくっつけたままでいられた自分のことを褒めてやりたい。

震える手で、ペンケースから消しゴムを取り出す。消す。全部、消す。

流麗な、気持ち悪すぎるほど整った、整いすぎたこの字が白石の字なのだろうか。いったいどんな育ち方をしたら、こんな距離感のおかしさが生まれるのだろう。こんな意味不明な相手にも家があって、家族や親がいるのかと思うと、信じられない気持ちになってくる。

――セクハラじゃん。

いつかの、花果の声を思い出す。

セクハラじゃない、と答えた自分の声も。だけど、今、また思っていた。セクハラでは、確かにないかもしれない。けれど、何かハラではある。私が言葉を知らないだけかもしれない。たとえば、こんなふうに誰かと仲良くするな、と制限するのは、確か、夫婦間や恋人間では、モラハラっていうんじゃなかったっけ。

泣きそうな気持ちで、机の上に消しゴムをこすりつける。何度も何度も。文字が消えたと思っても、消えたその後も、何度でも、強く。

白石がこっちを見ている濃厚な気配が、その間もずっと、拭いきれずに、ずっと続いていた。

「それ、もう消しちゃったの？」

放課後。

他の生徒たちが全員――白石も、出て行った後になって、澪は花果と沙穂に机の落書きについて話した。花果からの問いかけに、あっと思う。花果と沙穂が、もう何もない澪の机の上をじっと見た。

「それ、残ってたら、先生たちにも見てもらえたのに」

「確かにそうだけど……」

消さずにとっておいて、先生や、みんなに見せて状況を共有するべきだったのだ、と今になって思い当たる。けれど、あの時はもう、そんなこと思いもしなかった。嫌で嫌でたまらなくて、摩擦熱で机が熱くなるまで消しゴムをかけることしか考えなかった。

「……信じてくれる？」

「そりゃ、私たちは信じるけど」

花果と沙穂が困ったように顔を見合わせる。花果が言った。

「だけど、もう、そんな嫌がらせまでされてるんだから、さすがに先生や学校に言った方がいいよ。その時に証拠になるように、次からは何かされたら全部、取っときなよ」

「……うん。ごめん」

「花果、言い方ちょっときついよ。澪、かわいそうだよ」

沙穂がフォローのように言ってくれる。その声を、救いのように感じた。すぐに花果も優しい声をかけてくれると思った。ごめん、だけど心配で、とかなんとか……。

しかし、この日の花果は、厳しかった。

「だって、澪が緊張感、あんまりないんだもん」

はっきりとイラついている声だった。

「怖いとかやだとか言いながら、先生たちに相談しようとかそういう感じ全然なくて。——先輩とつきあって、彼氏がいるんだし、もうそれでいいやって感じがすごくするんだもん」

「そんなことない！」

咄嗟に大きな声が出た。そんなふうに思われていると思わず、白石に対するものとはまた全然違う、切迫した焦りと不安が胸を圧迫する。——花果に嫌われてしまう。

「ごめん、花果がそんなふうに感じてたなら謝る。でも、別に私、先輩と正式につきあってるわけじゃないし、花果や沙穂のことだって頼りにしてて、そんなつもりじゃ……」

言いながら、我ながら白々しいような気がして、焦りがさらに強くなる。花果はもともと優しいし、正義感が強いけれど、気も強い。怒らせたんだと思ったら、謝らなきゃ、謝らなきゃ、と声が必死になる。

花果は黙ったままだった。間に入った沙穂がおろおろして、困っている。

澪がまだ何かを言わなきゃ、と言葉を探しているうちに、ふっと花果の視線が澪から離れた。

「ごめん」と謝ってくれる。

「今の、私もちょっと、八つ当たりっぽかったかも。ごめん。——沙穂も、澪も彼氏できて、なんか、私だけ何もなくて、寂しいかなって」

独り言のように言って、カバンを手に取る。澪とも沙穂とも目を合わさずに、「ごめん。今日は帰るね」と言った。そのまま教室を出て行く。

「花果、ごめん」

小さな声で澪がもう一度謝ったけれど、花果はその声には答えないままだった。声が聞こえなかったからでありますように、と願う。心臓がきりきり痛んだ。

沙穂が困っている。ここで、出て行った花果の悪口にならないといいな――、と澪がひやひやしていると、彼女が言った。

「花果ならかわいいから、彼氏なんてすぐなのにね」

相手が不在であっても、優しい沙穂がそう言うのが慰めのように感じられ、澪も「うん」と頷いた。

部活に行くと、今日は、神原は来ていなかった。

ものすごく落胆して――、けれど、他の先輩たちにどう思われるのかが怖くて、いったいどうして神原先輩がいないのか、誰にも聞けなかった。

幅跳びのグループだけじゃなく、他の競技の先輩や同級生、後輩たちからの接し方が、よそよそしくなった気がする。神原は人気があるから、仕方ないのかもしれないけれど、その空気に耐えるのは、針の筵《むしろ》に座らされているような感覚だった。

花果も、神原もいない。

一人にされてしまうのか――と、校門を出たところで、「よお」と声がした。

視線の先に、神原がいた。今日も待っていてくれたのだと知って、あまりの嬉しさに胸がいっぱいになる。

「先輩、今日、部活は」

「あ、進路指導で職員室呼ばれててさ。他の三年のやつらに聞かなかった?」

聞けなかったのだ、と思いながら頷く澪に、先輩が言う。

「それより、ここで待ってる間に、あの子、通ったよ。澪と仲いい女子。あの、髪長い方の」

澪、と呼ばれて、耳の奥がじわっとあたたかくなった。名前で呼ばれるのは初めてだ。

「喧嘩《けんか》しちゃったんです」

「え、うっそ」

神原が気遣うように澪を見た。

「それってどっちが悪いの?」

「たぶん、私が」

「ふうん」

先輩が大きく息を吐いて頷く。それから、「ま、大丈夫でしょ」といつもの軽やかな声で言った。

「すぐ仲直りできるって。だって、見てると毎回、澪や花果ちゃんたち、いい感じだもん。仲良し三人娘って感じで」

「そんな……」

澪が答える間に、先輩が澪のカバンをひょいっと持ち上げてくれる。そして、歩き出す。

一歩遅れて、その後ろ姿に追いつきながら、自分の頬が熱くなるのがわかった。

見てて、くれてたんだ、と。

先輩、これまでも私のこと、見てて、くれたんだ。誰と仲がいい、とかまで。


先輩の言葉通り、花果は、翌朝にはもう機嫌が直っていた。

「昨日はごめんね。私、本当、どうかしてた」と殊更明るい声で言ってくれる気遣いに友情を感じて、「私もごめん」と謝る。沙穂も安堵した様子だった。

「昨日はあの後、白石からは何もなかった？　大丈夫？」

「……うん」

先輩が一緒に帰ってくれたから、とはさすがに言えなかった。花果が「そっか。何かあったら、いつでもまた言うんだよ」と言ってくれる。

長い髪を、今日は後ろでひとつに束ねていて、そうするとうなじが見えて、大人っぽかった。同い年なのに、いつも頼りになる雰囲気のこの子のことが、本当に好きだなぁと思う。

「でもさ、あの転校生、神原先輩に自分が敵《かな》うと思ってるんだったらマジ滑稽《こっけい》だよね。ギリギリ同じ人類ってだけのくせに」

「花果」

「だってそうじゃーん。澪、あんまり先輩とラブラブなとこ、見せつけない方がいいかもよ。――神原先輩、マジかっこいいし、一途《いちず》な感じでいいよね。羨《うらや》ましい」

白石に対してはあんまりな言い方だけど、花果の声が明るくて、ほっとする。

共通に敵にできる誰かがいると、こんなにも気持ちが安らぐのは、どうしてなんだろう。

花果に合わせて沙穂が笑う。二人が笑ってくれることが嬉しくて、澪も「そうかな？」と調子を合わせてしまう。花果が、ふっと声もなく笑った。笑ってくれると、やはり嬉しい。

本当に嫌な目に遭うと、そんな余裕も、一気に吹き飛ぶのに。

騒いだり、笑っている間は、忘れてしまう。

されていない間は忘れられる程度の、そのくらいの嫌さや嫌悪感。仲間内で娯楽みたいに話してしまったことを、その後すぐ、澪は後悔する。

花果と沙穂が休み時間、係の仕事で職員室に行く、と言った時、ついていくべきだった。

それなのに、つい十分程度の休み時間だから、と気を緩めて、別行動を取ってしまった。

一人でトイレに行って出て来た、その時だった。

「原野さん」

声に、足が竦《すく》んだ。竦んだまま、動けなくなる。

トイレの正面にある、階段の上の方——そこに、白石要が立っていた。

今回はあたりに、他に生徒たちもたくさんいた。だから、油断していた。

白石が言った。

「サイゴツウコクなんだけど」

言葉が、頭の中にすぐには沈んでいかなかった。

サイゴツウコク、が、最後通告、と変換されたのは、だいぶ、後だ。

混乱する澪に、彼がさらに言った。今回は、あの凶悪な笑みは浮かべていない。滑稽なほどの真顔で、こう続けた。

「神原一太と、仲良くしないでよ」

◆

逃げるように——、いや、文字通り、逃げた。子どもの頃の鬼ごっこなんかを除けば、ほとんど生まれて初めて、誰かから、こんなに真剣に逃げた。

階段を上がり、気づくと、三年三組の前にいた。神原先輩の教室だ。

「神原先輩、いますか」

咄嗟に来てしまって、躊躇《ためら》いながら教室のドア付近にいた男の先輩に言うと、彼が「え？」とやや面食らったような声を出した。後輩が教室を訪ねてくることが珍しいのかもしれない。だけど、すぐに教室の奥の方に向けて、「おーい、神原ぁ」と声をかけてくれた。

先輩は眠そうに、机に伏していた。けだるそうに顔を上げ、澪を見つけて、その顔がぱっと輝く。

「澪」

その声に——教室の空気が変わったのがわかった。女子の先輩たちがざわめいて、澪を見ている。それにつられるようにして、男子の先輩たちもなんとなくこちらを意識したのがわかる。

人前で、名前で初めて呼ばれた。

きっと、「彼女」だから。

心細い思いで逃げて来た先に、明るく優しい声に迎えられて涙が出そうになる。怖かった。本当に怖かった。

「どうしたの?」

神原がドアの方まで来てくれて、澪の顔を覗き込む。

「先輩、白石くんが……」

教室に戻れる気がしない。澪の言葉に先輩の顔が曇った。「え」と短く声に出す。澪が続けた。

「さっき、急に話しかけてきて。休み時間、一人でいたら、最後通告とか、なんとか。先輩と仲良くするなって……」

「一人になったってこと?」

澪はこくりと頷いた。

「十分休みに、トイレに行くだけだったので」

神原の表情が変わる。黒板の上の時計を見て、「もう授業、始まっちゃうな」と呟く。真剣な眼差《まなざ》しのまま、「放課後、聞くよ」と言った。

「ちゃんと話そう」

「はい」

白石もいる教室になんて戻れる気がしない——そう思っていたけれど、神原の顔を見て、話せたことでちょっと落ち着いた。さっきは迂闊《うかつ》だったけれど、もう、絶対に一人になるのはやめよう。

教室に戻ると、次の教科の先生がやってくるのにギリギリ間に合った。戻ってきて席に座る時、また、視線を感じた。

花果や沙穂が、こっちを気にしてくれている視線と、それと、もうひとつ。白石要がこっちを見ている気配がする。絶対にそちらは向かないけれど、わかる。

澪が先輩の教室に行ったことを、白石はもうたぶん知っている。そんな気がした。気持ち悪いけれど、だからこそ牽制《けんせい》できたはずだ。

先輩だってあなたが言ってること、してることを知ってる。だから、わかるでしょ。そんな気持ちで、澪は精一杯、白石を無視した。

放課後になると、教室を出て、部室に急いだ。神原に、早く会いたくて。

すると、部室の前の廊下に神原が立っていた。部屋に入らず、まるで、澪を待ってくれていたように。

心配してくれていたことがわかって、澪が微笑みを浮かべる。

「神原センパ――」

「行こう」

「え、でも部活が」

神原が凭《もた》れかかっていた壁から離れ、澪の手を引く。部室とは反対方向に行こうとするので、澪があわてて尋ねると、神原が振り返った。

「そんなこと言ってる場合か？　ちゃんと話そうよ。どういうことなのか」

「あ、じゃあ先生とか、他の子たちに休むこと、伝えないと」

神原の声が尖って聞こえた。澪を心配し、白石に怒ってくれているのだろう。このまま、本人のところに怒鳴り込みに行くとか言い出したらどうしよう――。ハラハラ心配していると、先輩が澪を見た。咎《とが》めるように。

繫《つな》がれた手の感触が、まだ慣れない。照れてしまう。

「ちょっと、待っててください」

先輩を待たせるのは申し訳なかったけれど、無断で部活を休むのもよくない。神原に繫がれた手をやんわりと抜いて、部室に入る。たまたま中にいた一年生の女子に、「体調が悪くて、今日は休ませてもらうね」と伝えた。先生や先輩たちにもそう伝えてほしい、と。

「はあ、わかりました」

頷くその子の目が、澪の後ろに立っている神原を気にしたのがわかった。先輩は部活を休むことを、ちゃんと伝えたのだろうか。二人でサボったと思われるのは――実際、二人でサボるわけだけど――やはり抵抗がある。部内でつきあうなら、もっとちゃんと部活のことも一生懸命やって、その上でみんなにもちゃんと祝福されるカップルになりたい。

後ろめたい気持ちで部室を後にし、昇降口で靴を履く。陸上部が練習している校庭の前を通って帰らなければならないことがいたたまれなかった。身を屈《かが》めるようにして、なるべく見つかりませんように、と俯いて、やり過ごす。

けれど、神原は堂々としていた。休むことを少しも悪いことだと思っていないように、途中、「あれ？　一太？」と三年生の先輩たちに呼び止められた時も、にこやかに「おー！」と手を挙げて返していた。余計なことは言わないけれど、その仕草だけでサボることもごまかせてしまうあたり、普段から人望があるのだ。神原に声をかけた皆が、横を歩く澪を意味ありげな目で見るのが、すごく気になってしまうけど。

白石要も、どこかで自分たちを見ているのだろうか。ここ数日、神原と急速に距離が近づいたことを、いつの間にか知っていたし。神原に、彼が攻撃とか、何かしてきたらどうしよう。

澪の横――少し先を歩く神原は、しばらく黙っていた。澪が謝る。

「先輩――部活、休むことにさせちゃってごめんなさい」

神原はすぐには答えない。ごめんなさい、はちょっと馴《な》れ馴《な》れしかっただろうか。確かにこれまでだったら、絶対、すみません、と言ったはずだ。

「てかさ」

先輩が口を開いたのは、校門を出た後だった。澪を見つめる。

「どういうこと？」

「え？」

「一人になるなって、オレ、言ったよね。この間、電話で」

咄嗟に何について言われたかわからなかった。神原の言い方があまりに唐突だったせいだ。

「すみません」

反射的に謝る。先輩が――どうやら怒っているのだと、ようやく気づいた。

「朝やお昼とか放課後とか、そういう時は絶対に一人にならないように友達にも話してたんですけど、授業と授業の間の短い休み時間だったし、周りにたくさん他の人もいたから大丈夫かと思って」

「でも、大丈夫じゃなかったわけでしょ？」

「はい。それは――本当にごめんなさい」

ショックを受けつつ、澪が謝り続ける。花果たちにもこの間注意されたけれど、まさか神原からもこんなふうに言われてしまうなんて。

「何が悪かったか、わかってんの？」

澪は頷く。

「はい」

「じゃ、言ってみて」

「……先輩が心配してくれていたのに、一人になったこと」

神原が長く、重たいため息を吐いた。そのふーっという響きが、澪の心を凍らせる。この人に、呆れられたくない。

「真剣に身を守る気、ないでしょ」

神原が言った。

「この間から話聞くたびに、実はそう思ってたんだよね。本当に困ってるなら、もっと完全に相手を突き放して徹底的に無視しなきゃダメなのに、何、相手と喋《しゃべ》ってんの」

「だってそれは」

喋ってない、と思う。

「一方的に、向こうが話しかけてきて。私は何も返したりは」

「だったらなんで喋らせてんの？　無視して普通、即座に逃げるでしょ。そうしろって、この間から言ってるのに」

言われたっけ、と思い出す。必死に思い出す。

先輩には、白石に会った時すぐに、いつも話を聞いてもらった。怖くて、「大丈夫だ」

「心配だ」と言ってもらえるとほっとして。確かに忠告もされたかもしれない。だけど、そこまで強く言われたっけ、と思い出そうとする。

神原がまたふーっと長いため息を吐いた。

「だからつけ込まれるんだよ」

「え……」

「澪、優しいじゃん？　嫌だってはっきり言わないじゃん？　厳しくしないじゃん？　委員長だからって責任感もって、優等生、崩さないじゃん？」

神原の口調が気遣うように感じられた。それは確かに澪がずっと自分に対して思ってきたことだ。しかし、神原の顔つきが変わる。目を細め、澪を見つめる。

「それ、はっきり言って、長所じゃないから」

冷たい声だった。

「自分がひたすら嫌われたくなくてやってることは、弱さだから。弱さにつけ込まれてんだよ。変わらなきゃダメだよ」

鼓動が速くなる。

昨日までの、神原の隣にいた時に感じたときめきとはまったく違う、焦りと不安による鼓動の速さ。謝らなきゃ、と思う。先輩は怒っている。

言われたくなかった、一言だった。

澪自身、誰よりわかっていたからだ。気が弱くて、嫌だってはっきり言えなくて、そこは自分の悪いところだとわかっていた。突きつけられた思いがする。

恥ずかしさでいっぱいになる。

神原が澪の一歩先に立ち、どんどん、どんどん、歩いていく。いつものバス停の方だ。消え入りたい気持ちで、澪が言った。

「あの、先輩。今日、もう送ってくれなくても大丈夫です」

神原が澪を見た。視線を下げながら、続ける。

「すみませんでした。もう、本当に、一人で大丈夫ですから」

「大丈夫じゃないから、こうなってるんだよね」

あ、と思う。

目線を上げると、冷ややかにこっちを見ている神原の顔があった。

「何、勝手に決めてんの？　ちょっと厳しいこと言われると、そうやって気まずいから人のこと遮断しようとするの、澪の悪いところだよ」

「そんなつもりじゃ、なくて」

声が必死になる。「遮断」だなんて、そんなふうに思っていたわけではなかった。

「ただ、私、先輩に迷惑をかけちゃったから」

「迷惑っていうなら、一人になってまた転校生に何かされるそっちの方が迷惑なんだけど。ほんと短絡的に、自分が楽で、悪者にならないですむことしか考えないよな。思いつきで喋るのやめたら？」

澪は黙ってしまう。

その通りだったからだ。一人になると白石につきまとわれる。だから先輩に相談して頼ったのに、これじゃ本末転倒だ。

「一緒には帰るから」

神原が断言した。もう、そこには澪の意思など関係ないのだという気がした。「心配だから」と先輩が付け加える。

バスに乗り込み、横に座っても、澪はしばらく無言でいた。神原の言う通りすぎて、自己嫌悪に陥る。一人になって大丈夫なんかじゃ、ない。また白石に何かされたら、どうしていいかわからないし、怖い。

けれど、怖い思いをしたすぐ後で、澪は毎回花果たちや神原に話して——そのことで盛り上がってきてしまった。

これじゃまるで楽しんでいるみたいだ、と自分でも思っていた。真剣に身を守ろうとしていない——という先輩の言葉が心に突き刺さる。

横に座っていた神原が、「澪」と呼んだ。顔を向けると、先輩は自分のスマホを見ていた。何かを検索するように指を動かし、やがて「これ」と澪に画面を見せてくる。

それは、自分と神原の、ＬＩＮＥのやり取りだった。

『絶対に一人になるなよ。相手が何をしてくるか、予想がつかないんだから』

『そうですね。先輩、心配してくれてありがとう』

昨日のやり取りだ。なぜ今そんなものを見せられるのかわからないでいると、神原が言った。

「軽く考えてただろ」

先輩が澪を見る。——睨んでいる、と言っていい目つきだった。

「こう書いたってことはさ、もう、契約書に誓ったのと同じだと思うわけ。一人になるなって、ちゃんと言ったのに、それ守られないんだったら、オレ、どうすればいいの？　忠告してたのに本人が守らないなら、オレにできることなんてないじゃん。これ、契約違反と同じだよ？　わかってる？」

「……はい」

バスの席で揺られながら、澪は、呆気《あっけ》に取られる。まだこの話が続くのか、とびっくりしていた。しかも、LINEの文面まで見せられて。

画面の中の『先輩、心配してくれてありがとう』の文字が、すごく遠い。これをやり取りしていた昨日には、だって、今日のようなことが起こるなんてまったく考えていなかった。それを、「軽く考えてた」と言われても、言い訳の仕様もない。

「ごめんなさい」

何について謝っているのか、自分でもよくわからなくなってきた。すると、それを見透かしたようにまた聞かれた。

「何が悪いか、本当によくわかってる？　オレだってこんな話、別にしたくないよ。澪が危険な目に遭ったら大変だから、心配して言ってるのに」

ごめんなさい、と、すみません、を繰り返しながら、バスが早く着かないかな、と念じる。着いたら、もう、バス停までで大丈夫です、と言おう――と考えて、そこが、ダメなんだ、とはっとする。だって、白石は家の場所を知っている。家の前で、会ってしまったことだってある。神原の言う通り、自分のわかってなさを思い知る。だから怒られるんだ、と悲しくなってくる。

バス停で降り、当然のように神原と肩を並べ、いつものように家の前まで行く。神原はまだ怒っていた。声を荒らげるわけではないけれど、澪を問い詰め続ける。

それが——、家の前まで行って、ふっと言葉を飲み込んだ。足を止め、じっと澪の家の向こうを見つめる。竹藪の方向を。

「先輩？」

「例の転校生のこと、心配だから、澪の家族にもちゃんと話した方がいいと思ったんだけど」

「えっ！」

「なんで驚くの？」

神原がまた、少し不機嫌そうになる。

「だって、当たり前じゃない？　家の近くにまで来られてるんだから。両親とか、おばあさんとか、あと、弟いるよね？　雫くん。家族にちゃんと話して、いざって時に守ってもらわないと」

「でも、親に言うとかはまだ……」

具体的にそこまで何かをされた、というわけじゃない。

「まだって何？」

神原が言った。澪が言葉に詰まる。

「まだってことは、これからエスカレートして何かあるって、そういう予感があるわけでしょ？　なのに、それを放置して、何かもっとひどい事態が起こるのを待ってる人の言葉だよ、それ。大《おお》ごとにしたくない、騒ぎたくないって——じゃ、何のためにオレに相談してるの？　オレへの相談は無意味なの？」

「そんなこと……」

「そんなことまで考えてないってこと？　さっき言ったよね？　短絡的に思いつきで喋るのやめろって」

神原の言っていることは正論だ。正論すぎる。

「あとさぁ」

うんざりしたように神原が言った。これ以上、何を言われるのか——途方に暮れる澪に、彼が、顎先を、急に家の方に向ける。

「この竹藪、何？」

「え……？」

何を言われたのだろう？　と虚をつかれ——反応が一瞬遅れると、神原が続けた。

「なんかすっごい、やな感じがするんだけど」

「やな感じって……」

風が、さーっと流れるように吹いて、竹が揺れる。祖父の代の、そのまた前の代からずっとあるという竹藪は、澪が小さな頃から親しんできたものだ。

そんなことを突然言われる筋合いはない。初めて澪の胸に違和感のようなものがこみあげる。けれど何かを返す前に、神原が「まあ、いいや」と呟いた。

「今日のところは帰るよ。家まで送ったから、あとは、もう、絶対に一人になるなよ。家の外に出るなよ。何されるかわからないんだから」

「わかりました」

「——本当にわかってんのかな」

まるでお母さんや先生みたいだ——と思う。

それもまだ、幼い頃のやり取り。子どもにできるわけがないと思って呆れたように嫌みっぽく言う、ああいう感じ。

「それと、髪、切った方がいいな。澪」

「……そうですか?」

「うん。短いの、すごくいいと思ってたけど、首にかかるようになってきて、うなじが見えないの、オレ嫌い。もう少し短い方がいいんじゃない?」

いきなり話題がまた飛んで、澪は戸惑ってしまう。先輩ってそんなこと言う人なの——?

ショックを受けつつ曖昧《あいまい》に頷いて、どうにかお礼の言葉を口にする。

「送ってもらって、ありがとうございました」

「いいよ。そんなふうに丁寧に言わなくても」

神原が言って、踵《きびす》を返す。神原のことは好きだけど、今日ばかりはようやく解放された思いで澪がほっとしかけると、追い打ちをかけるように、彼が言った。

「どうせ、うっすい感謝しかしてないんだろうから」

その場に足が——体が、凍りつく。

動かない澪を先輩がちらりとも振り返らず、去っていく。その姿が見えなくなるまで、澪は見送る。頭を下げ、「ありがとうございました」と機械のように繰り返す。名残惜しいからではなくて、怖いから。次に先輩が振り向いた時に自分がいなかったら、怒られそうだから。逃げるように家の中に駆け込むところを見つかったら、また何か言われそうだから。

先輩の姿が消え、見えなくなっても、しばらく待った。待っていると涙が出てきそうになって、数秒、胸の中でカウントしてから、くるりと家の方を向いた。玄関から中に駆け込む。

——どうせ、うっすい感謝しかしてないんだろうから。

最後の声が耳の内側でこだまする。

「うわっ。どうしたの、姉ちゃん」

リビングに飛び込み、座布団に顔をくっつけるように倒れ込んだ澪に、雫が声をかけてくる。

「ほっといて」

答えながら、澪は改めて、考えていた。考えて、そして、混乱していた。あれっと気づく。

——あと、弟いるよね？　雫くん。

私は、神原先輩に弟がいることなんて話したっけ？　雫の名前を教えたっけ？

◆

「澪さ、なんか顔色悪くない？」

翌日の学校で、沙穂が気遣うように声をかけてきた。

お昼休みのことだった。お弁当を開いたまま、食欲がなく、持った箸《はし》がなかなか動かない澪の顔を、二人が覗き込む。花果も言った。

「うん。なんか、元気ないよね」

「またあの転校生のこと?」

「うん、まぁ……」

昨夜《ゆうべ》はほとんど眠れなかった。けれど、その本当の理由を二人には言えない。

昨日、神原と別れてから、寝る前にスマホをチェックして――そして、絶句した。

神原からLINEが来ていた。いくつも、いくつも。

『今日、最後にオレが言った言葉、聞こえてたよね? どうして否定しなかったの』

『薄い感謝なんかじゃありませんて、どうしてすぐに言わなかったの? つまり、その程度の感謝しか結局してないってことなんだよね』

『別にいいけど、これまでずっとあの転校生について相談に乗ってきて、だから、相談に乗った責任として家まで送ってたけど、迷惑だったってことかな』

『彼氏なんだから彼女の心配をするのは当然だと思うけど、だからってその善意を完全に当たり前のものだと捉《とら》えられると、こちらもやるせない気持ちになります』

『部活休ませてごめんって謝るのも、謝るから許してくださいって考えで言ってるとすれば、こちらは許すしかなくなります。謝ることが他者への圧力や暴力になることをわかったうえで言葉を選ぶのは優しさではなく、ずるさです』

『来たばかりの転校生には、澪の性格は優しくて魅力なのかもしれないけど、澪をずっと前から知ってる立場としては、そういう澪の拒絶できない優しさは対等な優しさではないと感じるし、直した方がいいところだと思う。傷ついたかもしれないけど、必要なことだからあえて言いました』

『こんな厳しいことを言われたって、友達に泣きつこうと思ってるんだとしたら、それも澪の悪いところだから。そういうところがまさに悪いんだって、わかってるよね？』

どう返事をしていいか、わからなかった。震える手で文面を考えていると、追加でLINEが来た。

また神原からか、と悲鳴を上げそうになると——違っていた。同じ部活の二年生、涼香《すずか》からだ。

『澪、おつかれ。

今日サボったの、どうして？　先生も先輩たちもすごく怒ってたよ。神原先輩と本当につきあってるの？　最近、なんか変だよ。このままじゃ感じ悪く思われるから、謝った方がいいよ。みんな、心配してます』

読んで、どっと疲れが来た。

心配、と書いてあるけど、本当は何が言いたいのか、わかる。みんな、怒ってる。もうすでに「感じ悪く」思われている。

こんな中、明日《あした》の部活に出なきゃいけないのか。眩暈《めまい》がする。

先輩にどうLINEを返していいかもわからない。けれど、何か返さなければ——そうしないとまた、そこが悪いと責められる。私が確かに、悪いのだけど。

花果や沙穂に相談したい、と切実に思う。だけど、そういうところだ、と神原に指摘された文面がちらつく。

転校生のことをいちいち騒いで、話し、相談に乗ってもらった結果、澪は調子に乗っていたのかもしれない。今の神原先輩の態度は、まさに澪の性格のそういう悪い部分が招いてしまったことなのだ。

『ごめんなさい』と、神原に返した。そうするのが精一杯だった。

『ごめんなさい。悪いところは直します』


「あと……先輩と、ちょっと」

花果と沙穂の前で、つい言葉が口を衝《つ》いてしまう。二人が「えっ」と驚いた声を出す。

澪は、はっとして、すぐに首を振った。

「だけど、大丈夫。すぐに仲直りしたから。私が一人になったり、無防備すぎるって、注意されちゃって」

花果にも沙穂にも、白石からの「最後通告」については言えないままだった。沙穂が「ああ～」と軽い声を出す。

「愛ゆえだよね。先輩、きっと澪のこと心配なんだよ」

「うん……」

この集まりで、先輩、というと神原先輩のことのみを指す。陸上部に先輩が来たばかりの頃、澪は同じ幅跳びの選手になった先輩のことを、毎日のように話して聞かせた。かっこいい、優しい、さわやか——無邪気にそう話すのが楽しかったあの日々が、今はもう、ただただ懐かしい。

「ふうん」

花果がこの間からポニーテールにしている髪を軽く手でさすりながら、頷いた。

沙穂は楽しげに先輩の話をしてくれるけれど、澪としては花果のそんな態度も気になってしまう。この間、彼氏がいるいないの話で揉《も》めたばかりだし、あまりのろけるようなことはしたくなかった。

教室の、白石の席の方を見る。視線はもう感じない。いつの間にか、教室からいなくなっていた。

最後通告だなんて言ってきたくせに、あの重たい視線を、そういえば今日は一度も感じなかった。

「ってか、転校生、昼休み、毎回、いないね。何食べてんだろ。虫？　校庭でつかまえて食べてるとか」

毒舌の花果が言って、澪が「そんなふうに言わないの」と言う。白石は確かに不気味だけど、そうやって誰もがバカにしていい雰囲気になると、本当にクラス全体に疎んじる空気ができあがってしまう。そうやって、いじめのようなことが実際に起こってしまうことは、やはり嫌だった。

花果が笑う。

「優しすぎ、澪。あいつのせいで、すっごい怖い思いしてんのに。その博愛主義、どこから来るの？」

ふざけるようなその声に、今は笑えなかった。聞き流せないくらい、言葉が、胸にこたえた。

放課後になって、部室に行って、神原が昨日と同じように廊下の壁の前に立っているのを見た瞬間、無意識に息を呑んだ。神原が澪に気づいて、「ああ」と、壁から背を浮かす。

「帰るか」と言われて、腕にぞっと鳥肌が立った。

思ったのは、孤立してしまう、ということだ。

部活で、これまで以上に浮いてしまう。

「あの、先輩」

「何？」

「今日は私、部活、出ます。昨日もサボっちゃったし、これ以上はみんなに迷惑かけられないから」

「え？」

神原が眉間《みけん》に皺《しわ》を寄せる。信じられない言葉を聞いたというように、大袈裟に。

怖かった。だけど、澪も一生懸命に続ける。

「私が悪いんです。転校生のこと、先輩が相談に乗ってくれるから、それに甘えて……。だけど、部活はちゃんと出ないと」

「あのさあ」

神原がうんざりしたように頭をかく。どうしてわかんないかなぁというように、首を振り動かして、澪を見た。

「わかってる？　一番はそういうところなんだよ。私が悪いんです、とか、自分が悪かったんだから仕方ない、とか。そういう、自分を責めるようでいて、白旗上げて自覚してるから責めないでくださいってやってる、そういうとこが責任取ってるようでいて責任取ることを放棄してるんだよ。いい加減わかれよ」

「あ……」

「オレ、何か間違ったこと言ってる?」

返事ができなかった。

「行くよ」

先輩に言われる。見えない糸で引っ張られるように、澪は頷いて、彼と一緒に歩いていく。私が悪い、と思うことさえできないなら、誰を責めたらいいのか、わからなかった。

「今日さ」

バスに乗り、しばらくした頃、神原が言った。澪が無言で神原を見ると、彼が言った。

「家に行くけど、いいよね。澪の親や弟に話さないと。あの転校生のこと」

黙ったまま、目を見開いた。

母は――確かに、いるだろう。弟も部活を終えたら帰ってくる。だけど、まだ話す覚悟ができていない。自分がストーカーされているだなんて。

「何かあってからじゃ遅いんだから」

神原がきっぱりと断言する。澪が何か答えても、もうこれ以上は取り合ってくれないだろう。何か言いたくても、言葉が全部封じられてしまっている。

「ねえ、澪」

「はい」

おそるおそる、返事をする。すると、神原が言った。

「竹藪、焼いた?」

「へ……?」

場違いな、間抜けな声が出た。有名な回文に「たけやぶ、やけた」というものがあるけれど、それにちなんだ冗談でも言われたのかと思ったのだ。

けれど神原の顔は大真面目だった。真顔でこっちを見る。

「焼いてないの？　焼いとけって、オレ、言ったよね」

「そんなこと……」

言われてない。間違っても言われていない。そんな突拍子もないこと、言われたら絶対に覚えている。ただ、うちの竹藪が嫌な感じ、と言われただけだ。

絶対に言われていないと思うけど、出かけた言葉を飲み込む。ただ、「すみません」と謝った。

「あーあ」

バスの車窓を眺めながら、先輩が声を洩らす。

「澪って、そういうところあるよな。いつも、適当に聞いて」

「ごめんなさい」

謝り続けると、先輩が「別にいいけど」と、少しもどうでもよさそうじゃない口調で呟いた。

家に来るのを、どうやって断ろう――。

具合が悪い、とうずくまろうか。ダメだ。だったら、なおさら家まで送られてしまう。

ポケットの中のスマホを握り締める。電話がかかってきて、急に母が倒れたことにしようか――ダメだ、心配されて、きっとついていくとか言われる。心配、されてしまう。

最寄りのバス停で、バスを降りる。

とうとう、着いてしまった。

「行くぞ、澪」

先輩が勝手知ったる調子で、澪の先に立って歩き出す。何度も送ってもらったせいで、家までの道をもう完全に知られている。

家の前に来たところで、先輩がふいに、言った。

「あの転校生さ」

「はい」

「転校してきたばっかで、澪のこと何も知らないくせに、身の程知れよな。超気持ち悪りぃ《わ》。前から知ってるオレからすると、澪の優しさをきっと履き違えて――」

「でも……、先輩も、転校生、でしたよね」

思いきって、言った。今ならなぜか、言える気がした。

風が吹く。先輩が澪に顔を向ける。家の背後の竹が、大きく右から左にそよいだ。

先輩の嫌いな「でも」を、言ってしまう。

澪はもう、抑えられなかった。本当はずっと違和感があった。

前から知ってる、澪はこういうやつだから――。言われながら、頷けるところもあったし、自分が悪いと責めもしたけど、どうしても、思ってしまった。

「先輩だって、去年、転校してきて、陸上部にだって今年入ってきたばっかりで。私のこと、そんなに昔からなんでも知ってるってわけじゃ、ないですよね……」

勇気を振り絞る。最初の第一声を口にしたら、弾みがついたように言葉がちゃんと出てくれた。

先輩が唇を引き結んだ。笑わない――無表情になる。

その顔を見つめながら、思った。

そういえば、転校生の——白石のことを神原が責める口調で話すのは、今がほとんど初めてだ。ストーカー自身のことじゃなくて、神原が責めるのは、いつも、被害者であるはずの澪のことだった。澪をダメだ、と言い続けてきて、その怒りが向くのは澪にだけで、当の白石についてはどうでもよさそうだった。

澪だけが、全部、悪いように。

「何、それ」

先輩が言う。イライラした様子で頭をかく。

澪は呆然とその様子を見ていた。

神原先輩は、こんなふうに神経質な仕草をする人だったろうか。部活を無断で休んで平気な人だったろうか。

考えながら、だけど、澪だって知らないのだ、と思い知る。

白石が転校してきた初日、花果たちと話した。——先輩のことを。三峯学園の転入試験が難しいということを、話していた時。

——でもさ、白石くんってきっと頭いいんだね。うちの転入試験、結構難しいって話なのに。去年転入してきた先輩だって、いきなり学年一位の秀才だったわけだし。

神原先輩は、頭がよかった。私たちの間で、「先輩」と言ったら、神原先輩一人のことを指すようになるまで、澪は神原に憧れたし、夢中になった。

けれど、その神原一太とはどんな人だったのだろう。憧れていたけれど、澪も神原のことを——この人のことを、何も知らない。こんなふうに澪を「わかってる」「知っている」と断言してしまうような人だなんて、思わなかった。

神原がゆっくり、頭から手を離す。ひどい肩こりがあるように、大儀そうな仕草で首を回す。そしてすうっと目を細めた。

目が、澪の向こうの、家を見ていた。家の裏の竹藪を見ていた。

「ここの――せいか」

息を呑む。何について言われているのか、言葉を失う澪の後ろで、その時、声がした。

「あきらめなよ、神原一太」

澪は、はっとして――、背筋を正して、振り返る。

家の裏手から、詰襟姿の男子がやってくる。いつかの記憶と、目の前の光景が重なる。家の近くで彼に会うのは、これで二度目だ。

「白石くん……」

白石要が立っていた。だけど、その目は澪を見ない。神原をじっと見据えている。

怖さは感じなかった。この間、あれだけ不気味だった白石の姿に、なぜか今、澪は救われたような気持ちにすら、なっていた。我ながら都合がよすぎるけれど、そう思えた。

神原と自分だけの謝り続ける関係性に、誰か他人が入ってきたのだ、と、はっきりわかった。

白石が一歩、前に出る。

神原が不機嫌そうに白石を一瞥《いちべつ》する。「これが転校生?」と呟いた。吐き捨てるように神原が言う。

「お前か、澪のストーカー。気持ち悪《わ》りぃ。澪、逃げよう。早く家に……」

「一家惨殺」

え……、と喉の奥で声が固まる。不穏な声は白石のものだった。澪の足が固まる。見ると、神原もまた身動きをやめている。目を見開いて、白石を凝視している。

「家族の一人から入り込んで、相手を取り込んで、いつの間にか、家にまで入り込む。そっちの理論を押しつけて、相手に自分が間違ってるように思わせて、正しさを押しつけて。家にまで入り込んで、いつの間にか、一人残らず支配して。今度もそうするつもりだったんだろうけど――」

白石が静かに笑った。

鋭く尖った、あの牙《きば》のような歯が覗く。凶悪な笑みを浮かべた白石が、自分の後ろから何かを取り出す。――銀色の鈴、のようだった。

りーん、とその音が鳴る。

神原の目が大きく――さらに大きく、見開かれる。

「祓《はら》いにきた。この家は、殺させない」

「お前……っ!」

りーん、ともう一度、音が鳴る。風が吹いた。家の後ろの竹藪が、さらさら揺れる。その中に、同じ鈴の音が混ざっている気がした。

涼やかな音だ、と思った。しかし、その時、ぎゃあああああ、という声が響いた。空気が割れんばかりの絶叫。耳を疑うほどの。

神原が地面に崩れ落ちた。頭を抱え、のたうち回って苦しんでいる。あまりの様子に、澪は口を押さえる。先輩、と咄嗟に駆け寄ろうとする。腕をつかんで――「ひっ」とその手を引く。

神原の腕が――、体が、熱かった。熱があるとか、そんなレベルじゃない。熱せられた金属を触ったように、熱い。

「触らない方がいいよ」

鈴を構えたまま、白石が言った。落ち着き払った声だった。

その目が初めて、澪をちらりと見た。興味なさげに、声が言う。

「だから最後通告だって、言ったのに」

白石の言葉に、澪が完全に声を失う。神原が苦しんでいる。よく整ったその顔が歪《ゆが》み、苦しそうに両手が顔を、喉を、頭を掻《か》き毟《むし》る。

先輩――、再び駆け寄ろうとして、足が、手が止まる。激しく掻き毟った神原の顔が、血だらけだったからだ。そのあまりの形相に近づけなくなる。がくん、と大きく、神原の顔が後ろに反《そ》った。

「何度も忠告したのに」

目の前で苦しむ神原の姿など意に介さない様子で、白石が続ける。あの、何を考えているかわからない虚《うつ》ろな目のまま、澪を見る。

「神原一太に近づくなって。家の裏に竹があったから、よかったけど」

神原が「やな感じ」がする――と言った、竹藪。

風に揺れると、竹の合間から何か鈴のような音が、今度はもうはっきり聞こえる。そのたびに、のたうつ神原の体の動きが、痙攣《けいれん》が大きくなる。

「白石くんは……なんなの？」

混乱しながら、それでも、どうにかわかることがあった。

この人は、おそらく——たぶんだけど、澪を助けに来たのだ。

答えない白石に、澪がなおも尋ねる。苦しむ神原の姿を見つめながら。

「先輩はどうしたの？　白石くんは、どうして——」

澪が思いつくままロにすると、白石がめんどくさそうに舌打ちをした。あんまりな態度だと思うけれど、感情が見える分、ほっとした。何を考えているかわからなくてぞっとしていた頃より、ずっとマシだ。

「最初に、顔見た瞬間にわかった。——魅入られてるって」

転校初日、澪のことをじっと見ていた白石の、重たい視線を思い出す。白石が早口に続ける。足元でうめく、神原の姿を見つめながら。

「やられるって思ったから、家に行かせてもらおうと思ったのに」

竹藪が騒ぐ。

——今日、家に行ってもいい？

いきなり聞かれたあの声と、静謐《せいひつ》な竹の香りが重なる。澪は目を見開く。わけがわからないことだらけだけど、思い当たることがあった。

家の裏手から、白石が出てきたあの日。澪の家に来て、この竹藪に、白石がおそらく何か、していったのではないか。

——どんなとこに住んでるのかなって、思って。

あの時に、おそらく。

「でも、でも……」

唇が、わななく。当時の恐怖も思い出しながら、続ける。

「家に行きたいなんて言われても、普通は」

「そう？　オレがしたことと、神原一太がしたことと、何が違うの？　時間をかけたか、手順が違うかだけで、こいつはオレ以上に内部まで原野さんの家に入り込もうとしたよね。家まで、何度も来たよね」

白石の口調は淡々としていた。何を考えているかわからないと思っていたのに、いきなり「原野さん」とちゃんと呼ばれて呆気にとられる。

「こいつらは、自分の闇を押しつけるんだよ」

白石が言った。目はまだ、神原をしっかりと捉えている。

「あちこちの街を移動しながら、闇を振りまいて、他人を引きずり込んでいる。そうやって引きずり込まれた関係を断ち切って、祓うのが僕ら――」

足が震える。一家惨殺、という強い言葉を聞いてしまった今ではなおさらだった。ばかげている、信じられないと思うけど、白石の言葉には不思議な説得力があった。

家に来る、という神原に、澪は、普通に考えたらおかしいのに、抗《あらが》えなくなっていた。時間がかかったか、手順が違ったかだけで、白石を拒絶したようには拒絶できなくなっていた。

――でも、普通はその手順こそが大事で、段階を踏むべきものなのに。

まともな言い分が通用しないことが悔しいけれど、助けてもらったことは、わかった。

釈然としないけど、わかった。

「言え」

りーん、という鈴の音を響かせながら、白石が、神原に告げる。命じる。目が不思議な光を浮かべていた。冷ややかでも、怒っているわけでもない、何の表情も読み取れないような、不思議な目つきだった。

「お前の家は——父親は——」

その時だった。

「……くそっ！」

神原が立ち上がった。顔を覆ったまま、素早く。

さっきまで苦しんでいた体のどこにそんな力があったのかと思うような素早さだった。腕で顔を乱暴に、神経質そうに何度も何度もこする。その腕の隙間から、血だらけの顔が覗く。無言で白石を睨み——走り出す。

獣のような咆哮《ほうこう》が、一度、上がった。びりびりと、その声に空気が震える。圧倒されたように、竹の揺れる音も、鈴の音も、消える。聞こえなくなる。

神原が逃げ出す。びっくりするような俊敏さで。まるで、映画の特殊効果を見ているような現実感のなさで、道を戻っていく。

白石要が息をつめた。待て、とも何とも言葉は発しなかったけれど、そのまま、神原を追いかけようとする。

「待って！」

澪が呼び止めた。頭の中が混乱を極めている。あれだけ怖い、不気味だと思っていた白石の腕を無意識に引いていた。

白石が顔を顰めた。

「何?」

「……そもそもあなたが来なかったら、こんなことにならなかった気がするんだけど」

先輩と距離が急速に近づいたのは、白石のことを相談するようになったからだ。原因は、だとしたら、この人にあるのではないか。

ひょっとしたら、先輩がおかしくなったのだって。

優しい先輩が戻ってきてくれることだって、あるのではないか――。

「関係ない」

澪の淡い期待を断ち切るように、白石がきっぱりと否定した。

「僕が来ても来なくても、こうなってた。それが、早かったか遅かったかだけで」

「でも」

本当に怖い思いをしたのだ、と思う。

白石のことではなく――神原のことで。今になって、それがはっきりと認められる。深夜の大量のＬＩＮＥを思い出すと背筋が凍る。逃げ場がない気持ちで、神原にどれだけ謝ったか。

白石が目を細める。ため息を吐いて、澪を見下ろす。

「ほっとくか、それとも餌にするかどうかは迷ったよ。だから、忠告したのに」

「机に書いたの、そういうことなの?」

「……なるべく驚かさないようにしようと思って」

初めて、白石が気まずそうに少しだけ口ごもった。その様子を見て、どうやら本当にそう思っているのだ、と悟る。この人は、本当によかれと思って書いたのだ。あの、やたら達筆な、威圧感のある文字を。

澪は呆れてしまう。この人、社交性とか、社会性がないんだ——。人との距離の詰め方を全然知らないのだ。けれどもう、それは単に、事実としてそれだけのこと、と思ってしまえた。嫌な感じはもう受けない。本当に不思議だけれど、今はもう、神原のことを考える方がずっと気持ち悪いし、嫌悪感がある。あんなに好きだったのに——。

そして、白石は怖くない。

「最後通告って言ったのは、そういう意味。そこで原野さんが引いてくれるなら、別の手を考えるつもりだったんだけど」

白石が言う。腕にかけた澪の手から逃れて、ふっと後ろを向く。

「囮《おとり》にしたのは、悪かったよ」

そう告げて、神原の消えていった方向へ走り出す。走り去る直前、一度、振り返った。

「しばらく、竹藪はそのままにしておいて。それで、神原は原野さんをあきらめるはずだから」

餌とか、囮とか——。

失礼なことを言われた、という自覚はある。あんまりだ、とも思う。

けれど、白石が去ると同時に、腰から下の力が抜けた。見えない誰かに急に押されたように、ぺたん、と尻《しり》もちをつく。そうするともう、立ち上がれなくなった。

いきなり告げられた断片的な内容を、すべて理解できたわけではないし、思考が整理できたわけでもない。信じられないようなことが一度に起きたけど——、のたうち回って苦しむ神原の姿を、あんなにもはっきりと見てしまった。血だらけの顔が、澪の方を一顧だにせず、白石を睨んで去っていったのを。

神原先輩は、私のことを見ていなかった。何の弁明とか、説明もなく、ただただ、逃げた。あれだけ澪を責めて、ＬＩＮＥも送って。なのに、澪の存在が、どうでもよかったように。

——こいつらは、自分の闇を押しつけるんだよ。

——そうやって引きずり込まれた関係を断ち切って、祓うのが僕ら——。

白石の言ったこと、すべてを理解できたわけではないし、信じられたわけではない。だけど、感覚で、わかってしまったことがある。見てしまったから、もう。

神原先輩は、普通の人じゃ、なかったのだ。

おそらく、白石要も。

住宅街は静かだった。さっきまで、あれだけ竹を揺らしていた風が少しも吹いていない。先輩の絶叫が響き渡ったはずなのに、周りの家々からも、誰も出てくる様子がない。

まだ力が入らない足を引きずるようにして、這《は》うように、家の門をくぐる。玄関を開ける。

「……ただいま」

「おかえりー」

奥から、のんきな、とてものんきな母の声がした。それを聞いた途端に、胸の真ん中に熱いものがこみあげる。台所から、音がしている。

——神原は原野さんをあきらめるはずだから。

助かったのだ、と思った。

◆

翌日、学校に行くのは、かなり、緊張した。緊張と、しかし、何が起こるのだろうか、という少しの期待、のような感覚。

昨日はあれから、ひさしぶりにきちんと眠れた。

神原とのやり取りはたった数日間のことだったのに、その間、ずっと視界が閉ざされていたようだった。心が平穏になって、初めてわかる。自分が支配されたように、彼の言いなりだったこと。こうなってみて初めて自覚する。空気の重さまで全部、変わって感じられた。ほんの短い期間だけ、凄《すさ》まじい嵐の中に放り込まれて切り刻まれるようだったこと。あそこから無事に戻ってこられたけれど、帰ってこられない可能性だってあったかもしれないこと。

白石と、ちゃんと話そうと思っていた。

もう、白石のことは怖くない。神原はどうなったのだろう。白石がいてくれるなら、神原のことも昨日までほどには怖くなかったし、神原ともちゃんと臆《おく》せずに話せる気がした。

「澪、おはよう」

沙穂が声をかけてくれる。「おはよう」と返しながら、澪は、三年生の教室の様子がずっと気になっていた。神原はどうなったのだろう。素知らぬ顔をして、また登校しているのだろうか。でも、昨日のあの顔の怪我は、きっと隠せるものじゃない。

白石はまだ来ていなかった。いつも、チャイムの鳴る本当にギリギリに来る。今日ばかりはそれがもどかしい。

ひょっとして、また、転校していってしまったりして――。

来た時と同様に唐突にいなくなってしまったら、と考えると、落ち着かない気持ちになる。満足のいく説明を、彼からまだ聞いていない。

と――。

「原野たち、二人とも、ちょっといいか」

顔を上げると、担任の南野先生が廊下から教室の中を窺《うかが》っていた。いつもチャイムが鳴ってから教室に入ってくるのに珍しい。澪と沙穂が顔を見合わせる。花果はまだ来ていなかった。

普段は快活な南野先生の表情が、少し硬い気がした。気になりつつ、二人で、「なんですか」と廊下に出ていくと――、先生の後ろにもう一人、女の人がいることに気づいた。

その人はとても疲れた様子で、目が落ちくぼんでいた。顔が真っ青で、寝ていないか、具合が悪いのかもしれないと思う。泣きそうな目で、澪たちを見ていた。

見たことがある顔だけど――と思って、気づいた。

保護者会の時に一度、見かけたことがある。花果の、お母さんだ。

「ちょっと、こっちへ」とつれて行かれたのは、職員室隣の生徒指導室だった。小さな部屋に通された瞬間、嫌な予感がした。

「どうぞ」

南野先生に席をすすめられても、花果のお母さんは座らなかった。黙ったまま、ただじっと、澪たちを見ている。花果のお母さんが座らないから、澪たちも座れなかった。

南野先生が困ったように切り出した。

「――花果さんが、昨夜、家に帰っていないんだ」

澪は息を呑む。横の沙穂も「え？」と短い声を出した。先生が続ける。

「一度は家に帰ってきたらしいんだけど、夜、家の人も知らないうちに抜け出して、そのまま連絡がない。朝まで帰ってこなくて、今日も、何の連絡もない。学校にも来ていない」

「……二人とも、何か、知らない？」

花果のお母さんが初めて口を開いた。目が赤い。泣いたせいなのか、寝ていないからなのか、その両方なのかはわからなかった。澪と沙穂に向けて、身を乗り出す。

「机の上に書き置きのメモみたいなのが。あと、窓が開いてて、まるで、吸血鬼がさらっていったみたいで」

吸血鬼。

お母さんは相当動揺しているようだった。南野もその突拍子もない言葉に、どう反応したらいいかわからないというように、お母さんを見ている。

けれど、澪は、自分の顔から、どんどん血の気が引いていくのがわかった。それに比例して、足裏が床にくっついてしまったように体が固まっていく。

想像してしまう。

開けっ放しの窓。花果の無人の部屋の、カーテンがはためく。

吸血鬼、は、お母さんの思ったままの、率直な印象と感想なのだ。突拍子もない言葉だからこそ、それが嫌ってほど伝わる。見たように、想像できる。

「メモって、何が書いてあったんですか」

尋ねる自分の声が、自分の声じゃないみたいだ。嫌な予感がする。

——吸血鬼。

最近、突然ポニーテールになった花果。華奢《きゃしゃ》な首筋が見えると、大人っぽくて花果にはよく似合う髪型だと思っていた。白いうなじ。

——髪を切れ、と澪も最近誰かに言われなかったか。首にかかってしまうとよくない、と。うなじが見えないの、オレ嫌い、というあの言い方にものすごくげんなりして、がっかりしたことを思い出す。

——吸血鬼。

白く細い喉に、牙を立てる鬼。花果について考えているのに、想像とともに、澪の首筋もまたちりちりと痛み、総毛立つ。

神原が笑っていた。友達と喧嘩をしてしまった、と話した澪に、優しく、柔らかく微笑みかけて言っていた。大丈夫でしょ、と。

——すぐ仲直りできるって。だって、見てると毎回、澪や花果ちゃんたち、いい感じだもん。仲良し三人娘って感じで。

悲鳴を上げそうになる。

花果と先輩を直接会わせたことは、澪は一度もない。だけど、先輩は花果の名前を知っていた。校門であの日ずっと澪を待っていた先輩は、その前に校門を出ていく生徒たちと会っていたはずなのだ。澪や沙穂を置いて、さっさと出て行った花果とも。

「これなんだけど」

花果のお母さんがハンドバッグを探る。一筆箋《いっぴつせん》のような細長い紙を取り出す。その内容が見えた途端、澪は、ああ——と声にならない声を吐き出し、目を閉じた。

『三年生の神原先輩と一緒にいます。心配しないでね』

澪の代わりに「ええええーっ！」と声を上げたのは沙穂だった。

澪が次に目を開けると、沙穂はあまりのことに、澪と花果のお母さんと南野先生と、誰のことをちゃんと見ていいかわからなくなったように、かわいそうなくらい動揺していた。中でも一番気にしているのはやはり澪のことだ。どういうこと？　どういうこと？　混乱しきった目で、こっちを見ている。

「三年の神原は、まだ来てない。家に電話してるけど、誰も出ないんだ。原野、お前、神原と同じ陸上部だろ？　何か聞いてないか？」

「……わかりません」

答える声が掠れていた。沙穂が痛々しいものを見るような目でこちらを見る。

「昨日は花果とは電話もＬＩＮＥもしてないし、放課後別れたのが最後です」

「私も……」

沙穂も一緒に首を振る。すると、花果のお母さんが顔を上げて、澪たちを見た。

「その先輩と、花果はつきあっていたの？」

沙穂が短く、息を吸った。困ったように澪を見る。澪はその視線を受け止めたまま、花果の母親の方だけを見て、首を振った。

「わかりません」

たぶん、神原が学校に来ることはもうないだろう。

会うことも二度とないかもしれない。絶望的に悟る。理屈ではなく、わかってしまう。

昨日のあの、苦しみ、悶《もだ》え、逃げる姿を見てしまったから。

――私のせいだ。

白石に、確かに澪は救われた。神原は、ちゃんとあきらめた。けれど、彼に魅入られ、引き込まれようとしていたのが一人ではなかったのだとしたら。

そんなに急に？　と思う。

花果がポニーテールにし始めたのはまだ最近で、先輩とそんなふうに急速に近づく十分な時間があったかどうか――、と考えて、ため息を吐く。

時間じゃない、のだ。

距離感が変わるのは、時間じゃない。澪だって、ここ数日、毎日のように神原に振り回された。この三日で、毎日、彼に対する気持ちが変わった。そうなると、もう昨日までには戻れない。

花果が声もなく笑ったことを思い出す。――神原先輩、マジかっこいいし、一途な感じでいいよね――そう言われ、「そうかな？」と調子を合わせた澪に。

友達だった、はずだった。

だけどあの時、花果は本心では何を思っていたのか。

「神原の家に、ひとまず行ってみます」

「私も一緒に行きます」

南野先生と花果のお母さんのそんなやり取りを聞いていると、困りきった様子の先生から、「二人はもう教室に戻りなさい」と命じられた。

「花果さんのことはまだわからないことも多いから、くれぐれも軽はずみに誰かに話したりしないように。案外、ひょっこり帰ってくるかもしれないし、そうなった時に、騒ぎになってたらかわいそうだからな」

先生が極力明るい声を作るのを、とても聞いていられなかった。願望の混じったその声を受けて、花果のお母さんが顔を覆う。こらえきれなくなったように「花果……」と娘の名前を呟いた。

生徒指導室を出て教室に戻るまでの間、沙穂が、俯いていた。澪に気を遣って黙っているわけではなくて、本当に、言葉が出てこないみたいだ。すぐに教室に戻れる気がしなくて、二人で――なんとなく、ひと気のない、非常階段の方に歩いていく。

ぐす、と洟《はな》をすする音がして、見ると、沙穂が涙ぐんでいた。澪の視線に気づいて「ごめん」と謝る。

「ごめん。澪の方が泣きたいよね。泣いたりして、ごめん」

「……大丈夫だよ」

何が大丈夫なのか、よくわからない。黙ったままハンカチを差し出すと、沙穂がそれを受け取り、目頭に当てながら言った。

「彼氏がいないこと、本当は、思ってたよりずっと、花果、気にしてたのかな」

独り言のように続ける。

「でもよくないよ」

今度は、口調が強くなった。はっきりと、声に怒りが浮かんでいる。

「だからって人の彼氏に手を出すなんて、最低じゃん。絶対、よくないよ」

優しいこの子が、こうやって怒ってくれる――この真っ当な気持ちすら、もし神原に聞かれたら、自己欺瞞《ぎまん》か何かのように言われてしまうのだろう。一瞬、そんな考えが頭をもたげて――、ダメだ、支配されてしまう、とその気持ちを振り払う。

こんなふうに、友達のために真っ当にやるせなさから涙を流せる、そういう世界に、私は帰ってこられたんだから。沙穂のこの正しさを、優しさを、誰にも否定させたくなかった。

けれど、花果は行ってしまったのだ。

澪が気弱さを繰り返し、神原に責められたように。その弱さにつけ込まれたように。花果の中にも、つけ込まれる闇のもとは、確実にあった。

友達を見返したい、という気持ちが、たとえばそうだったのかもしれない。

ポニーテールの長い髪を、どんな気持ちで、あの日、花果は撫《な》でていたのか。

気分が悪い、という沙穂を、保健室まで送り届ける。「今日はもう早退したら」と言い残して、澪は一人、教室に戻った。


教室のドアを開けると、白石はもう席にいた。

神原や花果同様、もう、ここからは消えてしまうんじゃないかと思っていたから、ほっとした。姿を見て、心の底から安堵する。

「……要くん」

なぜ、白石のことをその時、名前で呼んだのか。それからしばらく経ってからも、澪にはわからなかった。けれど、この時、すんなりと、澪はそう呼んだ。

聞き慣れない呼び方だったろうに、しかも、この教室で自分に話しかける生徒なんてずっといなかったろうに、白石要は、すぐに顔を上げた。何を考えているのかわからない胡乱な目をしているという、最初の印象は変わらない。

けれど今は、その目が怖くない。むしろ、その得体のしれない落ち着きに縋《すが》りたい気持ちにすらなる。

チャイムが鳴っても、南野先生は来なかった。まだ花果のお母さんと話しているのだろう。きっと、しばらくは来ない。

「神原先輩が消えたって」

周りの生徒たちにギリギリ聞かれても構わないくらいの声量で告げると、要の目に光が宿った。ごく微かな。ちゃんと観察していないと気づかないくらいの、光。

「捜しに行くなら、私もつれてって」

要が微かに、目を見開いた。——ただそれは、昨日までのめんどくさそうだったり、呆れたりしていた目つきとは、少し違う。無言のまま、興味深そうに澪を見つめ返す。

花果が一緒に消えたことは、すでに知っていたのだろう。澪の言葉に驚いた様子はなかった。

じっとこちらを見つめる要を、澪もまっすぐ見つめ返した。

彼がどういう目的で、何をしているのか、はっきりとはわからない。神原の消えたこの学校からは、すぐに去るつもりだったかもしれない。けれど、花果に繋がる細い線は、この人にしかない。要を失ったら、終わりだ。

——セクハラじゃん。

花果が前に要について言い、澪もそれに、セクハラではないけれど、「何かハラ」ではある——と考えた。距離感がおかしく、一方的に自分の都合や事情、思いを押しつける。要ではなく、神原一太にやられていたことこそが、そうだったのかもしれないと今なら思う。

こいつらは闇を押しつける、と要が言っていた。

澪にあれこれ指図する神原の目の奥には、あの時、確かに闇があった。真っ黒いそれを覗き込んでしまったら、そこからはもう澪たちが普通に生きている世界の常識とか真っ当な考え方なんて一切通用しない。あの人の全身から、その感じがオーラみたいに漂っていた。

ふっと頭に言葉が浮かんだ。

ヤミハラ。

自分の心にある闇を振りまき、押しつけ、他人をそれに巻き込むのは闇ハラだ。心や目の奥の闇が、外に沁《し》みだしている。だからあれは、ヤミハラと呼べるのではないか。

「……って」

ぼそっと、声がした。え、と澪は聞き返す。要が再度、言う。

「三重県の山中で、身元不明の男性の遺体が、昨日、発見されたって」

いきなり何の話なのか——。話の内容に戸惑う澪に、要が続ける。

「神原一太だと思う」

息を呑み込み、そのまま、止めた。

昨日の、血だらけの、傷だらけの彼の顔を思い出す。要が聞いた。澪の顔をまっすぐ、見据えて。

「どうして一緒に来たいの？」

唐突な間合いで大事なことを明かすのは、彼のもう、癖みたいなものなのだろう。澪は答えた。

「花果が心配だから」

この気持ちを欺瞞だと言われても、別にいい。

博愛主義、と呼ばれても。

優しさは、弱さかもしれないけれど、それをなくしてしまうなら、弱いままでいい。否定させない。変わる必要なんてない。

心配、責任を感じる、私のせい――、先回りして謝る。

それらすべてが自分のためにしていることで、それが優しさでないと言われるなら、それも仕方ないと思う。

澪はもう一度言った。

「私は、花果の友達だから」

優等生、と言われてもいい。裏切られたともはっきり思っている。だけど、この気持ちに嘘はない。澪が要に言う。頼む。

「だから、つれてって」

間があった。

数拍の、その間の後で、要が言った。

「わかった」と。

第二章　隣人

パアン、と何かが弾《はじ》けるような、大きな音がした。

団地のベランダで洗濯物を干そうと身を屈《かが》めていた梨津《りつ》は、その音にあわてて顔を上げる。ベランダから下を見るけれど、すぐには何が起きたのかわからなかった。

悲鳴が聞こえた気もした。

ただ、その前に聞こえた音があまりに大きかったので、耳の奥が痺《しび》れたようになっていた。不思議な感覚だった。耳のすぐ近くでクラクションが鳴らされたような衝撃を覚えたけれど、今考えると、音はどこか水気を含んでいたような気もする。矛盾するようだけど、バチャとか、そんなような。

今のは――？　と思っていると、下がざわつき始めた。何が起きたのか、五階のこの位置からでは、音がした場所が見えそうで見えない。落ち着かない気持ちになりながら、残りの洗濯物を急いで干して、リビングに戻る。

何があったのかがわかったのは、子どもを小学校に送って行った夫の雄基《ゆうき》が帰ってきてからだった。

「おかえり。奏人《かなと》、どうだった？」

職場でフレックスタイムを選択している夫は、夜が遅い分、朝の通勤までに余裕がある。小学一年生の一人息子の奏人を犬の散歩がてら近所の小学校まで送るのは、雄基の日課だ。奏人は、夫が帰宅する頃にはすでに眠ってしまっていることが多いので、彼にとっては息子と話せる数少ない時間なのだ。

どうだった？　と聞いたことに深い意味はなかった。毎日、戻ってきた夫に挨拶《あいさつ》のように聞いていることだ。

しかし、この日は雄基の様子がどことなくおかしい。一緒に戻ってきた豆しばのハッチが妙に興奮している。

「奏人はいいんだけど、ちょっと……」

顔色が悪い。「顔と手を洗ってくる」と洗面所に行ってしまった夫から散歩後のハッチを引き受け、足をタオルで拭《ふ》いてやっていると、雄基が戻ってきた。

「飛び降り、見ちゃった」

「え……」

梨津の耳に、さっきの音が蘇《よみがえ》る。では、あの音は――。

雄基が疲れたようにダイニングの椅子に腰を下ろす。出勤前のTシャツにジーンズのラフなスタイルで、顔を洗った時に飛び散った水でTシャツが少し濡《ぬ》れていた。

「奏人を学校の近くの角まで送って、団地の南側エントランスまで戻ってきたら、いきなり、ドンッみたいな大きな音がして、オレ、最初、交通事故かと思ったんだよ。音と一緒に悲鳴が聞こえて」

「うん」

「見たら、でも、車がなくて」

雄基の言う大きな音は梨津の聞いた音と同じだろう。自分にはパアンと大きなクラクションが鳴るように聞こえたが、雄基には近くでそう聞こえたのか。

南側のエントランスは確かに少し大きめの道路に面している。交通量はそこまでないが、朝のこの時間なら昼間よりは車通りが多いだろう。

「自転車に乗ってたらしい大学生くらいの女の子が、へたり込んでて。見たら、その前にエプロン姿の女の人が倒れてた」

「――血とかは」

雄基が首を振った。

「血はそこまで見なかった。ただ、手や足の角度があり得ない方向に曲がってて」

漠然としか想像できないが、ああ――と嘆息する。

「近づいていったら、まだ、かろうじて息があったんだけど、もう、これは無理だろうなっていう」

言葉を選びながら、雄基が言う。梨津が聞いた。

「自転車の女の子やあなた以外に、周りに人はいたの？」

「最初はいなかったから、困ったんだ。その子は完全にパニックを起こしてるし、オレも奏人を送るだけのつもりだったからスマホ持ってなくて。ただ、すぐに管理人さんが気づいて出てきてくれたから、救急車を呼んだりするのはお願いしてきた。オレも、仕事あるし」

「そっか」

映画やドラマでよく見るような、人が集まってきて大騒ぎになる、ということはなかったようだが、だからこそ、夫の話が生々しく感じられた。

「エプロン姿だったってことは、この団地の人なのかな」

「たぶん。——それか、他の場所から飛び降りるためにここにきたってこともあるかもしれないけど」

夫がため息を吐いた。

「この団地、確かに外部から非常階段に入れちゃうんだよな」

団地、と一口にいっても、今はいろんなタイプがある。

よく言われるのは、60年代あたりにあちこちに作られた建物が、時代の流れとともに入居者が抜けたり、住人の高齢化に伴って活気を失っていく、という話だろう。しかし、梨津たちの住む団地は、少し事情が違う。十年ほど前に地元で有名な若手デザイナー夫婦が改装を全面委託された建物が、センスがよいと話題になった。入居者が抜けた分、これまでの二戸を繋《つな》げて一室にした部屋が何室かあり、そうなると、このあたりの他のマンションよりもかなり広い。そのうえ、家賃も安いとあって、若者や子育て世代に人気の物件になった。

整備し直された建物は、建物自体の古さを生かした外観づくりをしていた。外壁を覆っていたツタまでが、デザイナーの改装によって趣を変えたのだ。

梨津たちもまた、この団地のそんな噂を聞いて、見学に来た家族の一組だった。それまでは家族三人で都心の１ＬＤＫのマンションに住んでいたが、子どもの成長とともに手狭になり、また、奏人が犬を飼いたいと言い始めたこともあって、息子の小学校入学に合わせて引っ越しを考え、物件を探した。そうして辿《たど》りついたのが、このサワタリ団地だ。

もともと人気の物件だから、滅多に空きが出ない、と聞いていた。しかし、物件探しを依頼していた不動産屋から案内があり、内見が叶《かな》った。

それが、今、梨津たちが住む、この515号室だ。

都心までこの近さで、3LDK。建物は確かに古いが、エントランスも廊下もリノベーションは十分になされていた。むしろ、古さを生かしたデザインが入っていることで、建物に海外のアパートメントのような重厚感が出ているのだ。

何より梨津の心が動いたのは、見学の途中、エレベーターに貼られた一枚の紙の存在だった。その紙を見た奏人が、ぽつりと言ったのだ。

「お祭り、あるんだ。おみこしも」

『サワタリ団地　子どもまつり』と書かれた小さなポスターの中で、法被姿の子どもたちが笑っている。「わたがしもあるよ」「神社に行っておみこしもかつぐよ」「10時、団地の中庭公園に集合！」という文章が並んでいるのを見て、ここで奏人を育てたい、と思った。

大学から東京に来たものの、梨津の出身は徳島県で、自分の子ども時代にはこういうお祭りや、子どものイベントが絶えずあった。東京で子育てをすることは、夫と結婚する時から、お互いの仕事の関係でもうそれしかないのだとわかっていた。自分の子どもを自分が育ったのと同じような環境で育てることは無理だと思いつつも、やはり寂しく感じていた。都心はどうしても、地方に比べるとコミュニティーのつきあいが薄い。当時住んでいたマンションでも、同じくらいの年頃の子どもをつれた親とすらせいぜい挨拶をする程度の仲で、距離が縮まることはなかった。

けれど、この団地であれば、〝生活がある〟と思った。この場所で、息子を地域ぐるみで育てたい。梨津と同じく地方出身だった夫の雄基も、思いは一緒だったようだ。

「いいなぁ、こういうの。ぐっとくる」

夫が呟《つぶや》いたその時に、夫婦で心が決まったのだと思う。ただ、夫は心配そうにこう言い添えた。

「君の仕事のことを考えると、セキュリティーの点だけ、ちょっと心配だけど。管理人さんはいるみたいだけど、古い団地を改装しただけあって、今のマンションのようにオートロックってわけにはいかないし」

「大丈夫でしょ。最近じゃ、私もあまり顔を出すような仕事はしていないし」

「だけど……」

気遣ってくれることは嬉《うれ》しかったけれど、「大丈夫」と微笑んだ。

「すごくいいと思う、サワタリ団地」

そう答え、入居を決めた。今から一年ほど前――奏人が小学校に入学する前の冬だった。四月を前に三月に引っ越しを終え、住み始めて半年ほど。初めての秋を迎えたが、今のところとても快適に暮らしている。

しかし、セキュリティー面での甘さを、こういうことがあると痛感する。古い建物の良さを生かしたままにしているからこそ、非常階段には外部の人だって入れてしまう。

「奏人と同じ学校の誰かのお母さんだったりしないといいけど……」

飛び降りた女性がエプロン姿だった、ということが気にかかっていた。団地はひとつのコミュニティーではあるけれど、二百戸近い全戸の家庭を知っているわけではもちろんない。ただ、自分と同じような子を持つ母親だったら――と思うと足が竦《すく》むような感覚があった。

「さあ。オレたちよりは上の年頃に見えたけど。顔、そこまでちゃんと見なかったけど、知り合いではないと思う」

「……自転車のその女の子、よかったね。ぶつからなくて」

まだ若干顔色が悪い夫に、冷蔵庫から麦茶を注いで出す。そうしながら、続けた。

「飛び降り自殺をする人って、人を巻き込もうとしてしまうんだって、聞いたことがある。無意識に、下に人がいる時を狙って落ちようとするんだって」

麦茶を飲んでいた夫が顔を顰《しか》める。「怖いな」と呟いた。梨津は頷《うなず》く。

「完全に無意識らしいんだけど、そうなってしまうんだって、前にラジオのゲストに来てくれた脳科学者の先生が言ってた」

梨津は、フリーのアナウンサーをしている。

結婚し、妊娠したことを機にそれまで勤めていたテレビ局を退社し、一時はそのまま引退して育児に専念することも考えたのだが、周囲や夫からの強い勧めもあって、仕事を続けている。テレビ出演や司会業など、表立って自分が顔を出す仕事を極力減らし、今はナレーションなど声の収録の仕事をメインにしていた。

一時引退を考えたのは、妊娠中に体調を崩すことが多く、体力に自信がなくなったせいだったが、奏人が生まれてしばらくするとそれも落ち着き、今は安定したペースで仕事を続けている。ありがたいことに局時代の梨津の仕事を覚えてくれている人も多く、梨津を指名して、テレビ番組などのナレーションの仕事がくることがまだあるし、去年からはラジオ番組をレギュラーで任せてもらえるようになった。スポンサー一社提供の三十分番組で、毎回、さまざまな人をゲストに迎えてトークする。

収録後には、出演者と雑談が盛り上がることもある。今の話も、そんな雑談の中で聞いたものだった。

梨津の声に雄基が眉《まゆ》を顰《ひそ》めた。空になった麦茶のコップを机に下ろす。

「ともあれ、送って行った後でよかったよ。奏人があれを見なくてよかった」

「本当だね」

梨津も深く頷いた。子どもたちの登校時間とは微妙にずれていたようだ。もし時間帯が重なっていたらと思うと、ぞっとする。

「オレ、そろそろ会社行くね。下、ひょっとすると警察が来たり、今日は一日騒がしいかもしれないから、梨津も出かける時は気を付けて」

「わかった。今日は読み聞かせのボランティアで学校に行く予定だから、たぶん、現場を通るかも」

返事をすると、雄基が梨津に向けて、ふいに笑いかけた。梨津が「何？」と問いかけると、「いや、冷静だな、と思って」と答える。

「自分の住んでる建物が事故物件になるって、もっと嫌がったり心配したりするかと思ったから」

口にするということは、ひょっとしたら、近いことを考えたのかもしれない。梨津は首を傾げた。

「事故物件って、部屋で死んだ場合じゃなくて建物からの飛び降り自殺も含まれるの?」

「どうだろ。事故物件をまとめて掲載してるサイトとかがあるみたいだけど、そういうのには出るんじゃない? ひょっとしたら、亡くなった人がそこの住人かそうでないかで事故物件認定されるかどうかが決まるのかもしれないけど」

夫が言ってから、ため息を吐いた。

「でも、そう考えると気が重いな。そういうサイトでうちが紹介されたら、ああ、今日見たあの人、亡くなっちゃったんだってわかるわけだろ? 見たところ、もう助からないかもって思ったけど、それが事実になったことを知るのは、居合わせた手前、ちょっとつらいな」

「ああ、あのサイトは私も存在を聞いて、見てみたことがあるけど」

日本全国の、事件や自殺などで死者が出た建物や部屋の情報を記載している有名なサイトだ。まだ局に勤めていた頃、同僚からサイトの存在を教えられて、興味半分で覗《のぞ》いてみたことがある。

夫が「えー、見たんだ」と驚いたように言った。大袈裟《おおげさ》に身震いの動作をする。

「よく見られたね。うちの隣の家がそう、とか、よく行くあたりがそうってわかっちゃったら嫌じゃない?」

「うーん。最初は確かに、うちのエリアとか、仕事でよく行く範囲にそういう場所ってあるのかな? くらいの興味だったんだけど」

怖いもの見たさのような気持ちで眺めていたのは最初だけだ。サイトに広がる地図を見て、ああ、こんなにもたくさんの事故物件と呼ばれる場所が——と思ったそのすぐ後に、それが必ずしも多くはないのかもしれない、と思い至った。

「見てるうちに、今は家で亡くなる人って本当に少ないんだなって、逆に思ったの。サイトには孤独死や病死も紹介されてたし。必ずしもすべてが網羅されてるわけじゃないと思うんだけど、こんなにもたくさんの人が住んでる中で、家で亡くなる人ってこれだけなのかと思ったら、現代って、徹底的に日常から死が隠されてるんだなって思った。病院で亡くなるのが普通で、それ以外が特別なんだって」

頭の中で、あの時に見た地図を思う。そのサイトで見た、件数を示す表示も。

「だから、この団地がこの先、事故物件と呼ばれることになるとしても、そういうものなんだって思うくらいのことかもしれない」

「そういう考え方か」

夫が唸《うな》るような声で言い、それから冗談めかした口調で「梨津はさすがに考え方が理知的だ」と言った。

「さすが知性のリッツだね」

「そういう言い方はやめて」

局アナ時代にマスコミがつけた梨津のあだ名だ。容姿のかわいらしさ、華やかさで人気のあった同期や後輩と比較するようにして、各誌によく書かれた。森本《もりもと》梨津は、〝知性のリッツ〟。バラエティー番組より、作家や学者との対談相手を務めたりすることが得意だと言われていたが、それはつまり自分がそつなく無個性だと思われていた表れだったのではないかと思っている。

「はいはい。じゃあ、オレも仕事行ってきます」

そう言って、自分の部屋に夫が着替えに行く。出ていく時、いつものようにハッチが彼の足元にじゃれていた。

その夫の背に向けて、「あ、ねえ」と呼びかける。

「何？」

「――気をつけてね」

雄基の目を見上げる。自分に負けず劣らず、さまざまなことに理性的な見方をする人だと思うし、そういうところに惹《ひ》かれて結婚した。今日目撃したことだって、他の人だったら、もっと取り乱したり、一大事だと興奮したりしたかもしれない。

「平気なつもりかもしれないけど、人の死を見たわけだから。自分でもわからないところで意外とショックを受けていたり、引きずったりするかもしれない。無理しないで」

「わかったよ。大丈夫」

夫が微笑む。

「心配してくれてありがとう」と言って、家を出ていった。

夫を送り出してから、観葉植物の水やりや掃除、こまかな家事をこなし、午後からの学校ボランティアの打ち合わせに行く支度をする。何を着ていこうか迷って――、前に、スタイリストがつく仕事をした際に着てそのまま買い取らせてもらった、浅くスリットの入ったワンピースにさらりと着替える。

途中気になって、ネットのニュースを見たり、テレビをつけたりしたけれど、飛び降り自殺の報道はなかった。事件性のない自殺は、滅多なことでは報道されないのかもしれない。死が日常から隠される、という自分自身のさっきの言葉をまた思い出した。

学校に向かう途中、雄基が言っていた南側エントランスの前を通る。

警察がいたり、テレビドラマでよく見る人の形の白線が引かれていたり、あるいは、立ち入り禁止のテープが一定の範囲に張られていたり、ということを想像したけれど、現場と思われる場所は、拍子抜けするほど静かだった。特別人だかりができているということもなく、テープや白線もない。

ただ、地面の一部が不自然に濡れて、黒くなっていた。――形跡を洗い流した後なのだろう。その部分だけが、この場に残っている死の影のように感じられた。

◆

学校のボランティア活動の集まりに来たのは、初めての経験だった。

奏人の通う区立楠道《くすみち》小学校は、近隣ですこぶる評判のいい学校だ。学区内に国家公務員宿舎があり、そこの子どもたちも多く通うせいか、もともと教育熱心な家庭が多かったり、小学校に上がるまで親の仕事の関係で海外に行っていたという帰国子女の子もかなりいる。いろんな環境の子どもたちが互いに影響を受け合えるということで、中には、この小学校を目当てに、学区にわざわざ引っ越してくる家庭さえある。

梨津の同僚の中には子どもを私立に通わせる人たちも多かったが、引っ越しを検討するのと同時に、奏人の通う学区の小学校のことも一緒に調べていた梨津は、楠道小学校の評判を聞いて、そこにも惹かれてサワタリ団地を選んだ。

楠道小学校では、保護者によるボランティア活動も盛んで、ＰＴＡ役員の仕事とは別に、花壇の手入れや秋のお祭りでのバザーの準備、通学路の横断歩道で旗を持っての子どもの見守りなど、さまざまなものがある。

もともと、奏人が生まれた時から、これからはできる限り、子どものために時間を使いたい、と思ってきた。

奏人が入学してから、ボランティア活動はずっとやりたかったのだが、仕事が忙しくてなかなか物理的に時間を取るのが難しかった。しかし、中に「読み聞かせ委員会」という活動の班があると聞き、それならば、と年度の途中からでも参加してみる気になった。絵本の読み聞かせや小説の朗読は、普段の仕事でもやっていることだったからだ。自分でも役に立てるのではないか、と思ったし――実を言えば、ほんの少し、プロがやったら、みんなが喜んでくれるのではないか、という自負心みたいなものもあった。

しかし――。

読み聞かせ委員会の集合場所、として指定された図書室に一歩入った瞬間から、梨津は場違いなものを感じた。ドアのあたりで立ち止まってしまう。

集合時間は午後一時半。時間ぴったりに来たはずなのに、すでに、中では、コの字型に並べられた席に、多くの女性たちがかけていた。まだ本格的に話し合いなどは始まっていないのか、リーダー風の女性が前にかけているものの、多くの人たちが親し気に何か話す声が聞こえる。

「ねえ、この間、タツヤ無事に帰れた？　キャンプの後の――」

「あ、それがさ、聞いてよー。結局あれ、すぐに治ってさ。次の日にはもう、ミミちゃんたちと自転車で公園に――」

「やっだ。ずるーい。ならうちも行きたかったのに」

何の話をしているのか、わからない。

入口で止まってしまったのは――話す人たち同士の距離感があまりに近しかったからだ。敬語がない、完全に砕けた話し方に怯《ひる》んでしまう。

やはり年度途中からの参加はよくなかったのだろうか――。

あたりを見渡して、改めて気づいた。集まっているお母さんのほとんどが、高学年の子どものお母さんたちのようだ。奏人と同じ学年のお母さんが見当たらない。ひょっとして、ここは毎年、特定のお母さんたちが集まる、その人たちのサークル活動のような状態になっているのかもしれない。

来てしまったことを早くも後悔し始める。居心地の悪さを抱えたまま、梨津は助けを求めるように視線をあちこちに向ける。しかし、どのお母さんたちも自分たちの話に夢中で、梨津に気づいたかどうかもわからず、まともにこちらを見る気配がない。

一度入ってしまった以上、ここで出ていくのもおかしい。梨津は意を決して、空いている一番隅の席に座った。横にいる女性に、「ここ、座ってもいいですか?」と尋ねた。

「えっ。いいけど」

梨津よりだいぶ年上に見える女性だった。

小学生のお母さんのはずだけれど、無造作に束ねたウェーブがかった髪に白いものが多い。細かい皺《しわ》が寄ったブラウスは、そういうデザインというわけではなく、アイロンをかけていないせいでそうなっている、という感じだった。

目を合わせた後で、梨津はちょっと驚いていた。

楠道小学校は——というか、今どきのこのあたりの小学校は、おしゃれなお母さんが多い。言われなければとても子どもがいるように見えない若々しいファッションで、体形にも気を遣う人が多い中で、梨津が話しかけたその女性は、あまりにくたびれているように見えた。化粧っ気も——ないわけではないが、肌の色に馴染《なじ》まない白っぽいファンデーションと赤すぎる口紅が、圧倒的に今のメイクではない。若いおばあちゃんだと言われたら信じてしまいそうなくらいだ。

何気なくそのまま彼女の手元を見て——さらに驚いた。スマホではなく、ガラケーがある。こだわりを持ってスマホを持たない人は仕事相手にもいるし、だからどう、というわけでもないけれど、なんとなく気になった。長く見つめてしまったことが気詰まりで、梨津は下を向いた。

他のボランティアのメンバーもまた、話し合いを始めず、まだおしゃべりに夢中だ。

「やだ、ユミコ。あれ、貸してくれるって言ったじゃん」

「ごめーん、トモミさん。忘れてた」

苗字《みょうじ》でなく、名前で呼び合っているのだな、と気づき、自分が部外者である感覚がより強くなる。

見たところ、同じ団地のお母さんがいるのかどうかはわからなかった。もともと全戸のことを把握できているわけでもないし、南側エントランスを使っているか、それとも北側かで顔を合わせる機会も格段に違う。

さっき夫が見たという飛び降り自殺の話題が出ている様子もなかった。

PTAのような学校の役職は、押しつけ合うことも多い一方で、一部には、気の合う保護者たちが根回しして自分たちで独占して務めてしまうようなこともあるのだと、話には聞いていた。けれど、楠道小学校ではそういうことはあまりなさそうだったし、ボランティアだったら誰でも気軽に参加できると思ったのに――。

新学期の最初、奏人が学校からもらってきたプリントの内容が頭をよぎる。学校ボランティア募集、かかわることで子どもたちの学校生活のこともよくわかるかも――、他の学年の保護者とも友達になれるよ――。そう出ていたけれど、まさか、こんなにも、もう空間が出来上がっているなんて。

読み聞かせなら役に立てるだなんて、考えるべきではなかったのか。

そんなふうに思っていると、ふいに、視線を感じた。隣の――、さっき、やけに年老いて見えると思った、あの女性だった。そういえば、彼女はさっきから他の保護者とのおしゃべりに興じる様子もなく、ただガラケーを開いているだけだった。今はその画面から顔を上げ、明らかにこっちを見ている。

「――皆さんは、ずっと、これまでも読み聞かせ委員会をしていらしたんですか」

思いきって、梨津の方から彼女に聞いた。何も言わないのも不自然だろうと思って、自分から笑いかける。

「皆さん、同じ学年のお子さんがいるお母さん同士なんですか。仲がよさそうですね」

当たり障りのない話題――のつもりだった。けれど、尋ねた途端、その女性が「えっ?」と声を上げげた。怪訝《けげん》そうな顔つきで梨津を見て、「ああ……」と緩慢な仕草で頷いた。

「私が教えてもいいけど、この後、時間あるの?」

は? という声が出かけて、止まった。一瞬、会話の流れを見失い、表情を固めていると、彼女がさらに言った。

「みんなの子どもの学年とか、誰と誰が仲がいいとか、そういうこと、教えてもいいけど、一度に覚えるの大変だと思うから、ノートとか手帳とか、メモする？」

「え、あ、いや、結構です」

あわてて言った。社交辞令のつもりで話しかけただけだし、もとより彼女たちのことがそこまで知りたいわけではない。むしろ、今回限りで来るのはやめたい、という気持ちの方が強かった。

彼女が梨津を見つめた。

「私はね、読み聞かせ、かなりやっている方だと思うよ。学校もだけど、図書館に頼まれて毎週、赤ちゃん広場で読んだりしてるし。慣れてるから、あなたにもどんな本を読んだらいいかとかアドバイスはできると思うけど、この後、もし、よかったら教えようか？ちょっと残れる？」

「あの、ごめんなさい。今日はこの後、用事があって」

参ったな――と思う。こういうことがたまにある。困るのは、相手がこの後どこかで梨津の職業を知ってしまった時だ。自分がプロだとわかった時に、相手にいらぬ恥をかかせてしまうようでなんだか申し訳ない。

どんな本を薦められるのかの見当はだいたいつく。それらの本の著者の何人かは、梨津のラジオ番組に出てくれたことがあったり、その後、親しいつきあいをさせてもらっている人もきっといるはずだ。

すると、そのタイミングで彼女が目を微《かす》かに細く、ゆがめた。

「ねえ、その服、どうなってるの？」

「え？」

「何それ、下のところ、レースがついてて変わってる」

作り笑いが引き攣《つ》った。変わってる、じゃない。凝ってるのだ。そこがいいから、買い取ったのだ。そう言いたいのをぐっとこらえて、「そうですか？」と曖昧《あいまい》に笑う。

「やだ、そこ、スリットも入ってるの？　ものすごく変わってない？」

「あ……。すみません。服装、場違いでしたか」

決して派手なワンピースではないが、確かに見る人が見ればデザイン性が高いものだということはわかるだろう。気まずい気持ちで言った梨津に彼女が首を振った。

「ううん。そういう意味じゃないんだけど、なんか――女優さんみたいだから」

そう言って、梨津の顔を眺める。もういっそ消え入りたい気持ちで、梨津は作り笑いを頑張って浮かべ続けた。梨津の全身をじろじろと見て、その女性が言う。

「さっきから思ってたんだけど、なんかあなた、見たことあるかも」

「あ……はい」

梨津は、一時期はテレビに出てニュースを読んだり、番組の司会をしていた。おそらくそのせいだろう。こういう時、咄嗟《とっさ》にどう答えるべきか、何度経験しても慣れることがない。ぎこちなく答える。

「仕事をしていたので、そのせいかもしれないです」

「仕事？」

彼女が呟く。

その瞬間、背筋をひやりと冷たいものが落ちる。仕事を持つ母親と持たない母親の間に、ある種のわだかまりがあることを、いろんな場面ですでに経験している。迂闊《うかつ》に口にしてしまったことへの後悔が胸を掠《かす》める。

「仕事って、何の仕事？」

「アナウンスの……」

時折聞かれることはあるけれど、ここまで露骨な言い方で突っ込まれることはなかなかない。戸惑いながら答えると、彼女が「うっそ！」と声を上げた。大袈裟に目を見開く。

「じゃあ、アナウンサー？」

「ええ、まあ……」

梨津が頷くと、彼女が「そうなんだ」と呟く。

梨津の名前はわからなくても、なんとなく存在は知っていたのだろうか。そう思った、次の瞬間、彼女が「あのね」と声をひそめて話しかけてきた。

「はい」

「――私もなの」

「え？」

今度は梨津が目を見開く番だった。咄嗟に声を出してしまった梨津に、その女性が「あー、黙ってて黙ってて。ナイショに！」と声を張り上げる。

「今度持ってくるね。他の人にはナイショね」

「はあ……」

持ってくるって、何を持ってくるのだろうか？　私もなの、というのは自分もどこかの局アナだったということなのか——まさか、本当に？

　頭の中がパニックを起こす。年はかなり上のように見えるけれど、全然知らない顔だ。今の会話の中で、この人は何かを聞き間違えたのだろうか——。

　混乱しながら、それでも梨津が作り笑顔のままでいると、彼女が続けて聞いてくる。

「子どもは、一年生？　今年から学校に入ってきたの？」

「あ、はい。本当は春からずっとボランティアを何かしたかったんですけど、これまではなかなか仕事が忙しくて。ただ、読み聞かせなら、私でもお役に立てることがあるんじゃないかと思って」

「ふうん。今も仕事してるの？」

「ええ、まあ……」

「子ども、男の子？　女の子？　名前は？」

「——男の子です」

　名前を答えるのはやめておいた。どうしてこんな席に座ってしまったんだろう、たくさん人がいる中で、よりにもよってこの人の隣に——思っていると、「ふうん、私はねえ」と彼女が話し出す。

「私もね、今、仕事始めようと思ってるところなの。上の子が引きこもりになっちゃって、今も学校行けてなくて困ってるところなんだけど、下の子は元気だし」

　耳を疑う。びっくりして目を瞬く梨津に、彼女が続ける。さっきのように声をひそめたり、ナイショね、と言われるかと思ったが、それはなかった。

「本当、困るのよね」

「……そう、なんですね」

「そうなのよ。上の子、高校生なんだけど、息子だったのが急に女の子になっちゃって、どうしようかって思ってるところ。ほんともう、私の生活をどうしてくれるんだって思う」

息を吸い込んだら、喉《のど》の一部がしまったままになったように、ヒュッという音が出た。小さく悲鳴のような声が出る。驚いたからだ。事実そのもの——というより、そんな、デリカシーのない言い方をすることに。

「女の子に？」

あまりのことに聞き返してしまうと、彼女が「そう」と頷いた。そのあっさりとした言い方に本格的に返す言葉を失う。

ジェンダーに関することは、とても繊細な問題だ。梨津もまた仕事でいろんな人に会うし、ラジオでも何回もそのあたりのことについては話してきた。

子ども自身の繊細な問題については、取り立てて隠す必要もないかもしれないけれど、こんな、多くの人たちがざわついている場所で、初対面の相手に話すことでもないのではないか。引きこもりや不登校のことについてだってそうだ。

この人に奏人の性別を「男の子？　女の子？」と尋ねられたことが、突然、別の意味合いを持って迫ってくる。

逃げなきゃ——と本気で思った。思うと同時に腕に鳥肌が立つ。笑いながら話す相手の顔がやけに白く、その中で濃い口紅を引いた唇が浮き上がるように赤いことに、改めてぞっとする。

まだ出会ったばかりなんだから、今ならこの人とそこまで「知り合い」にならずに済む。

するとその時、「ねえ、連絡先、書いて」と彼女が自分の手帳を広げた。

「え――？」

あまりに不躾《ぶしつけ》な物言いに戸惑っていると、「番号だけでいいから」と言われる。

「あと、名前も」

早く、話し合いが始まってほしい――と、心の底から祈る。前方を気にするけれど、他の保護者はまだ何か話している最中で、会が始まる様子は一向にない。助けてほしい、と心底思う。

顔を出す仕事を極力減らしているとはいえ、梨津は名前を出す職業だ。個人情報はなるべくなら出したくない。インターネットがここまで普及したご時世で情報が流出したら何がどうなるかわからないし、何より、ここは奏人の小学校だ。梨津だけのことで済めばいいが、子どもが特定されて、奏人がひどい目に遭ったらと考えるだけで、背筋が凍る。

女がこちらの顔をじっと見つめて、視線を逸《そ》らさない。ペンと手帳を突きつける。書きたくない。けれど、その書きたくない気持ちを正直に伝えられない。拒否すれば、気取っていると言われるだろう。有名人気取りだと、すぐに噂が立つ――。奏人を育てる中で、ずっと、梨津が気をつけてきたことだ。

会はまだ始まらない。早くしてよ！　と叫びだしたくなった。

――三木島《みきしま》梨津。

アナウンサーをしていた時の旧姓とは違う、結婚してからの名前だけをまず書くと、その女が両手を合わせて、飛びあがった。

「やだ、名前、見たことあるかも！　すごーい。ひょっとして、あなた有名？」

「……そんなことは」

泣きたい気持ちになってくる。本名なのだから、アナウンサー名として見たことがあるはずもないのだが、そう言われるとバカにされているような気持ちになる。書いてしまってから、後悔が胸にせりあがる。普段、学校で接する奏人の学年の保護者たちは、皆、梨津の仕事のことを知っても過剰に騒いだりはせず、一定の節度を持って接してくれる人たちばかりだ。

なのに、なぜ、今日はこんな目に遭わなくてはならないのか――と思っていたその時。

「かおりさん、もう始まるよ」

ざわついていた場所に、おっとりとした声が響いた。その声に、目の前の女が振り向く。つられるようにして、梨津も声の主に顔を向けた。

すらりとした、美しい女性だった。背はそこまで高くないが、顔が小さく、スタイルがいい。柄のないセットアップにさらりと羽織ったガウンコート。シンプルだが、隙がないファッション。――センスがいい人だ、と思った。

彼女がにっこりと笑った。その途端、「かおりさん」と呼ばれた梨津の横の女性が口を噤《つぐ》んだ。表情をなくし、黙ったまま、手帳をしまう。

突然現れたその女性が、梨津に向け笑いかける。

「こんにちは。読み聞かせ委員会は初めてですよね。いらしていただけて嬉しいです」

助かった、という気持ちで梨津も「はい」と頷いた。初めて、この場できちんと話しかけてもらえた安堵《あんど》感があった。頷きながら、改めて、とてもきれいなママだ、と思う。きれい、というか、完璧《かんぺき》だ、と。

奏人の関係の集まりで会う人、というより、普段仕事で会う著名人たちに似た雰囲気がある。メイクや洋服に気を遣い、まるで、いつ見ても雑誌の中から出てきたように完璧な人たち。――彼女にはそういう雰囲気があった。着ている洋服の色合いも、羽織ったガウンコートの素材も長さも絶妙だ。

彼女が梨津に自己紹介する。

「私、六年生の男の子の母親で、沢渡《さわたり》と言います」

そう聞いて、あっと思った。サワタリ団地――、梨津の住む団地をリノベーションした若手デザイナー夫妻。そういえば、彼女の顔に見覚えがあった。

「よろしくお願いします」

美しい笑みを浮かべて、彼女が梨津に挨拶した。

「沢渡さんって、ひょっとして、あのサワタリ団地のデザイナーさんですか」

思わず、梨津の口から声が出た。目の前の、端正なファッションと佇《たたず》まいの女性が、梨津を見つめ返す。長い髪をきれいにまとめているせいで、顔の小ささが強調されている。耳の大振りなピアスもとてもおしゃれだ。

戸惑わせてしまったかとあわてて言い添える。

「ごめんなさい。私、サワタリ団地に住んでいるものなんですけど」

「あら！　そうなんですね。うちの団地に」

彼女がにっこりと微笑んだ。

「ええ。リノベーションに関わったのはおもに主人ですけど、私もロビーの内装や中庭のオブジェのご提案なんかはさせてもらいました」

「ああ、やっぱりそうだったんですね」

梨津の声が弾む。沢渡が優美な微笑みを浮かべ、「沢渡博美《ひろみ》です」と名乗った。

「お子さん、何年生なんですか」

「一年生です。男の子で」

「そうですか。どうぞよろしくお願いいたします」

彼女が短く言って、すぐに前の方の席に行ってしまう。博美が間に入ったことで気持ちがそがれたのか、「かおりさん」が再び梨津に話しかけてくる気配はなかった。

――助かった、と胸の奥で、心からの吐息が洩《も》れる。

声をかけにきたくらいだから、博美はこの読み聞かせ委員会のリーダーか何かなのかと思ったが、どうやらそういうわけではないらしい。博美とは別の女性が前に立ち、声を張り上げた。

「では、秋の打ち合わせを始めます」

博美は近くの席に座って、ただにこにこと進行を見守っている。

「秋は読書月間があるんで、その活動内容をご説明します。――といっても、もうすでにやったことのある人たちからすると『知ってるよ』ってことばかりかもしれないですけど。あまり話すの得意じゃないんですけど、一応、歴《れき》が長いから、今回も説明は私がやらせてもらいますね。六年生、和田《わだ》ミミの母の葉子《ようこ》です。リーダーって決まってるわけじゃないんですけど、やれって、周りから言われちゃってるから」

和田葉子と名乗ったその女性の言葉に、顔見知りらしい周りの母親たちが笑う気配があった。「がんばれ」と小さな声が飛び、そっと手を振ってみせる人もいる。

その様子を、梨津はまた少し困惑した気持ちで見ていた。照れ隠しのように「知ってるよ」とか「歴が長い」という口語を多用する話し方が、なんというか子どもっぽい。保護者同士の集まりとはいえ、公の場での話し方ではない気がして、なるほど本当に「話すの得意じゃない」のだな、と思う。その彼女に手を振る他のお母さんたちの様子からして、ここはあくまで一部の見知った者同士のための集まりなのだということをさらに思い知らされる。

前に立った彼女——葉子が活動について説明していく。

読書月間に合わせて毎日開催されるという子どもたちへの放課後の読み聞かせ活動についてや、学校の読書集会での保護者の出し物についてが主な内容だった。途中、おそらく長く一緒に活動してきた知り合いらしい他の母親たちから「あ、あれ、やってみたらすごくよかったよね」とか「葉子さん、それはしゃぎすぎ」など声が飛び、ちょこちょことまた内輪のノリが挟まる。

その間、沢渡博美は静かに微笑んでいるだけで、積極的に発言しなかった。一人だけ、この場を俯瞰《ふかん》しているような雰囲気がある。

「今日も、残りの時間は親睦《しんぼく》を深めていってください」

説明の終盤、葉子が言って、部屋の奥を示した。見れば、ペットボトルのジュースや個包装されたお菓子類がいつの間にか用意されていた。葉子の言葉に、皆が慣れた様子で立ち上がり、各々飲み物や食べ物を取りに行く。

毎回、こんな茶飲み話の時間があるのだろうか——。

学校ボランティアは、梨津が思っていた以上に、時間のある母親たちのたまり場みたいなものなのだろう。ひそかにがっかりしながら、皆に倣って梨津も立ち上がる。帰ってしまってもよかったが、せっかく来たのだし、今日くらいは何人かともう少し話して帰ろうと思った。すると――。

「ねえねえ、あなたって、これなの？」

会が始まったことで一度は梨津に話しかけるのをやめていたかおりに、急に呼び止められた。え、と思って視線を向けると、彼女が携帯電話を手にしている。スマホではないガラケーのその画面を、こちらに向けている。

「検索したら出てきた」

見た途端、ぐらっと眩暈《めまい》がした。一気にその場に頽《くずお》れそうになる。

画面の中に、梨津がかつてテレビ番組に出演した際の写真が表示されている。事務所の宣材写真や、プロフィールもだ。上に、『みきしまりつ』の検索結果」とある。

ネットで検索されたのだ。今、ここで。本人がいるのに。しかもその検索結果を本人に見せている。

あまりのデリカシーのなさにどう反応してよいのかわからなかった。ネットの世界はいいことばかり書かれているわけではない。むしろ、不特定多数による悪意に晒《さら》されることの方が多い。だから梨津は間違っても自分の名前はサーチしないし、結婚して苗字が変わり、仕事の名前と本名が違うものになったことに安堵もしていた。

どこかから自分の本名がネットに洩れてしまっているらしいということは、事務所のマネージャーから聞いてすでに知っていた。いい気持ちはしなかったが、見ないことで自分を落ち着かせてきたのだ。それなのに――。

「やだ、この写真、すっごいキレイで目線が決まってる。ひょっとしてプロが撮ったの？」

プロモーション用に事務所で撮った写真は、本人のイメージを伝える重要なものだし、長く使うものだから、当然プロのカメラマンに頼む。こちらもプロとの仕事だから、表情だって雰囲気だって作り込む。日常撮るスナップ写真とは明らかに趣が違う写真を、こんなプライベートな場所で堂々と見られるのは、恥ずかしさを通り越していたたまれなかった。

「ええ。まあ……」

作り笑いを浮かべようとするが、頬があまりに強張《こわば》ってなかなかできない。その間もかおりは「ふーん。あ、こっちの写真もキレイ。これ、ドレス？　本当にこんなの着たの？」とか独り言めいた問いかけを呟きながら、画面を見ている。

その時だった。

「梨津さーん」

声がして、顔を上げる。見れば、部屋の奥の飲み物があるあたりで、さっきの博美が手を挙げていた。梨津はまたも「助かった」という気持ちで彼女に会釈を返す。かおりに、「ちょっと失礼します」と告げ、席を離れた。もうこの席に戻ってこなくてもいいように、カバンと上着も一緒に持った。

やってきた梨津に、博美がペットボトルの飲み物を示す。

「何か飲む？　ジュースとお茶だとどっちがいい？」

「あ、じゃあ、お茶を……」

「はあーい」

さっき会ったばかりだけど、長年の友達のような話し方だった。しかし、かおりの時と違って、こちらは嫌な感じをまったく受けない。社交慣れしていて、彼女の方で距離感を素早く的確に詰める術《すべ》を心得ているのだと感じた。

博美が注いでくれたお茶のカップを受け取りながら、気になってかおりの方をそっと振り返ると、梨津がいなくなった後もさっきと同じ席に座って、一人で携帯をいじっていた。誰かが話しかける様子もなく、ひょっとしたら彼女はこの場では少し浮いた存在なのかもしれない、と思う。

博美が梨津の顔を覗き込んだ。

「梨津さんて、リノベして最初の入居の時にはいなかったよね？　団地にはいつ来たの？」

「まだ半年くらいなんです。子どもの小学校入学に合わせて引っ越してきたので」

「そうなんだ。会えて嬉しいな。これからよろしくね。家、南側？　北側？」

「南側です」

「そっか。じゃ、学校にはより近い方だね。うちは北側なんだ」

言われなくても知っていた。団地のリノベーションを手がけた沢渡夫妻は北側の最上階を、他の部屋より間取りを広く取った状態で住んでいるらしいと、入居してまもなく、他の住人たちの噂で聞いていた。

梨津はつい、まだ敬語を使ってしまうけれど、博美は明るくくだけた口調で軽やかにどんどん話す。かおりのように急に間合いを詰めてくるのではなくて、あえて親しみを込めた話し方をしているのだと伝わる。この物慣れた感じは、やはり梨津のいるテレビやラジオ業界と似ている。業界は違うけれど、華やかなオーラのようなものがあるのも一緒だ。人に慣れているのだ、と感じた。

「サワタリ団地のことで、ご夫婦でよく雑誌やテレビに出られていましたよね？」

遠慮がちに梨津が尋ねる。雑誌に載っていた沢渡夫妻の部屋は、趣味のいい家具の周りにたくさんの観葉植物が置かれ、そこに明るい陽光が射し込む素敵な部屋だった。壁紙も床の色もこだわって彼らが作りこんだ家なのだということがよくわかった。

「やだ、観てくれたの？」

「沢渡さんのところも、お子さん、この学校だったんですね。私、全然知らなくて」

「もう六年生で、学校のことも親子ともどもベテランの域だからなんでも聞いてね。梨津さんたちは団地のお祭りやイベントには参加してるの？」

「はい、よく」

「そっかぁ、うちもリノベの最初の頃は一家で準備とかすごくはりきってやってたんだけど、高学年になると子どもの塾なんかが忙しくてなかなかね」

「確かにお祭りは低学年の子たちが中心ですよね。あとはまだ学校に入る前のお子さんとか」

「そうなの。だから、小学校も他の学年の保護者さんとは、同じ団地でもこういう場がないとあんまり知り合えないよね」

その時、梨津を見ていた博美の目が微かに遠くを見るように動いた。梨津の背中越しに誰かの姿を目に留めたようで、「また、今度」と梨津に微笑みかけて立ち上がった。

「近々、もしよければうちに遊びにきて。お誘いするね」

「ありがとうございます」

博美が飲み物を片手に、別の保護者の方へ行ってしまう。「こんにちは。この間はお疲れさま。大変だったでしょう?」と彼女が顔なじみらしい母親に話しかけ、その相手が「わー、博美さんこそ、お疲れ! いつもありがとう」と彼女に笑顔で応《こた》える。

本人がベテランの域というだけあって、どうやら本当にこの場に来ている皆と仲がよさそうだ。

その時、「あの」と控えめな声がした。目線を向けると、おとなしそうな外見の母親が二人、立っている。二人とも、染めた様子のない黒髪にシックな色合いのブラウスとワンピースをそれぞれ着ていて、真面目そうな人たちだった。

「はい?」

「森本梨津さん、ですよね?」

思いきって話しかけた、というふうに、ブラウスを着た方のお母さんが言う。梨津が答えようとすると、それより早く、隣の女性が付け加えた。

「私たち、実は春から、いろんな保護者行事で見かけるたびに、梨津さんがいるねって、よく話してて」

「やっぱりきれいだねって、遠巻きに見ていたんですけど、読み聞かせ委員会、ひょっとして入ってくださるんですか? プロなのに」

尋ねる声に親しみと緊張が感じられた。学校の関係行事で顔と職業を一方的に知られていることに複雑な思いがする時もあるけれど、今日は、二人の好意的な声をとてもありがたく思った。かおりの不躾な物言いにげんなりしていたから余計にそう思う。

「ありがとうございます」と微笑んだ。

「プロだと思ってもらえるのは嬉しいですけど、子どもの学校のために何かができたら嬉しいな、と思って、それだけなんです。これからいろいろ教えてくださいね」

「えー、そんなそんな！　梨津さんが入ってくれるなんて心強いです」

「うん。私たちで教えることなんてないですよ。こっちが教わりたいくらい」

彼女たちがミーハーな調子で声を上げるのも、悪い気はしなかった。

「私、四年生の母親で、城崎《きのさき》って言います」

「私も四年生の女の子の母親で、高橋《たかはし》です」

二人が自己紹介をしてくれる。きちんと挨拶してきてくれたことに感謝しながら、梨津も「三木島です」と名乗った。

「森本は旧姓で」

「あ、そうですよね。ごめんなさい。私たち、その名前の方で知っちゃってるから」

「お仕事しながら育児と両立されてるなんて、本当にすごいですよね」

口ぶりから、二人は専業主婦なのかもしれない、と思っていると、「お手伝いできることがあったら言ってくださいね」と、城崎の方が言った。

「私たち、時間はありますから。もし三木島さん、お子さんのことで何かあったり、この委員会の活動でも当番を代わってほしい時とか、言ってくれたら融通ききますから」

「ええ。どうせ、暇だし」

「いえいえ。皆さんもお忙しいでしょうから」

専業主婦のお母さんたちからは、たまにこんなふうな申し出をされることがある。そして、そのたび、専業主婦のお母さんたちが、仕事を持っていないことを何かの負い目のように感じているのではないか、と梨津にはどうしても思えてしまってもどかしい。家事と育児をしている以上、暇だなんてことはないはずなのに。

どう答えたものか考えていると、高橋が言った。

「でも、すごいね。この学校。博美さんも三木島さんもいるなんて」

「あ、梨津でいいですよ」

梨津が言うと、二人が嬉しそうに顔を見合わせ、「梨津さんがいるなんて」と言い直した。

二人の目が、少し離れた場所で別の母親の一団と話す、沢渡博美を見つめる。

「博美さんは本当にすごいし、偉いよね。みんなと仲良くして、いつもにこにこしてて。あんなにすごいお仕事をしてるのに、子どももいい子で」

「どうしたら人としてあんなに朗らかで優しくいられるんだろうって、憧《あこが》れる」

「沢渡さん、素敵な方なんですね」

「ええ。とっても」

梨津が言うと、二人がそろって頷いた。

「知ってます？　博美さん、この近くのサワタリ団地のデザイナーさんなんですよ」

「あ、さっきお話ししました。私もサワタリ団地の住人なので」

「え！　そうだったんですか！　私たちもなんです」

城崎が顎《あご》の前で小さく手を合わせる。二人の顔が輝いた。

「知らなかった。学校ではお見かけするので気づいていたんですけど、えー！　同じ団地だったんだ」

「大きな団地ですから、今までお会いできていなかったんですね。うちはまだ春に入居したばかりですし」

梨津が「これからよろしくお願いします」と挨拶すると、二人も「こちらこそ」と微笑んでくれた。

二人と話しながら、梨津はふと、博美の姿を目で追う。さっき、何人かの保護者と話していた博美は、今は席を移って、別の保護者と話をしている。取り立てて目立つ服装をしているわけではないけれど、おしゃれな人というのはやはり目を引く。

博美が相手に会釈をして、また席を移る。おや、と思った。彼女はこまめにこまめに席を移動しながら、どうやらこの場にいるすべての人と話しているのではないか——。誰に対しても明るく声を張り上げ、一定のフレンドリーさを崩さずに。

梨津が博美を見ていることに気づいたのか、高橋が「偉いですよね」とまた言った。

「本当に、博美さんって、気遣いの人っていうか、おっとりしてるし、雰囲気が柔らかくて、話していると癒《いや》されます」

「ええ」

梨津が頷くと、城崎も続けた。

「そうなんですよ。博美さんって、本当にすごくて、私が落ち込んでる時にすぐにメールとかLINEとか、絶妙なタイミングで連絡をくれるんです。どうして気づいたんだろうって思ったら、私のインスタの更新が滞りがちだったから心配してたって教えてくれて」

「旦那《だんな》さんも素晴らしいんだよね。うちの夫が単身赴任になるかもって時に、『相談乗りますよ』って連絡して飲みに誘ってくれて。それまでそんなに仲良くなかったのに、すごく親身になってくれたって夫も喜んでて」

「あそこはご夫婦で完璧よね」

「へえ……」

完璧、という言葉が出て、梨津は気圧《けお》される。自分自身もさっき、彼女の佇まいに対して思った感想だったからだ。

まだ博美のことをそう知っているわけではないけれど、梨津もかおりにおかしな絡まれ方をしていたところを二度も救ってもらった。しかし、「偉い」という高橋の言葉に違和感も持つ。

全員とフレンドリーに話すことは、「偉い」のだろうか?

「おっとりしている」という人物評にも、微かに抵抗がある。確かに彼女は気遣いがこまやかにできる人ではあるのだろうけれど、あのフレンドリーさにはファッションと同じで隙がなさすぎるように感じるというか、何か既視感があって――。

そう思った瞬間、あ、と気づいた。

こまめに席を移動しながら、全員と話す。それは、梨津が昔仕事で同席した、とある国会議員の女性がしていたことだった。確か、何かのレセプションだった。知り合いの姿を見つけて話し込むというよりは、その場にいる人たちのとにかくすべてと「一度は話した」という証明を得ようとしているかのようにテーブルを回る。彼女は初対面の梨津にも、「いつもテレビで観ていますよ」とわざわざ話しかけに来た。その時は嬉しかったけれど、あれは、自分の存在に価値があることをわかった人のふるまい方ではなかったか。フレンドリーにする、というのは、ある意味、相手の懐に馴れ馴れしく入れる自信がなければできないことだ。

彼女自身か、彼女の夫が今後、本当に選挙に出てもおかしくない。半ば本気で、梨津は思った。サワタリ団地を手掛けたデザイナーということなら、地元の認知度はばっちりだろう。保護者の中で困っている人、落ち込んでいる人に声をかけているのも、そう考えたらしっくりくる。

逆にそう考えなければ、目的が見えない気がして、少しだけ、過剰に感じた。まるで困っている人を自分から探して、そして手を差し伸べているような——。

「かおりさん」

博美の声がその名を呼ぶのが聞こえて、びくっとする。顔を向けると、一人きりで座って携帯電話をいじっていたかおりに、博美が近づいていくところだった。周りの誰も話しかけている様子がなかったかおりに、一人だけ、親友のように近寄り、何してるの、というように一緒に画面を覗き込む。

その画面に、まだ梨津の検索結果が表示されているのかどうかはわからなかった。けれど、博美の顔に微かな驚きが浮かび、画面を指さして、彼女が笑う。かおりは相変わらず笑顔はないけれど、博美の言葉に頷き返し、二人で何か話している。

「偉いよね。——あの人にまで気を遣って」

ぽつりと、城崎の声が聞こえた。梨津に聞かせるつもりはなかったのかもしれないけれど、聞こえてしまった。その呟きにより、やはりかおりはこの場では敬遠されているのだ、とわかった。

その声を聞きながら、そういえば――と梨津は思った。

博美は、梨津の職業を尋ねなかった。この場でそんな込み入った話をするべきではないと思ってくれたのかもしれない。けれど、彼女は、梨津を名前で呼ばなかったか。

――梨津さーん。

確かに、そう呼ばれた。けれど、その前の短い会話の中で、梨津は自分の名前を名乗ったろうか。

もし、名乗っていないとしたら、彼女は梨津を知っていたことになる。城崎や高橋のように、アナウンサーの森本梨津として。なのに、そのことに一切触れていないのだとしたら。

「じゃあ、またね。かおりさん。話せてよかった」

博美がかおりに微笑みかけ、彼女のもとを去る。梨津は咄嗟に、二人から目を逸らした。

読み聞かせ委員会を終え、学校を出る頃には、なんだかとても疲れていた。

仲良くなれそうな人たちもいたけれど、自分が誰とも連絡先を交換しなかったことに、歩き出しながら、いまさら、気づいた。けれど、下手に連絡先など知らない方がきっといい。特にかおりに教えずに済んでよかった。そういえば、彼女の住まいは団地ではないのだろうか。

気になったけれど、またおかしな絡まれ方をするのはご免だった。団地の方向に帰る母親たちと一緒になるのも面倒で、今日はこのまま買い物に行こう――と、団地の反対側に歩き出す。

読み聞かせの当番表に一応名前は書いてきたけれど、今後は活動には参加しない方がいいかもしれない――。そう思った。

奏人が「これ」と薄茶色の封筒を持ってきたのは、読み聞かせ委員会の集まりの翌日だった。

「ん？」と顔を向けた梨津に、ランドセルをリビングのソファに放り出した奏人が言う。

「もらった。お母さんにって」

夕ご飯のハンバーグを作っていた梨津は、台所で手を洗い、奏人がダイニングテーブルに置いた封書を手に取る。宛名《あてな》には「梨津さんへ」とある。その下に、「お茶会ご招待状」とある。裏返すと、丁寧に糊付《のりづ》けされた封書の下に「From Hiromi Sawatari」の文字があった。そこに並んだアルファベットの文字の美しさに圧倒される。オリジナルに作ったと思《おぼ》しきフォントの流麗なレタリング。まるで名のあるブランドから届くＤＭか何かのようだ。

封筒から、微かにベルガモットの香りがした。

「これ……」

「六年生の沢渡朝陽《あさひ》くんがくれた。奏人くんも来ていいよって」

「沢渡朝陽くん――」

おそらく、博美の息子だ。これまで奏人の口からは、違う学年の子の名前なんて出たことがない。

「前から知ってたの？　仲いいの？」

思わず聞いてしまうと、奏人が小首を傾げながら「仲いいっていうか、話したの初めてだけど、児童会長だから知ってた」と答えた。

博美の息子は児童会長なのか。圧倒された思いで「へえ」と答えると、奏人が「ねえ」と顔を輝かせた。

「遊びに行くの？　朝陽くんち。ハッチもつれてっていい？」

「うーん。ハッチはダメじゃないかな。犬が好きなおうちもあれば、苦手なおうちもあるから。朝陽くんのおうちがどっちかわからないから、今回はやめておいて」

今日初めて話した子のことをもう「朝陽くん」と呼んで、奏人はすっかり家に行く気満々だ。梨津は封書を開ける。便せんを取り出すと、ベルガモットの匂いが強くなった。

『梨津さんへ
　昨日はお話しできてうれしかったです。
団地に住む楠道小学校のお母さんたちで水曜日の夕方にお茶会をします。ご都合よろしければいらしてください。
　連絡先をお伝えしておきますね。』

末尾に、博美の名前と、ＬＩＮＥのＩＤ、携帯電話の番号、そして、サワタリ団地７０１の部屋番号が記されていた。

◆

沢渡夫妻の部屋がある団地の北側を目指して歩く途中、水色のシートが廊下に敷かれているのが見えた。

引っ越し作業用の養生シートだ。

「あ、わんわんマークの引っ越しセンターだ」

梨津の横を歩く、奏人が言う。自分がここに引っ越してくる時に使ったのと同じ業者だからよく覚えているのだろう。「ほんとだね」と梨津も頷いた。

「誰かが引っ越してきたのかな」

サワタリ団地は人気の物件だから、なかなか空きが出ない。梨津たちが入居を決めた頃はそう言われていたものだが、春の引っ越しハイシーズンの時期と比べて、少しずつ状況も変わってきたのかもしれない。団地の南側、北側に拘《かかわ》らず、こんなふうに引っ越し業者の養生シートが廊下やエレベーターを覆うのを見るのが、最近では珍しいことではなくなってきた。

梨津が探していた時には、「これを逃したらもったいないですよ」と不動産業者にあれだけ言われたサワタリ団地だけれど、この半年で、ひょっとするともう少しいい条件で買えるようになっているのかもしれない。少し惜しいことをしたような気にもなるけれど、家選びは巡り合わせによるのだなぁとつくづく思う。

「子どものいる家だといいね。そしたら、奏人のクラスに転校生が来るかも」

「えー、別に人数、少ないまんまでもいいけど」

小学生になり、奏人は確実に言葉遣いが天邪鬼《あまのじゃく》になってきた。しかし、そんなところにも成長を感じ、梨津はふうっと軽く息を吐いて息子の頭を撫《な》でた。自分たち親子の横を、引っ越し業者のユニフォームを着た作業員たちが通る。二人がかりで大きな冷蔵庫を抱え、エレベーターの方に運んでいく。

彼らの邪魔にならないように息子を壁の方に引き寄せると、奏人がふいに梨津に尋ねた。

「ねえ、ママ。今日、お母さんたちの会、何時まで？」

「うーん。みんな、夕ご飯の支度もあるだろうし、遅くても五時くらいまでかなぁ」

「えー！　六時までにしてよ」

「どうして？」

「だって、中庭公園でもっと遊びたいから。朝陽くんと遊べるの、初めてだし」

上級生の朝陽と遊べるのが、楽しみで仕方ないのだろう。

沢渡博美からのお茶会の招待を受け、手紙にあったＬＩＮＥのＩＤで友だちに追加したアカウントあてに連絡すると、博美からすぐに『ぜひいらしてください！』と返信があった。詳細な時間と場所が書かれていて、『奏人くんも一緒にどうぞ』とあった。

『お茶会の間、よければうちの朝陽が中庭公園で遊んでいるよ。いつもお茶会の時は子どもたち、だいたいそうしているの』

お茶会のある水曜日は奏人がピアノの習い事に通っている日だった。せっかくの申し出だが断ろうかと思っていると、それより早く、博美から次のメッセージが入ってきた。

『今、朝陽に話したら、奏人くんと遊べるの、すごく喜んでる。奏人くん、サッカーが得意なんだってね。休み時間に友達と一緒にしてるの見たことあるって言ってるよ』

笑顔のスタンプが添えられ、ここまで書かれると断りにくかった。奏人も朝陽と遊べることを楽しみにしている様子だったし、何より梨津にとっても博美の家への初めてのお呼ばれだ。せっかくの申し出を無下にしたように思われるのも嫌だった。

確か、奏人のピアノ教室は休んだ日の振替レッスンを別の曜日にお願いすることができるはずだ。梨津はしばらく考えてから、『じゃあ、ぜひ』と打つ。

『朝陽くんに遊んでもらえること、奏人もとても楽しみにしているみたいです』

ピアノ教室には後で電話をしよう、と思いながら、そう返事をした。

「楽しみなんだね」

朝陽と一緒にゲームをやりたい、この漫画を読みたい、と出がけにいろいろリュックに詰めていた姿を思い出しながら言うと、奏人が頷いた。

「うん！　六年生と遊ぶの、初めてだもん」

奏人にはかわいそうだけれど、今日は、携帯ゲーム機と漫画を持って行くのはやめさせた。子どもにゲーム機や漫画を与えるかどうかは、各家庭によって差があるからだ。

梨津の経験上、「いいお母さん」ほど、それらの中毒性や悪影響を心配して子どもに与えない傾向にある。梨津も夫の雄基も、節度を持ってやる分には問題ないという考え方で、時間を決めて与えているが、家庭によって、特にゲームはやらない子はまったくやらない。

――そして、これもまた経験則から、普段やらない子ほど、友達のゲーム機に触れた途端、そこから離れられなくなると梨津は思っていた。普段与えられていない分、反動が大きいのか、他の子がゲームに飽きて別の遊びに移っても、一人だけ、小さな画面に釘《くぎ》付《つ》けになっていつまでもやっている。奏人の同級生たちの間でも、何度か見た光景だった。

博美は、おそらく「いいお母さん」だ。教育熱心で、育児と家事に余念がないタイプ。

朝陽はおそらく、ゲームをしない子なのではないかと直感的に感じた。

「えー！　朝陽くんとゲームしたい」と奏人は渋っていたが、団地の敷地内にある中庭公園には遊具があるし、今日のところは様子を見たかった。朝陽以外にも、子どもたちは何人かいるだろうし、彼らがもしゲーム機持参だったというなら、次からそれに合わせればいい。今日のところは、みんなで分け合えるような大袋の駄菓子を代わりに渡し、奏人には納得してもらった。

サワタリ団地北側、701号室の前に来ると、ドアの前に大きなリースがかかっていた。飴《あめ》色のツルに交じって青や黄色の花が添えられた立派なそのリースの存在感に圧倒される。

ピンポーン、とチャイムを押す。当たり前だが、チャイム音は自分の家と同じだった。

「はーい。いらっしゃーい」

ドアの向こうで博美の穏やかな声が聞こえ、しばらくして、ドアが開いた。

「こんにちは。今日はお招きいただいて――」

ありがとうございます、そう続けようとして、梨津は言葉を飲み込んだ。ドアの向こうにいたのは、博美ではなく、別の人物――初対面の男性だった。彼と目が合い、驚くと同時に、あっと思う。

沢渡恭平《きょうへい》。サワタリ団地のメインデザイナーで、博美の夫。以前メディアで顔を見たことがある。人懐こそうな丸く大きい瞳《ひとみ》に、短く伸ばした顎髭《あごひげ》。がっしりとした体軀《たいく》。雑誌やテレビで目にする時より肩幅が広く、思っていたより背も高い。

「あ、初めまして。私……」

あわてて梨津が挨拶し直したその時、沢渡恭平が「ああ――」と頷いて、笑顔になった。

「梨津さんですね。博美から聞いてます。すいません。お忙しいのに無理に呼んじゃったんじゃないですか」

「いえ、そんなことは」

「おーい、博美」

恭平が奥に顔を向けて妻を呼ぶ。

妻が選んだのであろう高級そうな素材のニットに、色落ち加減が程よいジーンズを身につけた沢渡恭平は、雑誌やテレビで見た時は、まだ若いのに貫禄《かんろく》がある感じだったけれど、いざ目の前にすると、思いがけず親しみやすそうな、気さくな印象だった。

家の奥の方から、バタバタと子どもたちが近づいてくる気配がする。

「奏人、来たの？」「じゃ、もう中庭公園行こうぜ」——奏人よりだいぶ大きな男の子三人が、一斉に玄関に出てくる。

梨津の後ろにいた奏人が、そわそわしながら彼らを見ていると、そのうちの一人が「お、奏人！」と手を挙げる。奏人が笑顔になった。他の二人がスポーツ刈りなのに対して、少しだけ髪を長くした色白の男の子。利発そうな顔の目元が博美にそっくりで、彼が沢渡朝陽だとすぐにわかった。

「パパ、いってきます」

靴を履き、父親に一言挨拶して、梨津にも「こんにちは」と礼儀正しく挨拶する。さすがは上級生、と思ったが、他の二人が挨拶もなくあわただしく行ってしまったところを見ると、上級生だからと言って、誰にでもできることではないのだろう。

「奏人、行こう」

「うん！」

「後で迎えに行くからね！　何かあったら、この部屋まで戻ってくるのよ」

はしゃぐ息子の後ろ姿に向けて声をかけると、振り向かないまま、奏人のおざなりな「はーい」という声が返ってきた。男の子四人、徳用サイズで持たせたお菓子はちょっと多すぎたな、とちらりと思う。

「遊んでいただいてすいません」

「いやぁ、うち、お客さんが多い家なんで、朝陽も慣れっこですよ。どうぞ」

時間通りの到着だったが、中にはすでに何人か招待客が来ている様子だった。恭平に促され、靴を脱いでいると、博美がやってきた。

「梨津さん、どうぞ。パパが出ちゃってごめんなさい。驚かせちゃったよね」

博美は、今日も、完璧な装いをしていた。自宅の集まりであっても隙のないメイクをし、外は肌寒いけれども、暖房の効いた室内でノースリーブのワンピースを着ている。右胸に銀色のブローチがさりげなく光っていて、ノースリーブの肩から伸びる二の腕がすっきりと細く、美しかった。

さすがだな、と彼女の佇まいに見入りながら、梨津は首を振る。

「いえ、沢渡さんが作った団地に住んで、お世話になっている身なので、まさかお目にかかれるなんて」

「恭平でいいですよ」

スリッパを出され、リビングに向かう途中で沢渡恭平が言った。

「沢渡だと、うちの奥さんも僕もだから、紛らわしいでしょ」

「――じゃあ、恭平さん」

改めて一言呼んで、梨津が続ける。

「お会いできて光栄です。サワタリ団地、とても素敵なリノベーションだと思って、入居できた時はとても嬉しかったんです」

梨津が言うと、沢渡夫婦が顔を見合わせた。博美が軽く首を振る。

「団地のみんなからよくそう言われるんだけど、全然、私たちの力じゃないのよ。たまたまいい業者さんと知り合って、そこがイメージ通りにちゃんと施工してくれたおかげだから。だから、気を遣わないでね」

「そうそう。ご近所なんだし」

「ええ。――ありがとう」

思いきって、彼らが自分にそうするように敬語を言葉から取り去る。博美が横の夫を見て、困り顔のような表情を作り、微笑む。

「今日、彼が、たまたま仕事の打ち合わせが自宅であって。それを忘れてお茶会を入れちゃったんだけど、女だけの会にパパもいて、ごめんね」

「いえ、そんな……。恭平さんはご自宅でお仕事されること、多いんですか？」

「事務所が別にあるんですけどね、でも、僕が実際に手掛けた家を見て話した方が参考になるっていうクライアントも多いもんだから」

「未《いま》だに雑誌とかテレビの取材も来るしね」

博美が微笑む。

廊下の壁は、中央に一列、アラビア風のモザイクタイルが貼られ、その上に重厚感のあるアンティーク調のコート掛けのフックが並んでいた。すでに来ている人たちのコートや上着がかけられていたが、それらの色合いが浮いて見えるほど、よく作りこまれたおしゃれな家だ。取材に来た人たちもさぞや撮影のしがいがあっただろうと思いながら、彼らに向けて言う。

「取材、大変ですよね。私も、今はさすがに減りましたけど、昔は家にカメラを入れたいとか、私生活の写真を出すように言われることが結構あって」

この二人が梨津の職業をどの程度知っているのか——一度も職業のことに触れられないからわからないけれど、恭平がさっき「梨津さん」と初対面の梨津をいきなり呼んだこと、博美のこれまでの言動の端々からもう、わかっているんだろうな、という前提で話すことに決めた。

「そういう時は家族も巻き込んで数日がかりで部屋を片づけたりして、毎回、本当に大変だったんです」

だから気持ちがよくわかる、という思いで口にすると、——すっと、目の前の二人の纏《まと》う空気が温度を下げたような気がした。それをなぜなのかと考える前に、恭平が言う。

「いや、うちは職業柄、普段からそういうこと本当に多いから」

顔が笑っていなかった。梨津はひやっとした。言葉を間違えたのかもしれない。

彼らの職業柄、自分の家を素材のひとつとして見せる——梨津にだって、それは想像がついたけれど、この家には小学生の男の子がいる。日々、子どもと暮らしていたらどうしたって出てしまう生活感を取材で消すのは大変だろうと、そういう思いで口にしたことだった。決して悪気があって言ったわけではない。

博美を見ると、彼女はスタスタと先に立って歩いていってしまう。まるで今の会話が聞こえていなかったかのようだった。

「みなさーん。梨津さんが来てくれたよー！」

晴れやかな声とともに、リビングに続く扉を開ける。すでに来ていた数人の女性たちが一斉にこちらを見た。全部で、三人。ぱっと顔を上げた中に、先日、読み聞かせ委員会の後半に話しかけてきてくれた二人組のお母さん、城崎と高橋の姿もあった。二人も「こんにちは」と微笑みかけてくれる。

そのほかには、もう一人、読み聞かせ委員会では顔を見なかった女性が一人。梨津よりも年下に見える。ボブの髪を明るく染めた快活そうな女性で、他の二人が今日もシックな色合いの服装なのに対し、ふんわりとしたシルエットをした明るいグリーンのワンピースを着ている。

「わあー、本当に梨津さんだ。初めまして。私、601号室の弓月《ゆづき》って言います」

笑うと、唇の間から少し大きめの前歯が覗く。顎が小さいせいで、歯だけ大きく見えるその感じが、リスなど動物のげっ歯類を思わせる。かわいらしい人だ、と思った。

「うちの真下のお部屋なの」

横から、博美が悠然と微笑む。「上着、かけるね」と梨津の手からジャケットを受け取りつつ、続けた。

「入居の際にご挨拶に行った時からのおつきあいで。お子さんも同じ学校だし、よくうちにも呼んでいるの。息子さんは、五年生の弓月未知矢《みちや》くん」

「さっき、一緒に出かけて行った子どもの一人が未知矢です」

「うちの子はまだ一年生なんです。三木島奏人です」

互いに、よろしくお願いします、と挨拶をしてから、改めて、部屋の中を見回す。そして、ほおっと息を吐いた。

まず目がいったのは――、部屋の隅にある大きな花瓶だ。透明な、巨大な水槽のような背の低い花瓶の中に、紅葉したモミジが枝ごと何本も挿さっている。木の一部をまるごと持ってきたような迫力に、「すごい……」と思わず声が出た。

「博美さんがご自分で生けられてるんですか」

「生けるなんて大層なもんじゃないけど、お友達のお花屋さんから安く枝を譲ってもらったから」

「玄関のリースも生のお花を使ってましたよね。素敵だなぁって」

「あら、気づいてくれたの？ 嬉しい。さすが梨津さん」

長く飾るリースには、造花やドライフラワーを使うのが一般的だ。生花は萎《しお》れるし枯れるから、そのたびに取り換えるか作り替えなければならない。そのままドライフラワーにするやり方もあるだろうが、なんとなく博美は毎回新しいものを作り直している気がした。梨津には到底、真似できない。モミジの生木もスペースがなければまずこんなふうに飾れない。なんだか、ここはまるで――。

「お店みたいだよね」

梨津が思っていた通りのことを、城崎が口にする。横で高橋と弓月も頷いている。

「レストランとかホテルみたいにいろいろ行き届いていて、本当にすごいなぁって思う。私たちじゃ絶対真似できない」

「まあ、うち、レストランの経営者とか芸術家のお客さんもよく来るけど、彼らから『うちの店よりすごい』って言われるよ」

屈託のない口調で恭平が言う。梨津は内心、驚いた。今のは、あまりに明け透けな自慢ではないのか。けれど、他の女性陣はみんなただ「そうだよね」と頷き合っている。胸に一抹、ざわっとしたものを感じながら、花瓶の奥に目をやると、そこに、よく知る絵がかかっていることに気づいた。

「あの絵……」

「え、好き？」

恭平が梨津の顔を見つめて尋ねる。

「好きなの？　あの画家」

「あ──はい」

出かけた言葉を飲み込んで、梨津は頷いた。恭平が「そっかそっか」と嬉しそうに頷く。

「梨津さんとか、うちの博美くらいの年代の女の人はみんな好きだよね。世代の感覚みたいなものなのかな？　花のモチーフ、確かに女性向けだし。あの絵も、限定だったんだけど、博美がどうしても飾りたいってねだるから」

いけない、と思う。

自慢だなんて、穿《うが》った見方をする自分の方が、意地が悪いのかもしれない。あまりにすごいから、羨《うらや》ましくなっているのかもしれない。言いたい言葉を我慢して、梨津は博美に向き直る。

「あの、これ、もしよかったら、今日のお茶会で出してください」

持参してきた紙袋を渡す。中には、手製のスコーンと苺《いちご》のジャムが入っていた。

主婦同士のお茶会は、きっと互いに何かを持ち寄るはずだ。博美はセンスがよさそうだし、下手なものは持って行けない、と悩んで、前に友人を自宅に招いた際にもらったお手製のスコーンがとてもおいしかったことを思い出した。添えてくれたジャムも、果実の食感が残った手づくりで、それを褒めると「意外と簡単だよ」と作り方を教えてくれた。

「お菓子作りは得意な方じゃないんですけど、皆さんへのご挨拶代わりに。うちで作ったスコーンとジャムです」

差し出すと、博美が一瞬――ほんの一瞬、時を止めたような無表情になった気がした。しかし次の瞬間、彼女が「ありがとう」と微笑む。

「みんなでいただくね」

「あ、中にクロテッドクリームも入ってるから、よければ添えてね」

「ええ」

お皿を借りられるなら、梨津が自分で出しても構わなかったが、博美が袋を手にキッチンに消えていく。リビングから見えるオープンキッチンもまた、博美の気遣いが随所に感じられる。

まるで映画セットのように完璧だ、と思い、それがなぜなのか気づく。ラベルや表示が一切ないのだ。日々暮らす中で、スーパーやコンビニで食材を買うと、どうしたって、調味料の瓶や食材の箱にラベルやロゴなどの表示がある。飲料のボトル、小麦粉の袋、醬油《しょうゆ》の瓶、炊飯器の画面――。

博美のキッチンにはそれがなかった。驚くほど。無機質だが洗練された雰囲気の瓶や缶が並んでいて、どうやらそこに料理用の小麦粉や調味料が入っているようだった。市販のものらしき瓶なども見えるが、すべてデザイン性の高いラベルや、外国語の表示が貼られている。近所のスーパーで買えるようなものはまずなかった。

炊飯器もない。どうしてかは、梨津にも料理に凝る友人が何人かいるからわかる。おそらくこの家は土鍋《どなべ》で米を炊いているのだ。

梨津は驚いてしまう。梨津の知る土鍋愛用者の友人たちは、料理を趣味とする独身か、家事を得意とする専業主婦、あるいは料理研究家やフードコーディネーターなどだ。育ち盛りの男の子がいて、自分も働いている身で炊飯器がないなんて、想像できない。

失敗したかもしれない、という思いが胸を強く衝《つ》く。

博美はきっと教育にも家事にも熱心な〝いいお母さん〟で、沢渡家はきっと〝いい家〟だろうと覚悟はしていた。けれど、ここまでとは思わなかった。手づくりのスコーンなど、持ってくるべきではなかったのかもしれない。

見れば、他の女性たちは何かを持参した様子がない。さっき紹介されたばかりの弓月が、梨津に向け、お礼を言ってくれた。

「スコーン、ありがとうございます。手づくりなんてすごい」

「今日は、持ち寄りではなかったんですね。なんだか余計なことをしてしまったようで」

「ああ、私たち、全部、こういう時は博美さんにおまかせなんです。すっかり甘えちゃって」

「気にしないでー！　私が好きでやってるだけだから」

キッチンでお茶の支度をしながら、博美が笑って答える。

完璧すぎるコーディネートの家の中で、梨津は妙に居心地が悪くなっていた。これではまるで、すごい、すごい、と絶えず博美を褒めなければいけないようだ。――話題に困って、博美に尋ねた。

「今日は、これで全員？　他には」

「他にもあと二人。読み聞かせ委員会のリーダーの葉子さん。あとは朝陽と同じクラスの女の子のママで、真巳子《まみこ》さん」

その時、ピンポン、という音が室内に響き渡った。

「はーい」という声を上げて、立ったのはまたしても恭平だった。

「葉子と真巳子、どっちかな」

独り言のように口にして、玄関に向かう。まるで自分の子どもの名でも呼ぶようにママ友を呼び捨てにすることに、また驚いた。彼の後ろ姿を見ながら、梨津は思う。そろそろ、この人は席を外したりしないのかな、と。

——女だけの会にパパもいて、ごめんね。

博美にああ言われたけれど、それは言葉だけのことで、すぐに恭平は外出するか、自室にこもるのだろうと思っていた。けれど、彼はさっきから女性陣の輪に加わり続け、ここから出ていく様子がまったくない。

女性だけの輪に入れる男性は、それはとても貴重な存在だと思うけれど——それでも強烈な違和感があった。

「お待たせ」

博美がテーブルの方にやってくる。手にしたトレーの上に人数分、小皿に取り分けられたスコーンが載っている。バターの香ばしい匂いを嗅《か》いで、気づいた。オーブンでもう一度、丁寧に温め直されている。苺ジャムには、梨津が持参した覚えのないミントの葉が添えられていた。何をするにも自分流に手を加えないと気が済まないほど洗練された趣味人だということなのだろう。

玄関の方から、大きな声が聞こえた。

「わあー、相変わらず、めっちゃおしゃれ！」

読み聞かせ委員会で皆の前で話していた時と同じ、内輪向けの声。葉子の声が近づいてくる。

「本当にうちと同じ建物の中なのかなーって思うよ。博美さん、差、つけすぎ。恭平さんもさ、デザインする時にきっとうちらの部屋は手を抜いたでしょ」

彼女の無遠慮な声を耳にして、梨津は内心、引いてしまう。しかし、沢渡夫妻は特に気分を害した様子もなく、恭平が「いやいやー」と首を振りながら、葉子とともにリビングに入ってくる。

「平等にやらせていただきました。もし部屋を狭く感じたり、違和感あるなら、それは葉子と悟朗《ごろう》の責任でしょ」

「やっぱりかー。うちら夫婦にセンスがないのかー。しょんぼりするなー」

悟朗、というのは、どうやら彼女の夫の名のようだ。子どもが同級生同士というだけで、こんなに距離感が近い呼び合い方をするものなのかと度肝を抜かれる。まるで昔からの親友同士のようだ。

「せっかくみんなが来たから、今日はとっておきのプレイリストにしよう」

「あー、恭平さんの音楽のこだわりすごいもんね」

恭平が、キッチンとリビングの境界にあるカウンターの上に置かれた小型の音楽プレイヤーをスマホ経由で操作する。すぐに、梨津にはわからない洋楽と思しきアーティストの歌声が流れ始めた。

博美もそうだけど、恭平も相当に人に慣れたふるまいをする人だ。ざっくばらんな感じの葉子には馴れ馴れしいほどの物言いをしているが、おとなしそうな城崎や高橋に対しては丁寧な姿勢を保ちつつ、さっきから親し気にあれこれと話しかけている。弓月に対してはどちらでもなさそうだが、彼女も恭平の話をにこにこと聞いていた。

博美は、夫と友人のそんなやり取りを眺めながら、笑顔のまま、お茶の準備に徹していた。先日博美からもらった招待状から漂っていたベルガモットの香りのするアールグレイのお茶が、梨津のカップにも注がれる。

「わ、スコーン。すごい、博美さんが焼いたの？」

「ううん。梨津さんが作ってきてくれたの。ジャムもそう。手づくり。おいしいよ」

葉子の言葉に博美が笑顔で返すが、梨津は心臓が痛くなる。

スコーンは人数分よりもっとあったはずだが、博美の前には他のみんなの前にあるような小分けされた皿がなかった。──つまりは、彼女自身は食べるつもりがない、ということだ。彼女の夫である恭平の前にはスコーンとジャムの皿があったが、彼も「ふうん」と手に取って口にはしたものの、積極的に、おいしい、とは社交辞令程度にも口にする気配がない。

他のみんなが「わ、おいしい」「ジャムも手づくりなんですか？」と梨津に声をかけてくれる。けれど、梨津はぎこちなく作り笑いを浮かべる。おいしく作れるレシピだったし、家でも何度も作って奏人や雄基にも好評だけれど、所詮《しょせん》は素人の手づくりだ。

甲斐甲斐《かいがい》しくお茶のおかわりを注ぎに行ったり、「しょっぱいクラッカーみたいなものもちょっとほしいよね」と別のお菓子を取りに戻ったり、博美はリビングのテーブルよりもキッチンにいる方が多かった。

すると、ふいにキッチンの方から「ああっ！　このクロテッドクリーム！」と突き抜けるような、高い声が上がった。

博美の声だった。それまでずっと優雅で穏やかな話し方しかしていなかった彼女の、初めて聞くテンションの高い声に顔を向けると、博美が、梨津の持ってきた紙袋を手にしていた。

「ごめんなさい。出すのをうっかりしていたけど、このクロテッドクリーム、ライラ社のオーガニックのだったのね？　ごめん。すぐに出すね。わー、ありがとう。とっても嬉しい！」

「え、あ……」

スコーンに添えるクリームとして、梨津が持ってきたものだ。海外の、オーガニックフードを扱うメーカーのもので通販でなければ買えない。本当はクリームも手づくりしたかったけれど、以前に友人にもらったものが未開封で余っていたから、今日はそれを持ってきたのだ。

恭平の笑う声がした。

「オーガニックに目がないからな、うちの奥さん。他の市販のは、何が入ってるかわからないからって」

その言葉に――浮かべようとした笑みが、表情の途中でゆがんで消える。

「困ったもんだよね」と、恭平が梨津を見つめる。その視線に、ぎくしゃくと微笑み返すけれど、おそらく、彼は梨津の心の内に気づかない。

何が入ってるかわからない。

そう聞いて、理解する。

問題なのは、おいしいかどうか、料理の出来不出来じゃない。何が入っているかわからないと、梨津は彼女にそう思われたのだ。

「おいしいよねえ、ここのクロテッドクリーム。私もクラッカーに塗って食べちゃおうっと」

博美が歌うような声で言い、おそらくは自分が信頼できるメーカーで買ったのであろう全粒粉らしき茶色いクラッカーに、クリームを塗りつける。クリームの脇には、いつの間にか、梨津には名前のわからない香辛料の葉っぱが、また添えられていた。

◆

「ところでさ、あの話、どうする?」

葉子がそう声を上げたのは、お茶会もだいぶ進んだ頃だった。あの話? と思っていると、彼女たちの間では周知なのか、城崎や高橋が控えめに「ああ……」と吐息のような声を洩らした。

「あれよね、楡井《にれい》先生のこと」

「そうそう。また担任なんてほんっと、私たち、ツイてないよね」

「楡井くんなー」

恭平が微妙な表情で笑う。

名前が出て、梨津にもそれが誰かわかった。六年一組の担任の先生だ。まだ二十代半ばの若い男の先生。

「あんな頼りない先生じゃ、今年は中学受験する子だっていっぱいいるのに絶対よくないよね。二学期まではもう無理かもしれないけど、三学期だけでも担任替えてもらおうよ。署名活動しよう！　署名！」

え……、と思わず、小さく声が出る。驚く梨津をよそに、恭平が「まあまあ」と葉子に微笑みかける。

「楡井くんも、彼は彼で一生懸命やってはいると思うよ。まあ、頼りないのは事実だけど」

「でもさー。二組の先生は新川《あらかわ》先生でアタリなのに、うちらだけ楡井先生なのは、どう考えてもハズレだし、不公平じゃない？　ねえ、博美さん」

葉子の声に、博美が困ったように「うーん」と首を傾げている。すると――その時、狙ったようなタイミングで、誰かのスマホが震えた。振動を受け、博美が曖昧に皆に微笑みかけ、「ごめんね、ちょっと」と言いながら、スマホを片手に廊下へ出ていく。

「オレもちょっと、郵便受けを見てこようかなー」

のんきな声を出し、恭平も席を立つ。まるで話題から逃げるようだった。沢渡夫婦がいなくなるのを見届けて、葉子が腕組みをしながら大きなため息を吐いた。

「もう、博美さんも恭平さんもいい人で優しすぎ！　ともかく、私、署名運動と、校長先生への直訴は絶対やるから。それにさぁ、知ってる？　来年から、読み聞かせ委員会の担当も楡井先生になるかもしれないいんだって」

「え、そうなの？」

自分が参加している活動の名前が出て、高橋が深刻そうな表情になる。横の城崎も「多《た》田《だ》先生から替わっちゃうってこと？」と残念そうに口にする。

「そう。だから、みんなにとっても他人事《ひとごと》じゃないんだよー。うちらは今年で卒業だけど、長くやってた活動があの先生になっちゃうなんて絶対いや。弓月ちゃんも協力してよね」

「うん。大変だねえ。五年生の他のお父さんお母さんにも呼びかけたら、署名、協力してもらえるかなー」

間延びした声を聞いて、また、えっと思う。違う学年や、ボランティア活動に参加していない弓月ならば止めるか――少なくとも、この場の雰囲気に引いているだろうと思っていた。けれど、あまりに平然と葉子に同調する様子に愕然《がくぜん》とする。

「あの……ちょっと待ってください」

思わず、声が出ていた。言ってしまってから、迂闊に話すべきではないかもしれない――という考えが頭を掠めたけれど、それでも、黙っていられなかった。

「楡井先生のこと、私は子どもがまだ一年生だし、違う学年だからよく知らないんですけど、そんなに困ったことが何かあったんですか？」

「えっ、特に大きなことは何も起きてないけど、でも、本当にまだ若いんだよ。うちらと下手したらダブルスコア。やっぱ、六年生の最後はベテランの堂々とした先生の方がよくないですか？」

「まだお若いんですよね？」

「うん。いくつぐらいかな。二十五くらい？」

「だったら」

話しながら、軽く眩暈がしそうだった。思ったのは、この人たちみんな社会性が低すぎないか、ということだった。その気持ちをぐっとこらえて、根気強く言う。

「担任を替えさせるとか、署名運動とかは、まだ待ってあげたらどうでしょうか？　あの、私、……アナウンサーの仕事をしてて、ラジオ番組を持ってる関係で、教育者の方とお話しする機会もよくあるんですけど」

彼らから聞く話に、自分自身の子育てや教育、奏人の通う小学校を照らし合わせて考えることも多い。

「今は、学校の先生も、自分に自信が持てないままになってしまうことが本当に多いそうなんです。保護者や上の先生たちに遠慮して萎縮《いしゅく》して、やる気を失ってそのまま退職されてしまう若い先生がたくさんいらっしゃるみたいで」

楡井先生、というその先生がどんな先生なのか、詳しい人柄はわからないが、頼りない、というのはあくまで親の意見だ。子どもたちがどんな気持ちなのかわからないし、そんな署名活動で、二学期まで一緒に過ごしてきた先生を三学期だけ急に替えられてしまう方が悪影響ではないだろうか。

「校長先生に個別にご相談するのはひとつの手段かもしれないですけど、署名とか、大ごとにしてしまうのは、かわいそうじゃないですか」

「ええー、そうかなぁ……」

さっきまで自信満々な様子だった葉子の声がやや、勢いを失くす。話しているうちに気が大きくなっていただけで、もともとそこまで強い気持ちで言っていたわけではなかったのかもしれない。梨津がさらに言う。

「もし、本当に何か困ったことになりそうなら、その時はまたみんなで相談したらどうでしょうか。六年生の担任を無事に務め上げることはその先生にとっても絶対にいい経験になるはずだし、葉子さんたちが、その若い先生を育てるくらいの気持ちでいたらどうでしょう？」

「えー、私たちが先生を育てるとかって、そんな大それた」

「だって、ダブルスコアに近いんでしょう？　楡井先生は確かに先生かもしれないですけど、葉子さんや皆さんの方が、断然ベテランの大人じゃないですか」

話しながら、仕事モードの話し方になってきている、と自覚する。私生活であまり出さないようにしている部分だけど、今はもう仕方ない。

梨津の言葉に、葉子やみんながくすぐったそうに目配せしあう。「そうかなぁ？」「いや、全然、私はベテランなんかじゃ……」と話しながらも、皆、表情がまんざらでもなさそうだ。

「梨津さん、その教育者の方って、ひょっとして、教育評論家の小島《こじま》先生？」

控えめに言ってきたのは、弓月だった。どこかそわそわとした様子で、こちらに身を乗り出している。

「私、梨津さんのラジオ、実は結構聞いてるんです」

「あ、私も」

横から高橋が小さく手を挙げる。

「ちょうど、子どもを学校に送り出して一息つける時間にやってるから、聞きながら、家の掃除や朝ご飯の後片付けをしたりするのにちょうどよくて」

「いいですよね、あの番組」

弓月と高橋が頷きあうと、部屋の空気が一気に軽くなった。沢渡家に来て、初めて梨津の仕事の話になる。皆の目が興味津々といった様子になって、その視線が梨津を囲む。

「あの、あそこに飾ってある絵の画家さんも、ゲストにいらしていたことなかったですか」

高橋が指さした沢渡家のリビングの壁に、抽象的な花と、写実的な風景が入り混じった特徴的な絵がある。――この部屋に入った時から、実は、梨津が目を留めていたものだ。

「ええ」

頷く。たちまち、みんなから「やっぱり！」とか「すごい！」という声が上がった。

絵の作者である画家・永石《ながいし》は、局アナの時代から親交があって、プライベートでも親しくしていた。奏人が生まれた時に家まで会いに来てくれたし、我が家には、彼が奏人を描いてくれた絵も飾られている。

芸術家も多く家に来る、と恭平が言っていたから、一瞬、リビングの絵を見て、永石とつきあいがあるのかと思った。だとしたら、飾られている絵はうちのように原画だろうかと思って、「この絵、本物？」と聞きそうになったけれど、恭平が「限定」という言葉を使ったので、言葉を飲みこんだ。よく見れば、絵の端に「2098／10000」とある。限定数のエディションナンバーの入った複製版画――リトグラフだ。

「すごーい！　私、全然詳しくないんですけど、じゃ、芸能人とかも会ったことあるってことですか？」

葉子があまりに直截《ちょくせつ》的な言い方をするが、それには、弓月や他のみんなが「ちょっと！」と笑いながら制し、梨津に向けて苦笑いを浮かべる。

「ごめんなさい。葉子さんって、ちょっとミーハーなところがあって。葉子さん、そういう聞き方はやめなよー」

「何よー。本当はみんな、聞きたいくせに！　たとえば、志月涼太《しづきりようた》くんとか会ったことあるんですか？」

「ありますよ」

梨津が頷いた。確かに葉子はミーハーなのかもしれないけれど、はっきり聞かれるのは遠慮して敬遠されるより、むしろずっと気持ちがよかった。答えると、みんなが「わー！」「すごい！」とまた声を上げる。

「いつぐらいですか？　今期のドラマでブレイクしてるけど、もっと前？」

「そうですね。デビューしてすぐで、学園ドラマの生徒役だった頃にゲストで来てくれたので」

「わあ、じゃ、『さよなら学園』の時じゃないですか！　私、その時の彼が一番好き」

葉子を制止していたはずの弓月までが両手を顔の前で合わせ、はしゃいだ様子で声を上げる。

「じゃ、梨津さん、あの子は？　今期の朝ドラに出てる──」

彼女が誰かの名前を続けようとしたその時、リビングのドアが開いた。

「ごめーん。大事な話の最中なのに、抜けちゃって」

博美が戻ってきた。通話を終えたらしく、スマホを手にしている。その瞬間、――ピタリと、全員が口を閉ざした。続けていた話を飲み込むように、皆が、一斉に博美を見た。

「大丈夫だよ。忙しそうだね。仕事の電話？」

弓月がおっとりとした言い方で尋ねると、博美が困ったように少しだけ眉間《みけん》に皺を寄せた。その表情の作り方がいちいち、絵になる。

「ううん。かおりさんから」

名前に、皆が息を呑《の》んだ――気がした。

どうしてかわからないけれど、そう感じた。博美が微かに肩を竦める。なんてことはないように、続ける。

「今日、ひょっとして、お茶会してる？　って聞かれた。今日はたまたま呼ばなかったけど、どうしてそんなこと聞くんだろうね。かおりさん、耳ざとかったり、グイグイ来るところ、あるよね」

困ったような表情ではあるけれど、博美はあくまで微笑みを絶やさない。小首を傾げる仕草をして、今度は葉子を見た。

「で、楡井先生のこと、みんな、話進んだ？　どうするの？」

「あ……、うん。ひとまず、まだ様子見でもいいんじゃないかって」

もうすっかり話題は別のことに移っていたから、葉子がおずおずと言う。博美が「え？」と少しだけ不思議そうな顔つきで首を傾げ、それからすぐ、笑顔になった。

「そう、よかった。私もそれがいいと思うの。あ、そういえば、今日はもう一人、真巳子さんが来る予定だったんだけど、遅いね。ちょっと、電話してくる」

そう言って、再び博美が廊下に出ていく。

残されたみんなの間を、微妙な緊張感が覆っていた。一度途切れた、梨津の仕事周りの話題を再び切り出す人もいなかった。

この家が、どうして居心地が悪いのか、今、はっきりわかった。

博美の纏う、あの妙な緊張感のせいだ。彼女より目立ってしまうような話題は、誰も口にしてはならない。この場では、沢渡夫妻を立てることしか許されない。

強制されたわけではないし、彼女が何か露骨な物言いをするわけではないのに、皆、彼女がいる場所では梨津に何も聞けなくなっている気がした。何より、肝心の梨津がそうなってしまっている。博美の前で、自分の仕事の話題が、ひとつも出せない。そうしない方がいい、と直感が告げている。

「かおりさん、なんで知ってるんだろう。今日のこと」

話題を変えるようにして、高橋がぎこちない様子で呟いた。城崎がそれにぎくしゃくと頷く。

「うん。それに、ねえ。電話してくるって、ちょっと……」

「かおりさんって、あの、読み聞かせ委員会にもいたかおりさんですか？」

思いきって、梨津が尋ねた。

かおりが、読み聞かせ委員会でも少し敬遠されている存在だということは、高橋と城崎のあの日の言葉から、梨津ももう察していた。博美さん、あの人にまで気を遣って偉いよね、と二人は言っていた。

かおりから、お茶会をしているかどうか電話があった——。

そのことを、やっぱり少し普通ではない、と怖くも思うけれど、それよりも、梨津は博美のことが気になった。博美というか、恭平も含めた沢渡夫妻のことが。

さっきの楡井先生の話題にしろ、かおりの話題にしろ、あの二人は、皆が悪く言う誰かの直截的な悪口を徹底的に避けている。今、二人して席を立っていることにしてもそうだ。耳ざとい、グイグイ来る——。それは、表立って悪く言うのを慎重に回避して選んだ言葉だ。〝今日はたまたま呼ばなかった〟お茶会に、彼女を過去呼んだことは本当にあるのか——。きっとないのだろう、という気がする。

だけど、先生に「くん」付けだったり、お茶会に呼ばなかったり、彼らが人を選んでいるのは間違いない。皆に平等で親切に「優しくいい人」をしているようでいて、誰を自分の家に招き、真につきあうのかは、明確に決めている。

沢渡夫妻が席を外したリビングで、品のよいティーセットの並んだテーブルを挟み、みんなが顔を見合わせる。

「ええ。かおりさん、同じ団地で、私、同じ階なので、よく一緒になるんですけど、確かにグイグイ来られるところがあって」

「人懐こいっていうか、誰にでもよく話しかけてくれるんですけど」

博美が言葉を選ぶ感覚を共有しているように、皆、直截的な言葉を避けている様子だった。

「……なんでもすぐ、『私もなの』って言うんですよね」

そう言ったのは、弓月だ。梨津は、はっとする。聞き覚えのある言葉だったからだ。弓月が、博美がそうするような、これは断じて悪口ではないのだと言いたげな表情を浮かべ、続ける。

「出身の高校とか、仕事のこととか——そんなわけないだろってことまで、全部、話したことに『私もなの』って答えるんですよ。なんか、そうやって同調すると相手と仲良くなれますっていうマニュアルか何かがあって、それに沿ってしゃべってるみたいな。私も言われたことあるし、他の人も」

「ええ」

高橋が、同じく困惑した顔つきになって頷いた。

「私も、言われたことあります。仙台《せんだい》出身だって言ったら、『私もなの』って。でも、話してみても、全然、向こうのことに詳しくないし、会話が嚙《か》み合わなくて」

「そう……なんですか」

梨津も言われた。アナウンサーだと答えたら、「私もなの」と彼女に言われたのだ。それをこの場で言ってもよいのかどうか、躊躇《ためら》う。

「空気が読めないんだよね、あの人」

弓月が言った。とうとう、明確にかおりを悪く言う言葉が出たことに、場の空気がようやく感情の出口を見つけたようになる。

「そうだよね」

弓月の言葉に追随するように、急いで言ったのは葉子だった。

「そう思っていいんだよね」

早口に彼女が言うと、控えめな様子ながら、城崎も同調する。

「でも、ものすごくグイグイ来るじゃない？　突っぱねるのも怖いから、結局、露骨に逃げたりできなくて、こっちも当たり障りのないことを言って逃げるしかないというか……」

「そうなの！　下手にノーも言えないんだよね。真剣に話したら、向こうから執着されそうっていうか」

弓月と城崎が顔を見合わせて頷き合った、その時――。

スマホが震える、ブーブー、という振動音がした。

えっと思って一同が顔を上げると、いつの間に戻ってきたのか、キッチンに博美がいた。音楽が流れていたから、すぐには気配を感じなかったが、キッチン側のドアから戻ってきていたらしかった。

葉子も弓月も、みんなも――、一瞬、その場の全員が息を呑んだ。気まずいことを話していたわけではないけれど、博美の前で、誰かの悪口を言うのがこんなにも憚《はばか》られるのはなぜなのだろう。いつから会話を聞いていたのか。自分は絶対に口にしないのに、他者が誰かを悪く言うのを、穏やかな表情のまま、彼女は黙って聞いていたのか。

スマホを手に立つ博美は、相変わらず優美な微笑みを浮かべていた。

「ごめんなさい、今度は真巳子さんからみたい」

薄く、美しい唇が動いて、そう言う。

「さっき出なかったから、折り返してくれたのね」

柔らかな声で言って、また、彼女がリビングを出ていく。全員、凍りついたような目でそれを見ながら、「あ、うん」とか「いってらっしゃい」と彼女を送り出す。

気まずい沈黙が流れる中、廊下で、彼女が「もしもし」と電話を取る声が聞こえた。皆が曖昧に互いの顔を見つめていると、その時、廊下の方から「ええっ!?」という大きな声が聞こえた。

「まさか、そんな……。ええ、ええ、ううん。大丈夫。こちらのことは気になさらないで」

何かが起きたのだ、という気配だけが、全員に共有される。電話を切る気配がして、博美が戻ってきた。

「大変よ」

博美が言う。ただ、口では「大変」と言いながら、表情に焦っている様子は一切ないように見えた。美しい顔が、まるで、「困りあわてた表情を作る」という演技をしているようだった。

「真巳子さんが交通事故だって」

声にならない驚きが、リビングに満ちる。

「横断歩道を渡ろうとして、車にはねられたらしいの。今、私からの着信に気づいて、一臣《かずおみ》くんが真巳子さんの携帯から電話してきてくれた」

「ええーっ!」

今度は、全員が一斉に声を上げた。真巳子に会ったことがない梨津でさえ、そうなった。

博美が眉間に皺を寄せ、「心配……」と呟く。

「横断歩道を渡ろうとしてってって……。そこに車が突っ込んできたってこと?」

「それが、真巳子さんの信号無視だって。赤信号だったのに、いきなり飛び出したらしいの。事故を起こした運転手だけじゃなくて、周りにいた人たちもそう言ってるって」

「信号無視って、なんでそんな……」

「どこの横断歩道？」

「駅前の、パン屋さんがあるでしょ？　そこと銀行の間の」

「あそこで……」

このあたりで暮らす人たちなら、全員、通ったことがあるはずの場所だ。梨津の気持ちも震撼《しんかん》する。

「真巳子さんは大丈夫なの？」

「今、手術中だって」

「手術って」

沈黙が落ちる。

恭平が「とっておき」だと言ってかけていった音楽のプレイリストは、洋楽のロックから、梨津たちの世代には懐かしいJ‐POP、ジャズやクラシックまで、彼の趣味によってのみ編成されたものらしく、曲が次々、移り変わっていた。今は、ピアノの協奏曲が流れていた。シンバルの音が激しく、鳴る。

その音に、梨津は、先日のあの音を思い出していた。今日、話題に出せるようなら、皆に聞いてみようと思っていたことだった。

誰かが、地面に叩《たた》きつけられる、あの音。

先週、飛び降り自殺がありましたよね――ということを、話題にするタイミングを失った、と、梨津は考えていた。

オーガニックの、安心できるものしか口にしない、という沢渡家に、残りのスコーンやジャムを置いていくのは気が引けた。自虐的な気持ちから思ったわけではなく、単に、博美にとっても迷惑だろうから、できたら持って帰りたかった。

しかし――。

「はい」

家を後にする時、博美から、空になった容器を手渡された。梨津がスコーンとジャムを入れてきたタッパーが、今日のあわただしいお茶会の中でいつそうされたのかもわからないタイミングで、きれいに洗われていた。

博美がにこにこと微笑む。

「洗っておいたの。おいしかったわ。ありがとう」

「――どういたしまして」

この人はきっと、一口も食べていないはずだ。ジャムの残りも、もう捨てられてしまったかもしれない。返してもらったら、奏人と一緒に食べるのに。そう思いながらも、梨津は懸命に笑みを浮かべる。

わからない――と思う。

職業柄、梨津は、自分の人を見る目は敏《さと》い方だと思っている。けれど、沢渡博美のふるまいには目的が見えない。尻尾《しっぽ》を出さない。誰にも心を開かない。

人を選び、他人を下に見たり、同級生の保護者仲間を呼び捨てにしたり、夫とともに、露骨な自慢めいた口調で人を舐《な》めたような態度を平然と取るのに、悪口を言わない。明確な悪意を向けない。

初めて会う人種だ、と感じる。

こんなふうにみんなを家に招待したり、話の聞き役に回ったり、と周囲に親切にして、彼らは自分の何を満たしたいのだろう。

サワタリ団地に住んでいると梨津が明かした時、彼女が言った。

――あら！　そうなんですね。うちの団地に。

沢渡夫妻は、リノベーションを担当しただけでオーナーではないのに、彼女は〝うちの団地〟と言う。今日も言われた。引っ越してこられて嬉しい、と伝えると、彼らから。

――全然、私たちの力じゃないのよ。

――だから、気を遣わないでね。

――そうそう。ご近所なんだし。

あれは、気を遣われて当然、という前提に沿った物言いではなかったか。

彼らはおそらく、この団地の「王」でいたいのだ。

博美から空のタッパーを受け取り、「じゃあ」と挨拶をする。するとその時、「あ、そうだ」と博美が微笑んだ。そして、こう聞いた。

「ねえ、ラジオ番組の話、もうしないの？」

聞き間違い、かと思った。

梨津はまばたきも忘れて、彼女を見る。博美が小さな顔の、形のきれいな両目をゆっくりと細める。――じっとりと、という形容がふさわしいゆがめ方に、見えた。

「有名な人に会った話、今度また詳しく聞かせてね」

——いなかったはずだ、と思う。

梨津が自分の仕事の話をしている間、博美は席を外していて、だからこそ、気兼ねなくみんなと話せた。皆も、博美がいない方が梨津にいろんなことを聞き易そうだった。

だけど、聞いていたのか。

「有名な人」、という言い方に、ちくりと刺されたような気がした。行き場のない憤りが胸を貫く。

博美がどんなつもりで今そんなことを自分に言うのかわからなくて、黙ったまま見つめ返すと、彼女がまた、例の優美で完璧な微笑みを浮かべた。

「梨津さんのお話、楽しそうなんだもん」

この人からはまだ一度も、表立って自分の職業の話をされていないのだ——と気づく。

博美からも、恭平からも。

いい人。

気遣いができて、偉い。

沢渡博美は、確かにそうなのだろう。けれど、やはり、彼女は周りが思うほど「おっとり」はしていないのではないか。梨津の気にしすぎなのかもしれない。けれど、これまでの経験から言って、梨津を、アナウンサーと知りつつ、職業に触れない人というのは二つのパターンがある。ひとつは、遠慮して、気を遣っている場合。そして、もうひとつは、梨津の肩書を自慢の材料とみなす人。

たとえば——彼女は、お茶会の招待状に、梨津の名前の漢字を正確に書いた。

『梨津さんへ』

それは、梨津が誰なのか、職業のことまで含めて知っていたからではないのか。

気遣いで、初めて会った場では触れないようにしてくれただけかもしれない。けれど、梨津は経験上、それが気遣いだけでない場合は厄介なのだと心得ていた。

梨津の仕事に過剰に触れない相手は、負けず嫌いであることが多い。著名人を敬遠して、私はすごいとは思いません、という思いを過度にぶつけられたことが、これまでも何度かあった。相手より優位な立場に立とうと言葉や態度でアピールすることをマウンティングというけれど、梨津は自分の職業を告げることが、ある一定の人たちにマウンティングしたように受け止められる可能性があることを、よく知っている。

自分が揶揄《やゆ》めいた「知性のリッツ」と呼ばれるのは、こういう種類のささやかな悪意にも敏感で、こんなふうについ考え込んでしまう面があるせいだと思っている。あっけらかんと気にしないようにふるまえる強さが、同僚のアナウンサーたちと比べて、自分には昔から足りなかった。

沢渡夫婦は、わかりやすい悪意という悪意をまったく見せない。むしろ親切で、人の悪口を嫌っているようにさえ見える。けれど、あの家は、親切なようでいて、凄《すさ》まじいマウンティングの家なのではないのだろうか。

こんなふうに思うのは、梨津の意地が悪いのだろうか。

だけど、居心地が悪いのだ。あの家にいると、梨津の存在そのものが、そんなつもりはないのに、彼らにマウンティングとして受け取られているような――。

一言も、直接何も言われないけれど、張り合われている、ような。

ひどく調子を狂わされる。

沢渡家を出て、廊下に立つと、もう薄暗くなり始めていた。団地の最上階から見る秋の夕焼けの空は、暗く、物悲しかった。

「真巳子さん、心配だね」

「大丈夫かな。今日、ゆかりちゃん、どうしてるんだろう」

ゆかりちゃん。

おそらくそれが、「真巳子さん」の娘の名前なのだろう。一度も会ったことがない親子だけれど、名前を聞くと胸が痛んだ。

お茶会が始まったばかりの頃にあった、和やかな空気はもうどこにもない。求められて、このお茶会によく出入りしているという人たちのグループＬＩＮＥへの登録だけを最後に済ませ、梨津は彼女たちと別れた。

◆

中庭公園に奏人たちを迎えに行く。団地の建物の、まさに「中庭」にある公園は、団地のどの部屋からも見下ろすことができる、子どもたちにも、それを見守る親にも打ってつけの遊び場だ。

「奏人」

奏人と他の男の子たちは、夕闇が迫る公園でも飽きることなく遊び続けていた。サッカーボールが転がっている。どうやら、ボールや遊具で遊んでいたようだ。誰もゲーム機や漫画は持っていない。やはり、奏人に持たせなくて正解だった。

「あ、ママ」

呼びかけに、奏人が振り向いた。他の子は皆大きいから、自分で家に帰れるだろうけれど、梨津だけが息子を迎えに来たのだ。

他の子にももう帰るように言わないと──と思っていると、ふと、砂場のあたりで遊ぶ奏人の近くに、沢渡夫婦の息子である朝陽の姿がないことに気づいた。他の男の子たちはすぐ横にいるけれど、朝陽は少し離れたベンチのあたりに一人だけで座っている。

「朝陽くんも、もうお茶会終わったから、家に帰った方が──」

彼が座るベンチの方に歩きかけ、砂場を通ると、足が何かを踏んだ。じゃり、という感覚に目を落とす。駄菓子の袋だった。出がけに、ゲーム機を持って行きたいと駄々をこねる奏人を説得するために渡した、ゴールデンチョコバー。何人子どもがいるかわからないから、量販店で買った徳用品を渡してしまって、持たせすぎた、と反省していたものだ。

「こら、ゴミはゴミ箱に──」

身を屈め、踏んでしまった袋をひとつ手に取って、梨津は──ぎょっとする。視線を向けた砂場の中に、たくさん袋が打ち捨てられ、一部が砂に埋もれている。

え──？　と思う。

徳用サイズは、三十本近く入っていたはずで、それを、全部食べてしまったのか。四人で？

「奏人。チョコバーは、一人二本くらいだと思ってお母さん、渡したのよ。まさか全部食べるなんて」

　子どもだから、あればあるだけ食べてしまうのは仕方がないことだ。味が濃いチョコ菓子を、よくこんなにたくさん食べられるものだと思うけれど、失敗したのは、そもそも持たせてしまった自分だ。ため息まじりに注意すると、奏人がきょとんとした表情を浮かべる。

「違うよ」

「え？」

　横にいる他の男の子たちも、奏人と顔を見合わせながら、梨津を見上げる。

「僕たち、みんな、二本とかしか食べてない」

「うん。オレは一本。チョコ、あんま好きじゃないから」

「あとは全部、朝陽くん」

「え──」

　朝陽、の名前が出て、あっと思う。同時に、さーっと血の気が引く感覚があった。

　オーガニックしか好まない家。博美はもちろん、子どもにもそれを徹底しているだろう。添加物だらけの駄菓子を持参するなんて、彼女からしたら考えられないことに違いなかった。梨津がお茶会に持って行った手づくりスコーン以上に、おそらくあり得ないことだ。

「ごめん！　朝陽くん、そんなもの食べさせ──」

　て、という言葉が、途中で掠れた。

　公園のベンチで、身を屈めた朝陽から、べしょべしょ、という音が、大袈裟でなく聞こえた。薄闇の中、公園の外灯がまばたきでもするように、二度、ぱちぱち、と点滅し、黄色い灯《あか》りがともる。朝陽の座る、ベンチを照らす。

色白の、品のよさそうな沢渡朝陽の口元と頬が、チョコまみれだった。指にも、溶けたチョコがついている。もうチョコは食べつくしたのではないか——と思って、彼の手元を見ると、茶色いビニールが見えた。パッケージの袋についた溶けたチョコを、舐めているのだ。

「朝陽くん……」

絶句する思いで、どうにか声をかける。チョコの袋を舐めつくしていた朝陽の、どこを見ているかわからなかった目が、梨津を見つめて焦点を結ぶ。けれど、チョコの袋は離さない。まだ、舐め続けている。そのまま、言った。

「あ、奏人のお母さん。わかりました、もう帰ります」

にっこりと微笑む。けれど、手と口はまだチョコの袋に夢中だ。——している行動と、表情と言葉が、まったく合っていない。博美によく似た彼の顔が優美な微笑みを浮かべる。

「あ、だけどごめんなさい。僕がチョコレート食べたこと、お母さんとお父さんには黙っててもらえますか?」

とてもお行儀がよさそうな言葉遣いで言い、梨津の目を見つめて——だけど、チョコを舐め取る手が止まらない。もう、袋には何もついていないのに。

飢餓感。

全身で、戦慄《せんりつ》するように、思っていた。今日、息子にゲーム機を持たせなかったわけを。普段からやっていない子がひとたび扉を開くと、飢餓感から、友達と遊ぶのも忘れて、一人で夢中になってしまう。

他の子が一本か二本で満足するチョコバーを、すべて平らげるまで離れられない。

公園の反対側で、別の電灯がまた、時間差で点《つ》く。それにより、サワタリ団地の全景が夕闇に浮かび上がる。梨津の目に、家々の窓が一斉に飛び込んでくる。その時、視界に多く見える色があった。

顔を上げ——梨津の視線が凍りついた。

水色。

あちこちの廊下に、水色が多い。引っ越し作業用の養生シートの色だ。業者はまちまちだけど、色だけは不思議と共通している。

廊下に並ぶ家財道具を、作業員がエレベーターの方に運ぼうとしている。一軒だけではない、あちこちの階で、同時多発的に引っ越し作業が行われている。

サワタリ団地は人気の、滅多に空きが出ない物件。だから、ようやく、最近になってみんなが引っ越してこられるようになっている。羨ましいと、そう思っていた。

だけど、逆だ。

引っ越し作業は、入居のためではない。家具は、部屋の中に運び込まれているのではなく、エレベーターの方向へ——団地の外に、運び出されている。外灯の光で浮かび上がった窓には、カーテンがない、暗いままの窓がいくつも目についた。

出ていっているのだ——、と気づく。気づくと同時に目を見開いた。人が、この団地から、いなくなっている。家々の灯りが、あちこちで、欠け始めている。

朝陽がチョコレートを舐める、袋のビニールが擦れる音が、べしょべしょ、と聞こえる。その音が、いつまでも続いていた。

交通事故に遭った「真巳子さん」が意識を取り戻すことなく病院で亡くなったことが知らされたのは、その翌日のことだった。

◆

ひとめ、最後にお顔が見たいわよね——。


その一文が目に入った瞬間、見間違いじゃないかと思った。

スマホを持ったまま、思わず、「えっ」と声に出してしまったからだろう。夫の雄基が、「どうした？」と声をかけてくる。

奏人を寝かしつけた後のキッチンでスマホを見ていた梨津は、どう伝えていいか、迷う。夫に向け、「ううん、ちょっと……」と呟くように答えた。

沢渡博美のお茶会に来る予定だった「真巳子さん」が、交通事故で亡くなった。

その訃報《ふほう》があの日のメンバーを中心に作られたグループLINEにもたらされた後から、一斉にLINEが騒がしくなった。

メンバーは皆、ママ友だった真巳子の死に一様にショックと哀しみを述べていて、いったいどうしてこんなことに——最近、こういうかなしい出来事が多い気がする——と事故を嘆き、旦那さんやゆかりちゃんのことを思うと胸がつぶれそう、と悲嘆に暮れていた。

梨津も、その気持ちはわかる。同じ小学生の母親として、子どもを残して亡くなる無念さはいかばかりのものだろうか、と想像するだけでつらい。

しかし、グループLINEに入った自分のタイミングの悪さも感じた。皆が友人として嘆く「真巳子さん」と梨津はまったく面識がない。学校行事ですれ違ったことくらいはひょっとしたらあるかもしれないが、会ったこともない以上、他のメンバーと同じように哀しみを述べることには躊躇いがあり、「あまりのことに言葉になりませんが、ご冥福《めいふく》をお祈りいたします」と書くのが精一杯だった。その間も、他の皆のLINEは過熱していて、梨津の書いた一文はあっという間に別の言葉の間に埋没していった。

同じクラスの誰それのママにも連絡しなきゃ――、誰々さんはすごく仲がよかったからきっとショックだと思う――。

グループに入ったばかりの梨津にはわからない名前ばかりが文面に登場していて、他人のコミュニティーの親密なやり取りを覗き見するような申し訳なさがあり、だから、途中からはLINEをざっとしか見ないようにしていた。

訃報を受けた翌日、学校に行った奏人に、「誰かのお母さんのことで、先生たちから何か聞いた？」と尋ねたが、奏人はきょとんとして「何かって何？」と聞き返してきた。先生たちが子どもたちに事故のことを報《しら》せたかもしれないと思ったのだが、どうやらそういったことはなかったらしい。個別の家庭内のことは、大勢に触れ回る必要もないと判断したのだろう。

――そう考えると、今は、やはり、何か事件や事故があったとしても、限られた当事者しか事情を知らないままになるのだなぁと思う。梨津が子どもの頃であれば、地域の関係性が密であっという間に知れ渡ったであろうことが、あちこちから移り住んできた核家族が多いこのあたりのような地域だと、一部の人にしか共有されない。これまで団地内であった事柄で、自分が知らなかったことも多いのかもしれない、と改めて思う。

たとえば、この間、雄基が目撃したという自殺。

あの時に亡くなった人にだって、子どもがいたかもしれない。この団地から引っ越していく家一軒一軒の事情だって、梨津は知らない。

雄基には、サワタリ団地を出ていく家が最近多いらしいことを、先日、お茶会の後で話した。彼は、「え、そうなの？　でも、引っ越した家があるってことは、また別の家族が入ってくるってだけのことじゃない？」とのんきな口調で言って、それっきりだ。

けれど、あれから注意して見ているが、梨津が気づいた限り、入居してくる家はほとんどない。引っ越し業者の姿を見ることは多くなっているけれど、そのすべてがどうやら〝出ていく〟家のようなのだ。

「何かあったの？」

　リビングのソファからキッチンの方に顔を向けて、雄基がもう一度尋ねる。梨津は「うん……」と頷いて、夫のもとに歩いていく。

「この団地で、事故で亡くなったママがいるって話したじゃない？　博美さんのところのお茶会に来る予定だった」

「ああ、六年生のお母さんだっていう……」

「そうなの。その人のご葬儀が、旦那さんの実家の方であるらしいんだよね。近親者のみで」

「へえ、近親者だけなんだ？」

「うん。やっぱり、事故に遭っちゃったからじゃないかな」

「ああ……」

夫が、察したように頷く。

葬儀の詳細は、あのグループLINEで流れてきた。葬儀は、旦那さんの実家があることは離れた土地で行われ、参列者は通夜も告別式も近親者のみ。

それを知って、家族が、交通事故に遭ったご遺体を多くの人に見せたくない、と配慮したのかもしれない、と梨津は思った。もとより自分は「真巳子さん」の友人ではなかったし、参列するほど近い関係ではないから、深く気に留めなかった。

しかし――。

「グループLINEの人たちが、……このままお別れなんてあまりに寂しいから、せめて自宅にお線香だけでも上げに行けないかって、今朝から話してて。ご家族が近親者のみでって話してるところに、ご迷惑なんじゃないかって私は思うんだけど」

「まぁ、突然の事故で、家族もきっと気持ちの整理なんかついてないよな」

「うん。もっと落ち着いてからでいいと思うし、葬儀前の今のタイミングで押しかけるのはさすがに非常識でしょう？　弔意を示すなら、弔電を打つなり、献花の手配をするなりもっと方法があると思うし」

「その人たちってさ、専業主婦なの？　梨津からそう言ってあげないとわからないんじゃない？」

雄基が何を言いたいのか、梨津にもわかった。社会人経験がないから、不幸の際の対応にも慣れていないのではないか、と言いたいのだろう。専業主婦と一口に言ってもいろんな人がいるし、社会人経験があるとしても冠婚葬祭の常識に疎い人もいるだろうから、一概には言えないけれど、確かに、彼女たちのＬＩＮＥはあまりに感情的に過ぎるという気もした。

『このままお別れなんてあんまりだよ』『真巳子さん、まだ信じられない』『会いたいよ』『せめてお線香を上げに行きたいよね』『うん。旦那さんの連絡先を直接知ってるの誰？』

中心になって書いているのは、お茶会でも明け透けに息子の担任教師のことを悪く言っていた葉子で、彼女に煽《あお》られる形で皆も一緒に「お線香を上げに行きたい」と盛り上がっている。

「確かにほとんどが専業主婦の人だけど、私が注意するまでもなく、大丈夫だろうと思ってたの。グループの中心は、この間話した沢渡夫婦の奥さんだから」

葬儀の詳細を聞いてきて、ＬＩＮＥ上に最初に上げたのは博美だったけれど、その後の彼女は積極的にはまだ何も発言をしていない。だから、過熱するやり取りを眺めながら、梨津は博美が皆を注意することをうっすらと期待していたのだ。きっと彼女ならうまく言ってくれると。

ところが――。

「さっき、その博美さんからＬＩＮＥが入ったの。てっきりみんなを止めてくれるんだと思ったんだけど、その――『ひとめ、最後にお顔が見たいわよね』って」

ソファに座ったままの雄基が微かに顔を顰めた。梨津もまったく同じ気持ちだった。雄基が言う。

「顔が見たいって……」

「文字通りの意味だと思う。みんなと一緒にお線香を上げに行って、ご遺体の顔が見たいってことでしょ」

「何のために？」

合理的な雄基らしい問いかけだった。梨津は困惑しながら首を振る。

「たぶん、会って直接お別れがしたいってことだと思うけど」

突然の事故死だったのだ。家族だって気持ちの整理がつかないからこその「近親者のみ」なのだろう。どうして、そんな簡単なことの想像がつかないのか。これではまるで大事なのは相手ではなく、自分たちが真巳子の死を最大限悲しむことのように思える。相手への善意のようでいて、彼女の死を自分たちのイベントにしてるようじゃないか――と。

博美は、それを止めない。

むしろ、『お顔が見たい』は、一連のメッセージの中でも、とりわけ、取りようによっては悪趣味な言葉だという気がした。だから、最初見た時に見間違いかと思ったのに、誰も、何も思わないのか。

博美の文章が、少し遅れて続く。

『うちは朝陽もゆかりちゃんと仲がいいし、そのゆかりちゃんのママが亡くなったのだから、朝陽も本当はお別れが言いたかったって。それが叶《かな》わないなら、せめて私たちだけでも、真巳子ちゃんをちゃんと送ってあげたいよね』

博美の言葉に、他の人たちのＬＩＮＥが瞬く間に反応する。『そうだよね、最後にもう一度会いたいよね』『今ならまだ、間に合うかも』『うん。うちの子もゆかりちゃんと仲いいし』『旦那さんに急いで連絡すれば』――。ひっきりなしにＬＩＮＥの通知音が鳴る。

見たくなくて、LINEの通知機能をいったんオフにして、スマホをテーブルに置く。胸に手をあてて深く息を吸い込むと、「大丈夫？」と雄基に聞かれた。

「君は行くことないよ、気が進まないなら」

「ありがとう。私は、亡くなった人とは面識がないから、もともと行く必要はないの。だから、大丈夫」

そのことに、心の底から安堵する。「真巳子さん」は事故に遭ったのだ。顔だって、無傷でいられたかどうかわからないのに。

グループLINEの彼女たちは、そもそも、そんなに悲しむほど「真巳子さん」と親しかったのか。故人を好きだったのか。

「お風呂《ふろ》に入るね」

雄基に言って、席を立つ。

入浴後、再び、リビングに戻ってきてスマホを開くと、グループLINE上では、すでに話がまとまっていて、博美が『一臣くんと連絡が取れました』と文章を上げていた。

『明日のお昼から夕方頃まで、真巳子ちゃんはサワタリ団地の自宅にいます。ご実家の葬儀では供物は一切お断りする予定だそうですが、明日は枕花程度なら受け取ってもらえるそうです。あとは、お手紙かな？

みんな、他にも真巳子ちゃんに会いたいって言っている人がいたら、このこと、なるべく多くの人たちに教えてあげてくれる？』

ぞっ――――と鳥肌が立った。

息を呑んで見つめた画面から目が離せなくなる。お手紙かな？　真巳子ちゃんはサワタリ団地の自宅にいます、教えてあげてくれる?――。言葉のチョイスのひとつひとつが、柔らかく、博美らしく気が利いたふうでいることが、途轍《とてつ》もなく寒々しかった。中でも、信じられないのは、最後の呼びかけだ。なるべく多くの人たちに教えてあげて。それでは、なんのために葬儀を近親者のみにしているのかわからない。

あの優美な言葉遣いと、夫婦して親切なあのふるまいで、故人の夫に連絡を取ったのだろう。それを無下にする自分の方が薄情なのだと、相手を錯覚させるようなあの距離感で、「お線香を上げる」権利を手に入れたのだとしか、梨津には思えなかった。

その時、ちょうどタイムラインに鮮やかな色合いが飛び込んでくる。

『グッジョブ!』と、ウサギのキャラクターが親指を突き立てるスタンプ。――葉子からだった。

博美のふるまいを信じられないと思ったばかりだったけれど、コミカルなキャラクターのスタンプをこのタイミングで送る葉子の発想の方も、梨津にはやはり理解できない。不幸を語る内容の中で、彼女たちはちょこちょことこまめに絵文字をさしはさんでいるのだ。あまりの不謹慎さに頭がおかしくなりそうに思うのは、梨津が真面目すぎるからなのだろうか。

「梨津、どうした?」

梨津と入れ違いで入浴を終えた、パジャマ姿の雄基がリビングに入ってくる。

「これ」と、梨津は無言でスマホを差し出した。受け取り、夫が目線を画面に走らせるのを確認して、尋ねる。

「普通、こういうやり取りの時にスタンプ送る?」

「わからないけど、この人たちはきっと、これが普通なんでしょう。梨津の目から見ればあり得ないことに思えるだろうし、オレもちょっとこれはないと思うけど、彼女たちは極端な話、もしこれがたとえ自分の葬儀だったとして、仲間内でこういうやり取りがあっても、特になんとも思わないいんだと思うよ」

「そうかな」

もし、これが梨津の立場だったら――と考えると、ぞっとする。自分の死は自分のもので、哀しみは梨津と家族のものだ。こんなふうにスタンプや絵文字をやり取りする軽さの中で他人に盛り上がられるなんて、絶対に嫌だ。

「でも、意外だな」

スマホを梨津に返しながら、雄基が苦笑いする。「何が」と尋ねる梨津に、彼が答えた。

「沢渡博美さん。もっと、理知的な人だと思ってた。知性のリッツと気が合いそうだと思ってたのに」

「それは――」

一緒にしないで、という言葉が、出かかった。だけど、そう言うことそのものが彼女を意識しているようで癪《しゃく》だった。

「……仕事でも実績があるみたいだし、知性はある人なんだと思う。だけど、なんていうか、知性と品性は必ずしも一致しないいんだよ。今回のことは、あまりにも人として品がないと思う」

このＬＩＮＥを梨津が見ていることを、向こうも意識しているはずだ。しかし、博美は、このやり取りを梨津がこんなふうに呆《あき》れながら見ている可能性なんて微塵《みじん》も考えていない。

――雄基の言う通り、これが、彼女にとっての「普通」だから。

「沢渡博美って、この人だろ?」

ふいに、夫が言った。見れば、いつの間にか自分のスマホで、何かの画面を開いている。

「え?」

「オレ、この団地に入る時に旦那さんの方のインスタ、フォローしててさ。そこから繋がってる奥さんのインスタもたまに見るんだ」

ほら、と雄基がスマホを見せてくる。博美のものと思しきインスタの画面が表示されていた。秋らしく、かぼちゃを使ったタルトを盛りつけた皿が、センスよくコーディネートされたテーブルの上で絶妙な角度で撮影されている。

『毎年送っていただくホクホクのかぼちゃで、今日はタルトを手づくり。家族にも好評で、長男は、「畑の土の匂いがする」だって! 我が家にスイーツソムリエがいたみたいです。(それか詩人?)』

雑誌の一ページから切り取ったようなおしゃれな写真にため息が出る。おそらく、このタルトにもオーガニック素材しか使われていないのだろう。

投稿文章の「長男」に思わず目が留まる。長男――朝陽。あの日、夕闇迫る中庭公園で笑顔のまま、チョコ菓子をほおばっていた男の子。

「更新もマメにしててさ。すごいよね」

夫が言い、「そうね」と答え、スマホを返そうとして――、インスタの画面に入る投稿日時を見て、梨津の背筋に冷たいものが流れ落ちた。

――今日の日付だ。

博美は今日、タルトを作ったのだ。作って、おしゃれに盛りつけ、写真を撮って、インスタに投稿した。「真巳子さん、どうして」「かなしい」「ひとめ、最後にお顔が見たい」と、ママ友たちにLINEをしているのと、同じスマホで。おそらくは、その人たちだって、フォローしているかもしれないインスタに。

朝陽も本当はお別れが言いたかった、そう書いていたのと同じ日に書く。「長男は、『畑の土の匂いがする』だって！　我が家にスイーツソムリエがいたみたいです。（それか詩人？）」——。おどけた文章が改めて白々しく感じられる。

真巳子さんをちゃんと送ってあげたい、と書いていたのに。

そもそも、ちゃんと送ってあげたい、の一文にも、善意の形をしたうっすらとした傲慢《ごうまん》さが漂っていないだろうか。なぜ、誰も気づいてくれないのだろう。

「ねえ」

「うん？」

スマホを受け取る手を伸ばす夫に向け、思わず声が出た。

「引っ越す気、ない？」

「え？」

雄基が驚いたように言う。その声を聞いて我に返る。梨津はあわてて微笑み、「なんてね」とごまかすように口にする。

「ごめん。なんか、この間《めい》の飛び降り自殺とか、今回の交通事故とか、いろんなことが続いて、ちょっと気持ちが滅入ってて。——最近、団地から引っ越してる家も多いみたいだし」

「いずれは引っ越してもいいけど、どうしたの？　まだ来たばかりじゃない。今すぐは無理だよ。このあたりで、ここぐらい広いマンションはもう他にないし」

「そうだよね」

現実的に考えて難しいに決まっている。だけど、衝動的に口にしてしまっていた。ごめんごめん、と謝りながら、スマホを彼に返す。

◆

翌日、「真巳子さん」の家があるという団地の北側で、博美や葉子たちの姿を見た。

午後、夕飯の買い物に出ようとしていた梨津は彼女たちの姿を見つけ、あわてて、体の向きを変える。おそらく、「真巳子さん」の家にお線香を上げに行くのだろう。ぱっと見た博美や、城崎、高橋、弓月は黒っぽい服を着ていた様子だったけれど、葉子は一人、普段と変わらぬトレーナー姿だった。だけど、その葉子の手元にも、献花のためらしい花のアレンジメントがあった。

別に避ける必要もないのだが、なんとなく後ろめたい気持ちで、彼女たちから姿を隠すように、廊下の角に身を寄せる。

彼女たちの気配が遠ざかっていくのを、息を殺して待つ。

全員の顔を知っているため、声をかけないことがそれだけで無視をしたようで気詰まりだった。――でも私は関係ない。だって、私は彼女たちが弔問する「真巳子さん」とは少しの面識もないのだから。

自分に言い聞かせるように思って、敷地の反対側、南側エントランスから遠回りで買い物に向かう。

近所のスーパーに到着して商品を選びながらも、気持ちがどこか重かった。関係ない、とどれだけ思っても、彼女たちのコミュニティーの理屈に巻き込まれてしまいそうな自分がいる。

「――誰かに追いかけられてたって話よ」

ふいに声が聞こえて、思わず顔を上げる。

レジで会計を済ませ、商品を袋に入れている最中、聞こえてきた。つい、声の方向に視線を向けてしまう。梨津より年配の、このあたりに住むと思しき主婦たちが二人、出入口付近で買い物袋を提げて話している。

「追いかけられてたって、誰に?」

「わからないけど、来ないでって叫んで、それで飛び出したって」

「まあ、怖い。変質者とか?」

「それもわからないけど、でも聞いたんですって、近くにいた人が」

――飛び出した。

心臓がどくん、と跳ね上がる。飛び出した、という言葉に、やはり、「真巳子さん」の交通事故を思い出してしまう。誰かに追いかけられていた。来ないで、と叫んでいた。

――それはあの事故のことではないのか。

もっと話が聞きたかったけれど、買い物をすでに終えていたらしい二人はスーパーを出ていってしまう。商品を袋に入れている途中だった梨津も、あわてて彼女たちを追いかける。けれど、外に出ると、すでに二人の姿はなく、どちらの方向に行ったのかもわからなかった。

その時になって、はっとした。

――どうかしている。

あの人たちが話していたのは、「真巳子さん」のことではないかもしれないのに、なぜ、こんなに急いで追いかけようとしてしまったのか。たとえ、「真巳子さん」のことだったとしても、梨津には関係ないのに。

疲れているのかもしれない。今日はもう、帰って、奏人が帰ってくるまでゆっくり休もう。あさってにはまたラジオの収録がある。それまでに、ゲストについての資料を読み込まなくては。そう思って団地の方向に歩きかけた――その時だった。

「梨津ちゃん」

名前を呼ばれ、買い物袋を手にしたまま、足を止める。声の主を探して周りをきょろきょろと見回すが、姿が見えない。すると――。

「おおい、梨津ちゃん。ごめん、驚かせちゃった?」

目を見開いた。スーパーの脇の道路に停まっていた赤のアウディの窓がスーッと降りていく。左ハンドルの運転席に、サングラスをかけた男性の顔が覗く。サングラスをかけているせいで、すぐには誰かわからず、少し遅れて沢渡恭平だと気づいた。博美の夫だ。

「――沢渡さん」

「だから恭平でいいって。梨津ちゃん、買い物? うちの奥さんたち集まってたみたいだけど、一緒じゃなかったの?」

恭平の話し方に違和感を覚えた。だけど、それが何なのかわからない。わからないまま、「ええ」と曖昧に答えると、恭平が「梨津ちゃんは行かなくていいの？」と車の中から再度、話しかけてくる。

「うちの奥さんたち、真巳子に最後のお別れを言いに行くって言ってたけど」

「……私は、真巳子さんとは生前におつきあいがありませんでしたから」

「そっかー。そういや、誘ったけど、断られたって言ってたっけなー」

何も答えず、梨津は曖昧に微笑み返す。確かに今朝、思い出したようにＬＩＮＥが入った。グループではなく、博美から個別に。

『今日、私たち真巳子ちゃんのお別れにいくけれど、梨津さんはどうする？　なんだか、あの日ご一緒したご縁もあるし、梨津さんがお別れに来たら、真巳子ちゃんも一臣くんも喜ぶと思うの』

何を言っているのだろう――と思った。

真巳子ちゃんも一臣くんも喜ぶ――それは梨津の職業のせいだろうか？　〝有名人〟だからだろうか？

けれどそれはひょっとしたら、博美が「梨津をつれて行った」ことを自分の手柄にしたいのかもしれない。梨津を手持ちのカード化したいからではないのか。

昨夜から続く、一連のイベントごとめいた高揚感の延長に聞かれたことのように思えて、梨津はただ一言『ご遠慮します』と博美に返した。誰かの死に過剰に関わろうとするその神経が知れないと思っていたし、もっと言うなら不快だった。返信したきり、博美からの連絡はないいままだ。

ふうん、と恭平が頷き、改めて梨津を見た。

「ねえ、梨津ちゃん」

「はい」

「——大丈夫？」

ふいに、恭平がサングラスを外した。

「真巳子のことで、梨津ちゃんも気分、ふさいでるんじゃない？　なんだかすごく無理してるように見えるよ。大丈夫？」

ぞわっと鳥肌が立った。

「送ろうか」

恭平が申し出る。

「荷物重そうだね。団地まで、よかったら乗っていかない？」

違和感の正体がわかった。

梨津ちゃん、と呼ばれるからだ。前回博美のお茶会で会って以来、初めて会うのに、彼とはそんな間柄ではないのに、明らかに向こうが距離を詰めている。——他のママ友たちを、葉子、真巳子、と呼ぶのと同じように。

今、故人となった「真巳子さん」を、それでも親し気に「真巳子」と呼ぶことの方にもたまらない嫌悪感があった。

「……大丈夫です。荷物、そこまで重くないので」

精一杯、明るく見える微笑みを浮かべて梨津が返す。団地とスーパーは目と鼻の先だ。送ってもらうほどではないし、第一、生活圏のこんな近くで夫以外の男性の車に乗っているところを見られたら、周囲にどんな誤解をされるかわかったものではない。

梨津の頭の中で、警告音が鳴り響いている。自惚《うぬぼ》れだとは思わない。独身時代から、物慣れた男たちに幾度となくやられてきたことだから、空気でわかる。自信があり、自分に余裕があると信じて、だから相手に拒絶されることなど考えてもみない、露骨で、一方的な好意と欲望──。

鳥肌がおさまらない。それをこらえて、梨津は微笑んだ。

「博美さんによろしくお伝えください」

あえて博美の名前を出して、歩き出す。恭平からまだ何か言いたげな視線を感じたけれど、足早に立ち去る。むしろ、この去り方が明確な拒絶なのだと向こうが感じ取ることを期待しながら、どんどん歩く。

決して後ろを振り返らず、団地の前まで来て、ようやく深呼吸できた時、自分がほとんど息を止めていたことを思い知った。心と体がひどく緊張している。なぜ、自分がこんな気持ちにならねばならないのかと理不尽に思った、その時。

南側エントランスの前で、ゆらりと、人影が揺れた。

え──と目を瞠《みは》ると、門のそばに体を預けていた女性らしき影がこちらに近づいてくる。その姿が見えて、梨津はまた、息を吞んだ。

かおりだった。

その目が、梨津を見ている。

「こん……にちは」

引き攣った微笑みを浮かべる。話すのは、読み聞かせボランティアの日以来だ。彼女もこの団地の住人だと、博美のお茶会で聞いた。だとしたら、これまで顔を合わせなかったのは運がよかっただけで、これからは気をつけなければならないのだろうか――。

「あの……かおり、さんもこの団地にお住まいだったんですね。私は――」

自分が何階に住んでいるかを、挨拶として無意識に続けてしまいそうになり、あわてて口を噤《つぐ》む。この人に自分の情報を何ひとつ与えたくないと、この間思ったばかりだったではないか。

「私？」

かおりが緩慢な仕草で梨津を見つめる。梨津の声が聞こえなかったのだろうか。この人と話しているとリズムが狂うことばかりだ。梨津はぎくしゃくと頷く。

「サワタリ団地に、お住まいなんですね」

「ああ――住んでるっていうか……。まあ、最近はね」

「はあ」

引っ越してきたばかりということか。「かおりさん」と名前で呼ぶほど近い関係性ではないのに、彼女の苗字を知らず、そう呼ぶしかないことがもどかしい。

「今日、真巳子さんの家に行くって相談してたけど、何階？」

「え」

あまりに唐突に聞かれて面食らう。言葉が出ない梨津に、かおりが身を乗り出してくる。

「ねえ、何階？」

「……私は、その方とは面識がなかったので」

何度、この言葉を言わされるのだろう。博美にも、恭平にも、かおりにも。なぜ、「不幸」というだけで、哀しみ、悼むことをこんなに強いられるのか。

かおりが大袈裟に目を見開いた。「え、うっそ」とまるで子どものような声が言う。

「だけどあなた、呼ばれてなかった？　あのお茶会に。私は誘われなかったから、場所がわからなくて、場所を聞いたり、あとをつけなきゃならなかったけど、あなたは正式にもらってなかった？　招待状。うちの子どもが見たって」

胸を強く打ったように、息が止まる。

いったい何の話だ、とあまりの要領のえなさに絶句するけれど、背筋にすっと冷たいものが流れたのは、「子ども」の言葉が出たからだ。お茶会の招待状は、確かに奏人が博美の息子である朝陽からもらってきた。

奏人の行動を、この人は自分の子どもに見張らせでもしていたのか。

「ねえ」

かおりの目が無遠慮に梨津を見る。相変わらず、小学生のお母さんとは思えないほど、他のお母さんたちより老いて見える。ふっくらとしたシルエットの白いワンピースも、古びて時代錯誤な印象だ。白いからこそ、襟元のレースが黄ばみ始めていることや、長年放置されたような茶色の染みが目立つ。

おもむろに、かおりが聞いた。

「ねえ、あなた、ひょっとして、サワタリさんとつきあってる？　そういう関係？」

え、という声が、喉の途中で途切れる。いきなりなんだ、と思うけれど、さらなる混乱がやってくる。「サワタリさん」――。それは博美のことだろうか？　だけど、今さっき、梨津は声をかけられたばかりだった。彼女の夫の方の、「サワタリさん」に。

つきあってる？　──そういう関係？

肌がぞわっとまた粟立《あわだ》つ。見られていたのだろうか。でも、いつ？　ここに来るまでの道で、かおりを見かけた覚えはない。

「どういう意味ですか？」

困惑しながら、問い返す。かおりがじっとこちらを見ている。次の瞬間、その顔が、笑った。

ニタッと、貼りつけたような微笑みだった。

「いいのいいの」

何がいいというのか、おかしな誤解をされたようだったら──と弁明しようとする梨津の耳に、信じられない声が聞こえたのはその時だった。

「私もなの。だから、大丈夫大丈夫、大丈夫大丈夫、いろんな人がそうだから気にしないで。弓月さんとかね」

「えっ」

今度こそ、驚きの声が洩れた。けれど、かおりは動じず、自分だけの脈絡で会話を進めるように一人で頷いている。

「私も忠告してるのよぉ、弓月さんには。だからそっちももうじきのはずだから。気にしないで」

「いえ、でも」

「あー、もう、あの人にかわってもらおうと思ってたんだけど、誰にしようか迷っちゃうなぁ……。でも、もう決めなきゃ。そろそろ終わり」

「あの……、何が」

「気にしないで。大丈夫、私もだから」

——何でもすぐに、「私もなの」という人なのだ、と皆の話で、聞いていた。

おかしなことでも。辻褄《つじつま》が合わないことでも。梨津と同じくアナウンサーだと言ったり、他人の出身地と合わせてきたり。同調することで仲良くなれると信じている、マニュアルがあるようなのだと。

頬が、引き攣る。

「そうですか」

呟くように言って、梨津が「では、これで」と微笑む。微笑み、彼女の横をやりすごすように通る時、つま先から頭のてっぺんまでがまとめて緊張するようだった。得体の知れない恐怖に襲われていた。言葉が通じない。

同調を示すことで心を通わせるマニュアル。そんなものの通りに行動しているのだとしたら、それはもはや人ではないではないか——。

揶揄するように思った考えに、改めて、ぞっとした。彼女の横を通るまさにその時、彼女の手が何かを持っているのに気づいた。白い——袋。

真巳子への献花を入れてきたのだろうか、と思った。だけど、違う。白い袋の中に、お菓子のパッケージが見えた。それも大きな。お菓子の徳用サイズの袋は、厚みが感じられず、中身はもう空のように思える。

なぜ、そんなゴミを。——弔問に行くのではないのか。

「あら」

目を留めてしまったのに、気づかれた。かおりが梨津を見る。そして聞いた。

「食べる？」

鼻から冷たい空気が、抜ける。

「お先に失礼します」

まともに相手をすることを拒否して、歩き出す。その梨津の後ろ姿をかおりがまだ見ている気がして、自分の部屋に帰れなかった。

買い物袋を抱えたまま、いったい今日は何なのだ――と頭を掻《か》き毟《むし》りたくなってくる。部屋に戻りたくない。自分の部屋がどこなのかを、かおりに知られたくない。

通路を抜け、南側から、あえて、沢渡家や「真巳子さん」の家がある北側に向けて歩き出す。途中、養生シートが広げられた部屋の前を通る。うんざりしながら、目を背けたい気持ちで歩き続ける。

スマホが震えているのに気づいたのは、その時だった。かけていたポシェットから、振動が伝わる。

息遣いが、過呼吸気味になっているのがわかる。

喪服と普段着の取り合わせでバラバラに集まり、献花を持って弔問に向かうママ友たち、事故の噂話を交わすスーパーの主婦、ねっとりとした視線で梨津を送っていくと誘う沢渡恭平、南側エントランスで自分を待ち伏せしていたようにゆらりとこちらに近づいてきたかおり、私もなの、そろそろ終わり――食べる？

家に帰れない。帰りたいのに帰れない。

――全部が悪い夢を見ているようで、震えるスマホに咄嗟に手をかける。その振動が、悪夢を終わらせる目覚まし時計のベルの音のように思えた。

——けれど、違う。

画面に表示されていたのは、「沢渡博美」の文字だった。

一瞬、息を呑む。電話に出てしまったのは、耐えられなかったからだ。いったい、彼女が自分に何の用事だというのか。

「——はい」

『もしもし、梨津さん？　今、ちょっと大丈夫？　聞きたいことがあるんだけど』

心臓の音が大きくなる。出てしまったことを後悔する。

恭平に、さっきアウディの中から声をかけられたこと。あれを、誰かに見られていたら。梨津は何も悪くない。送ってくれるという申し出だって断った。だけど、

——私もなの。

何が、私もだというのだろう。私は恭平と何の関係もない。——大丈夫大丈夫、いろんな人がそうだから気にしないで。弓月さんとかね。どうしてそこで弓月が出てくるのか。北側棟に住むという、年下の博美のママ友は、確かにあのお茶会で一番若く、かわいらしかった。葉子、真巳子、といろんなママ友を親し気に呼び捨てにし、城崎や高橋にもよく話しかけていた恭平が、そういえば彼女にはあまり話しかけている様子がなかったのも、今考えると、そういうことだったのかもしれない。でも——。

梨津ちゃん、なんて、馴れ馴れしく距離を詰められるような覚えはない。いつの間にか、きっと、あの人は私のこともある日、呼び捨てにし始める。

あんな男、大嫌いだ。

聞かれたら、ちゃんとそう答える。迷惑だと、きちんと言う。そう思っていたが、しかし――。

『朝陽に、チョコレート菓子をあげた？』

思ってもみなかった方向からの問いかけに――息が凍る。思い出すのは、べしょべしょ、という音。砂場に散らばるビニールの包み。お母さんとお父さんには黙っててもらえますか、という晴れやかな彼の笑顔。

博美の声が低く、くぐもったようになる。

『お願い、答えて。朝陽に「きこりのワルツ」をあげた？』

「きこりの、ワルツ？」

具体名が出て、肩から力が抜けた。「きこりのワルツ」は、木の形をしたビスケットの中にチョコレートが流し込まれた子どもに人気のお菓子だ。あの日、梨津が奏人に持たせたお菓子はゴールデンチョコバーで、「きこりのワルツ」じゃない。どうやら、聞かれているのはお茶会の日とは別のことだ。

博美の声が、切迫している。

『みんなに聞いているの。朝陽が、今、私が家に帰ってきたら持ってて。どうしたのって聞いたら、もらったって』

おろおろとした動揺と――同時に、それ以上の苛立《いらだ》ちが感じられる声だった。

『こういうこと、前にもあって。市販のチョコレートは味が濃いし、一度こういうの覚えると、もう、自然の甘味のよさに戻れなくなるでしょ？　だからうちではすごく気を遣ってきたんだけど、もう食べちゃってたらどうしようって。朝陽はもらっただけで、まだ一口も食べてないって言い張ってるんだけど、もし、食べちゃってたらって』

目の奥で、昨日見た博美のインスタの投稿がちらつく。

毎年送ってもらっているかぼちゃで作るタルト。センスのよいコーディネート。長男が言う、『畑の土の匂いがする』！　我が家にスイーツソムリエが――。

――バカじゃないの、と思う。

友達が、死んでいるのに。悲しんで、最後に顔が見たいと言いながら、市販のチョコレートを息子が食べてしまったんじゃないかと、おろおろ、イライラして。そんなことくらいじゃ、あなたの子どもは死なないのに。

あんなに、何本も何本も、べしょべしょと、とっくに食べてるのに。今までだって、きっとあの子はそうしてきた。その飢餓感は、あなたが作り出したものなのに。

言ってやりたい、という衝動に駆られるけど、あまりのバカらしさに声も出てこなかった。私は家に帰りたくても、帰れないのに。かおりがいるかもしれないから、重たいスーパーの袋を提げたまま、こんなところで、バカみたいな電話をしてるのに。

夫が浮気するわけだよ、と思う。

『聞いてるの？　梨津さん』

ええ――、相槌《あいづち》を打つ。けれど、返事に身が入っていないことがどうやらバレたらしい。電話の向こうで、博美がムッとする気配があった。

『何なの、あなた、私のこと、バカにしてるでしょう？』

声が、耳の奥を打つ。博美が怒っている。

『あなた、自意識過剰だわ』

彼女が言った。声が震えている。

『あなた、自分が存在してるだけで、相手に嫉妬《しっと》されるって思ってるでしょう？　みんながあなたを気にして、羨ましがって、存在や肩書だけで相手がマウンティングされたように感じるって。私は普通にしてるだけなのに、みんなが意識してきて困っちゃう――くらいに思ってるんでしょう？　だけど、それ、あなたの願望だから。あなたなんてそこまで美人じゃないし、すごくないから』

博美の声が止まらない。本当にその声がしているのかどうかもわからなくなる。風の音がする。パタパタと。エレベーターに乗った覚えがなく、団地の一階を歩いてきたはずなのに、上の階で通路に立っている時のようにパタパタと風が鳴る音がする。

願望だから。

博美が繰り返した。

『思い込みよ。他人に比べて、自分はすごい。私は特別。――そう思って、見てほしい、意識してほしい、張り合ってきてほしい、マウンティングしてきてほしいって思ってる、だけど、それ、あなたの自意識過剰な願望だから。私たちみんな、あなたのことなんてどうでもいいから。意識していないから。あなたが私に対して持っている優越感なんて、滑稽《こっけい》なくらい、的外れなのよ。意識してほしいって、私に思ってるだけよ』

そんなふうに思っていない。

知らない。

思うけれど、風の音が強くて答えられない。パタパタパタ、バタバタバタバタ、着ている服がはためく。髪もはためく。持っている袋をこのままでは放してしまう。

パタパタパタパタ、パタパタ、バタバタバタバタ。

はためき音が、止まらない。

買い物袋が、手から離れていきそう。

待って。私、知ってる。きこりのワルツ。

あの袋を持っていたのは――。

『なんなの、バカにしてる』

博美の悔しそうな声がする。

聞いていて、うっとりする声だった。

やすらぎすら覚える。

意識されている。

私、この人に。

意識しない、的外れだ、願望だから、思い込みよ――散々そう言われながらも、言葉が重なるごとに、博美が梨津の存在が気になってたまらないことが、言葉と裏腹に浮き彫りになっていく。負けて悔しい、羨ましい。そういう、賛美の声に聞こえる。

もっと言って――、と梨津は思う。

◆

目覚めると、暗い部屋で一人、寝ていた。

一瞬、自分がどこにいるのかわからなかった。体を起こすと頭が痛い。二十代の頃、仕事のストレスから不眠症になり、睡眠導入剤に頼っていた頃、眠った後にいつも頭が痛かった。あの時と同じ、強い薬の酩酊《めいてい》状態から抜けたような――そんな目覚めだった。

団地の、自宅の寝室だ。

いつの間に帰ってきたのだろう。服は出かけた時のままだ。枕もとの、奏人のロケット形の目覚まし時計が七時を指している。

七時――というその時間を見て仰天する。周囲はすでに真っ暗だ。カーテンが閉められている。いったいどれくらい寝ていたのか。奏人が帰ってきたはずだ。息子を閉め出してしまったのではないかという焦りで、一気に覚醒《かくせい》する。

「奏人――」

ファン！

すぐ近くで声がして、見ると、投げ出した梨津の手をハッチが舐めていた。舌を出し、少し興奮した様子で、梨津を見上げている。

「ハッチ……」

濡れた鼻が、ひくひく動く。改めて見つめると、薄闇の中でも本当にかわいい子だ。舐められた指から順に、現実感が戻っていくようだった。この子に心配されている、と感じる。

その時、ドアがゆっくりと開いた。廊下の灯りが、中に射し込む。

顔を出したのは、雄基だった。

「起きた？　大丈夫？」

「あなた……」

頭が痛い。廊下から射し込む光が目に沁《し》みる。

「あれー、ハッチ。どこー？」

夫の背後から、奏人の声がした。その声に応えるように、ハッチが寝室を出ていく。すぐに、奏人の嬉しそうな「ハッチ！」という声が聞こえてきて、ほっとする。よかった。奏人は無事に帰っている。

「ごめん。私、寝ちゃってて。いつの間にか」

「いいよ。まだつらいなら、寝てなよ。夕飯はオレが何か適当に作るから。っていうか、食べられる？　まだ調子が悪いんじゃ……」

「帰り、早かったんだね。ごめんなさい、私、本当に自分がいつ帰ってきたのかもわからなくて」

「え？」

心配そうに梨津を見つめていた雄基が怪訝そうな表情を浮かべる。梨津と見つめ合い、「覚えてないの？」と尋ねた。

「何を？」

「オレに電話してきたこと。悲鳴みたいな声で」

「え――」

「本当に覚えてないの？」

夫がますます心配そうな表情になる。呆気《あっけ》に取られた思いで、梨津は聞き返した。

「電話？」

雄基が怪訝そうにこちらを見ているが、梨津の方こそ夫に騙《だま》されているような気持ちだった。だって本当に覚えがない。記憶が途切れている。午後、買い物に出て、団地の前で博美たちの姿を見かけ、スーパーに行って、帰ってきたらかおりが待っていて――。そのあたりから、時間の感覚が曖昧だ。

沢渡恭平に口説かれたり、博美から悪夢みたいな電話をもらったような気もするけれど――。

雄基がベッドに近づき、体を起こした梨津の目線に合わせ、腰を落とす。躊躇うような沈黙があった後で、聞いた。

「じゃあ、これも覚えてない？」

「いったい、何が……」

「沢渡博美さんが、自宅のベランダから転落死したこと」

ひ――と、喉から、息が抜けた。

目を、大きく、それこそ大きく見開く。雄基は何を言っているのだろう。まさか、と口元が引き攣り、頬が強張る。

「転落、死？」

「……状況が正確にはわからないんだけど、息子の朝陽くんが落としたんじゃないかって、団地の人たちの間で噂になってる。ベランダで、すごい形相で博美さんが子どもを追いかけてるところを下から目撃した人がいて。もみ合って、奥さんの方が落ちたって」

「嘘でしょう？」

尋ねる自分の声が遠く感じる。雄基の目に、痛々しいものを見るような光が浮かぶ。梨津に語りかける。

「君はそのことをオレに電話してきたんだよ。博美さんが落ちた、死んじゃったって。帰ってきた時、団地の周りはパトカーと報道陣で大騒ぎになってた」

自殺と違い、事件性があったからかもしれない。朝陽は――あの子はどうなったのだろう。ベランダで、すごい形相で博美が彼を追いかける。穏やかで、優美な表情しか見たことがないにも拘らず、彼女のその顔が容易に目に浮かぶ。なぜ追いかけたのか、理由もわかる。

息子が、チョコレート菓子を食べたから。

「朝陽くんは――」

「わからないけど、警察じゃないかな。事情を聞かれてると思う」

「彼のお父さんも一緒に？」

「それが……。団地の人たちの話だと、救急車で運ばれたって」

「え……！」

雄基が微妙な表情になる。梨津が尋ねた。

「沢渡家は旦那さんも怪我をしたの？　一緒に落ちたとか……」

「いや、刺されて重体らしい。何か用事があって、ひとつ下の階の部屋にいたとかで、その奥さんがやったんじゃないかって言う人がいたけど……。梨津、知ってる？　弓月さんっていう家」

吸い込んだ息がそのまま、吐けなくなる。何か用事があってひとつ下の階の部屋にいた――。これまでも日常的にあったことなのだろう。弓月の夫が仕事で不在の時に。

どんな気持ちになればよいのか、わからなかった。妻子が大変なことになっている間に、あの男は何をしていたのか。弓月も、なぜよりにもよって今日、他人の夫を迎え入れていたのか。その妻も一緒の友人の弔問の帰りに。

そこまで考えて、胸の奥から重たい重たい息が洩れた。

沢渡恭平のことより心配なのは息子の朝陽だ。今、彼の近くには彼のことを考えてくれるはずの両親が二人ともいない。

「――スマホ」

「え？」

「スマホ、あるかな？　私の……」

「枕もとのそれがそうじゃない？」

通話履歴を表示する。

梨津から、雄基に確かにかけている。まったく覚えがないけれど、確かに自分がそうしたようだった。雄基から梨津へ。そのひとつ前に、梨津から夫に何件かかけた履歴。そして、その下に、沢渡博美からの着信履歴があった。

あれは夢ではなかったのだろうか。

でも、どこまで？

博美は、「みんなに聞いている」と言っていた。朝陽がチョコレート菓子を食べたかどうか。だから、彼女が電話をかけたのは梨津にだけではないかもしれない。

転落死。

転落した、だけではなくて、転落死。もう、死んでいる。

以前に聞いた、パアン、と何かが弾けるようだった音を思い出す。信じられなかった。

決して、長くも深くもないつきあいだったけれど、知っている相手が亡くなった、しかも、話していたばかりの人が、という衝撃は凄まじかった。一度は遠ざかっていたはずの頭痛が戻ってくる。

手の中のスマホが震える。画面に小さな灯りが点《とも》る。ＬＩＮＥ、という文字の最初が見えた瞬間、ああ――と思った。

昨夜、聞いたばかりの雄基の声が蘇る。

――彼女たちは極端な話、もしこれがたとえ自分の葬儀だったとして、仲間内でこういうやり取りがあっても、特になんとも思わないいんだと思うよ――

誰かの、スタンプ。

哀しみの涙を流す、コミカルなウサギのスタンプが、画面を流れていく。

『博美さん、信じられないよ』という、文章とともに。

「大丈夫か？」

夫の声に、無理して「大丈夫」だと答える気力はもうなかった。呼吸が浅く、胸が苦しい。するとその時、ファン、というハッチの声とともに奏人が近づいてくる気配を感じた。細く開いたドアの向こうに立つ、息子の顔が見える。

「お母さん、大丈夫？　ねえ、ぼく、おなかすいた」

「奏人」

「外、パトカーまだいるかな？　ねえ、何があったの？　誰か怪我とかしたの？」

横に立つ雄基の肩に力が入るのがわかった。それを察して、理解する。この子はおそらく、まだ、何が起きたのか、沢渡家の事件を知らないのだ。

博美を突き落としたという朝陽に、奏人はよく懐いていた。学校は保護者に不幸があっても、子どもたちに報せなかったようだけど、朝陽は児童会長もしていたという在校生だ。遅かれ早かれ、奏人は知ることになるだろう。その時、この子はどんなにショックを受けるだろう――。

考えると胸が張り裂けそうになって、無理して、梨津は言う。

「ごはん、もしよかったら、二人で外で食べてきたら？　私はまだ、食欲がないから」

「いいのか」

雄基が心配そうに梨津を見下ろす。梨津は頷いた。

「うん。ちょっと、一人にしてもらっていいかな」

この団地から、奏人を少しでも離しておきたかった。今夜、二人が食事から戻ってきて、奏人を寝かしつけた後で、雄基に、今度こそきちんと引っ越しについて提案しよう。それまでに、梨津も心の整理をつけておきたかった。

「わかったよ。――だけど、くれぐれも思いつめないで」

「ええ」

「ぼく、ツリーランドのハンバーグがいい！」

「……よし、じゃ、行くか」

近所のファミリーレストランの名前を挙げた奏人に、まだ硬い笑顔を作って雄基が応える。二人が寝室を出ていき、出かける支度をする声を聞きながら、梨津は、ああ、あのファミレスのハンバーグも、博美はおそらく息子に食べさせることを禁じていただろうな、とこんな時なのに考えた。何が入っているかわからない、と言って。

考えると、不思議と瞼《まぶた》の奥に涙が滲《にじ》んだ。何の涙かは、わからなかった。

目を閉じて、もう一度横になる。意識がさえざえとして、聞いたばかりの博美の訃報に頭は興奮状態なのに、たまらなく、眠かった。


スマホが、軽く、振動する。

スイングするような、軽い、一度の震え。

また、一度、震え。

メッセージを受信したことが、伝わってくる。

重たい腕を持ちあげて、梨津はスマホを手に取る。時間の経過がわからない。今が何時なのかを確かめなきゃ、と思うけれど、それより先に、グループLINEを開いてしまう。女王たる博美がいなくなった、あのグループLINEを。


『ひとめ、顔が見たいよね』


その一文が飛び込んできた時、見間違いかと思った。

あるいは、時間が巻き戻ったのかと。

だけど、違う。アイコンは、博美のものじゃない。品のいい澄ましたキメ顔で映る、大振りのイヤリングをつけた彼女の横顔じゃなくて、手作りの、ダサいキルティングの人形のアイコン。三つ編みの、白いワンピースを着た人形の。

知らない、アイコン。その下の名前を見て、戦慄する。

Kaorikanbara-WhiteQUEEN
かおりかんばら。ホワイトクイーン。

え、え、と思う。眠っている間に、葉子のスタンプから、タイムラインがだいぶ流れている。いつの間に、かおりが、このグループLINEに入ったのか。——考えて、さーっと血の気が引いていく。

ひょっとして、前からいたのかもしれない。

登録はしていたのに、ずっと黙って何も発言せずに皆の文面をただ見ていたのかもしれない。梨津が最初に一言発したきり、何も書けずにただ眺めていたのと同じように。

ガラケーしか、持っていないのに？

——そう思い至ったことで、さらに混乱する。この「Kaorikanbara-WhiteQUEEN」は、あのかおりではないのか？

けれど、葉子や弓月や、みんなが彼女のLINEを受けて、続けて書いている。至極、当然のように。


『そうだよね。大きい事件になっちゃったし、きっと、普通の葬儀としてのお別れはできないと思うから、会うなら今のうちだよね』

『このままお別れなんてあんまりだもん』

『弓月さん、旦那さんに連絡とれないの？　仲いいじゃない』

『仲いいって、言い方笑』

げらげら笑う、キャラクターのスタンプ。

『なんだ、みんな知ってるんだ笑』

『知ってるよー。あんなにバレバレなんだもん笑笑　ねえ、今日の旦那さんのケガ、弓月ちゃんやったってホント？』

『ご想像におまかせしまーす！　なーんて笑』

スタンプ、

スタンプ、

スタンプ、

スタンプ、

スタンプ、

スタンプ、

『梨津さん、いるんでしょ？』

今まさに、画面に飛び込んできたLINEだった。

『返事してよ、梨津さん。既読スルー禁止だから笑』

『博美さんのお別れ、一緒に行こう。梨津さんがきたら、きっとみんな喜ぶよ』

『梨津さん』

『今度は面識あるでしょ？　梨津さん――』

ピンポーン、と玄関のチャイムが鳴った。

音とともに、ひっと、梨津の口から悲鳴が出る。肩が、自分でも驚くほど大きく、弾むように飛び跳ねる。

「雄基、奏人……」

こんな夜分の来訪者には、心当たりがない。

二人が帰ってきたのだろうか。だけど、どうして鍵《かぎ》を開けて入ってこないのだろう。サワタリ団地は、おしゃれで素敵な建物だけど、セキュリティーが甘い。共通のオートロックのついたエントランスがなく、誰でも、家のドアの前まで入れてしまう。

ああっ！

舌打ちが出そうになる。内装をおしゃれにしたり、外装にこだわる前に、まずはセキュリティーでしょう！　見た目のことしか考えない、あの、バカ夫婦！

寝室を出て、怖々と、リビングに設置されたインターフォンの画面を覗こうとする。すると、それより先に、声がした。

「三木島梨津さーん」

声が、遠く、聞こえた。

耳を押さえる。幻聴であってほしい、と願う。

インターフォンの画面に、白い女が映っていた。古びてダサい、真っ白いワンピースを着て、白浮きしたファンデーションに赤い口紅の。

かおりが映っていた。そう親しくもない、ボランティアで会っただけの、あの人。

ピーンポーン
間延びしたインターフォンの音が鳴る。沢渡家とこれだけは同じ、うちのチャイム音。

りーつーさーん。

かおー、みにいこうよー。

ドンドンドンドン、ドンドンドン、ドンドンドンドン、ドンドンドンドン、ピーンポーン、ドンドンドン、ドンドンドンドン、ピーンポーン、ドンドンドン、りーつーさーん、ドンドンドンドンドン、こんかいはめんしきあるでしょーうー、ぴーんぽーん……。

ファン！

ハッチが、ドアに向けて鳴いた。すると、一度、ドアが叩かれる音が止まった。だけど、それも束《つか》の間のことで、またすぐにノックが再開される。ピンポンの音も続いている。

ファン！　ファン！

ハッチが懸命に吠《ほ》えている。怖くて、あまりに怖くて、梨津はその小さな体にしがみつく。

――りーつー、さーんー。

扉の向こうで呼びかけられる声を聞きながら、みんなこうだったのかもしれない、と思った。

わからない。わからないけど、一人ずつ、こうやって、追いつめられたのかもしれない。追いかけられたり、家族に近づかれたり、おかしいまま、距離感を詰められて。

博美はきっと、女王なんかじゃ、なかった。ただ、それになりたかっただけ。だって、わかりやすかった。みんなの中でどうなりたいのか、どう思われたいのか。最初はわからなかったけれど、今はもう、わかりすぎるほどによくわかる。あの夫婦は、ただ、団地の王としてふるまいたかっただけ。

だけど、この人はわからない。私たちのわかる範囲の常識では、たぶん、理解ができない。

りーつーさーんー。

「もうやめて！」

叫んだ。

叫んでしまってから、しまったと思った。これでは中に自分がいると明かしたも同じだ。だけど、もう止まらない。扉を叩かれる音が、耳の奥底に沁みこんでいく。頭が破裂しそうに痛い。

「警察呼ぶわよ！」

追いつめられている、と感じる。だけど、今ならまだ間に合う。隣の家だって、うちの様子がおかしいことに気づいているかもしれない。

梨津が叫んだその後で、――ぴたりと、扉を叩く音が止んだ。名前を呼ぶ声も。

そのあまりの呆気なさに、え――と思う。思いながら、インターフォンの画面を見る。

画面に映るのは、――頭のつむじ。白髪交じりの、かおりの頭のてっぺん。

顔を俯《うつむ》けたかおりが、次の瞬間、顔を上げる。

「ばあ！」

おどけるように、大声で、そう言って、笑う。顔に、満面の――貼りついたような笑みが浮かんでいた。赤い口紅が、相変わらずその顔の中で浮いている。

りつさん、行こうよ。

声が聞こえる。にこにことした声が。

「博美さんに会いに行こうよ。今回は知り合いだったでしょ。顔、見に行く資格あるよ。まだ博美ちゃんはいるよ。喜ぶから会いに行ってあげて。お手紙も書こうよ。なるべく多くの人に教えてあげて」

頭を押さえる。空気が薄い。呼吸ができない。

にたりと、かおりが笑う。顔が、ぐっとインターフォンカメラに近づく。

「奏人くんにも教えてあげなきゃ。朝陽くんのママが死んだんだもん。きっと悲しいし、お別れを言いに行きたいよ。よかったら私、教えに行くよ。行こうか、梨津さん、私、行こうか」

やめて――――。

我が子の名前を聞いて長く洩れた悲鳴が、自分のものだと、声を吐き出す胸の長い痛みで、初めて、気づいた。ドアを開けてしまう。開けて、飛び出し、通路に――。

そして、息を呑む。

かおりがいなかった。次の瞬間、はっと横を見る。

体が強く、傾いた。

足が、力を失う。

パァン、と弾ける音がした。

落ちる音。

夫の雄基は、ドンッ、と表現した音。聞いた瞬間、耳が遠くなった。音が消えていく。

——ああ、落ちた。

パタパタ、バタバタ、何かがはためく音が聞こえる。薄れゆく意識の中で、梨津は、その音が何かを知る。周囲には、青色のシート。

サワタリ団地全体を覆う、引っ越し作業用の養生シートが、いっせいに、風にはためく。大きな生き物が呼吸するように。

——ファン！　とハッチが鳴く声を、闇に堕《お》ちていく最後に聞いた。

第三章　同僚

「だからさ、どうして一言、オレに説明をしなかったのかって聞いてるんですよ。謝ってほしいわけじゃなくて」

パソコンの画面を見ながら、鈴井《すずい》俊哉《としや》は、さっきから廊下から聞こえるその声に耐えていた。

画面には、明日、営業のアポ取りをした取引先へのリマインドメールの文面が開いている。毎度先方に投げるものだから、内容はほぼ定型文のようなもので、目をつぶっていたって書ける。だけど、あの声を聞きながらだと、自分が何か余計な書き間違いをしてしまいそうで思うように進まない。

「だいたい何回目ですか？　そのたびに同じように謝って、次から気をつけますって言って、だけど、改善されないんじゃ謝る意味あるのかなってさすがのオレでも思います。どう考えてるんですか？　その辺」

「すみません」

消え入るように小さな声が聞こえた。その声を聞くのもいたたまれなくて、鈴井は画面に集中しているふりをする。聞いていません、気にしていません、という体《てい》を貫く。ふーっと、それ自体が声以上の主張を持つようなため息が聞こえる。さっきの謝罪の声より大きいんじゃないかというため息だ。

「そんなんで、よく前の職場でやれてましたよね？　いったい、どうやって仕事してたんですか？」

「すみません」

「いや、だから」

心臓が痛い。

おそらく、そう思っているのは鈴井だけじゃない。課内に在席するほぼ全員があの声を聞きながら、それでも黙々と仕事を続けていると、まるで自分が弱い者いじめに加担しているような気になってくる。

つい顔を上げると、鈴井の先輩である丸山睦美《まるやまむつみ》が席を立つのが見えた。説教の声が響くデスク近くのドアではなく、反対側のドアを抜け、フロアを出ていく。

「だいたい、みどり森スーパーに先週アポ取りを頼んだ時のことだってそうじゃないですか？　あの時、前に注意したばかりだったから本当は言いたくなかったんですけど、ルートから考えると先にアカヤが入ってたんだから、そこから同じ町内の宮田《みやた》酒店、隣町のみどり森、の順だと思うんですよ、普通。そうしたら移動時間のロスがだいぶ防げたと思うんですけど、どうして、それ、頭でシミュレーションした時に想像つかなかったんですか？　ううん、頭だけじゃない。オレにメールする時、一度、文章にしてますよね？　それでもイメージができなかったんだとしたら、それって、想像力っていうか、つまりは優しさが足りないんだと思うんですよ。ひとつの駅から別の駅まで移動して、また戻る。——相手にそういう手間をかけさせるわけだから。想像力っていうのは、つまりは優しさだとオレは思うんですけど、違いますか？」

そんなこと、今、蒸し返す必要ないだろ——という声が、喉元《のどもと》まで出かかる。それに、営業を回る順番は、担当者や店長が不在だったりして、どうしても単純に距離だけでは組めない。一駅だけの移動がそこまで大きなことだとも思えない。

ちらりと視線を上げると、今度は前の席に座る、同僚の濱田《はまだ》と目が合った。その顔が歪《ゆが》む。同じことを考えたのだということがわかる。

すみません、という、さっきと同じトーンの力ない声が繰り返される。叱る声がさらにヒートアップする。

「謝ってほしいわけじゃなくて、純粋に疑問なんです。教えてくださいよ。これまでどうやって生きてきたんですか？」

我慢の限界だった。鈴井は立ち上がり、先に席を立った先輩と同じく、自分の席から遠い方のドアを抜け、フロアの外に出た。


自動販売機の前には、思った通り、すでに睦美さんがいた。缶のミルクティーを手に、後からやってきた鈴井に向けて、「あ、お疲れ」と笑顔を作る。

「お疲れさまです」

鈴井が答えると、そのまま、「どれにする？」と飲み物を指さした。

「あ、いいです。自分で——」

「遠慮しないでいいよ。こんな時くらいしか先輩面できないから」

睦美さんは、四十三歳。小学生の子どもがいるせいか、普段から課の飲み会などには参加しないことが多く、鈴井も飲みの席で奢《おご》ってもらうようなことは確かにあまりない。

今年で入社三年目の鈴井とは違い、営業のキャリアも長いベテランで、鈴井たち営業二課の主任を務めている。課長につぐ、いわば課のナンバー2の立場だが、見た目が若く、実年齢を聞いた時には驚いた。若手に対しても気さくで面倒見がいいので、後輩社員は皆、親しみを込めて「睦美さん」と呼んでいる。

こんな時くらいしか、なんてことは全然ない。皆、彼女を頼りにしているし、慕っている。鈴井もこれまでさまざまな場面で彼女に助けてもらってきたから、頭が上がらない。

「あ、じゃ、炭酸水を――、すいません、お言葉に甘えて」

「オッケー、これね」

睦美さんが硬貨を入れ、自販機の右上のボタンを押す。受け取り口に屈《かが》んで飲み物を取ってくれたので、「ほんと、すいません」と礼を言って受け取る。

「――佐藤《さとう》課長にも、困ったもんだよね」

鈴井にペットボトルを渡しながら、睦美さんがようやく口に出した。その声を受け、待ってた、と思う。鈴井も話したい気分だった。

「ええ」

「私からも何度か言ったんだけど。みんなの前であんなふうに叱るのは、ジンさんにとってはもちろん、聞いてる私たちや、他の人たちにとってもよくないって」

「知ってます」

睦美さんが鈴井を見つめ返した。受け取った炭酸水のペットボトルのふたを開けながら、鈴井が続ける。

「濱田たちから聞きました。睦美さんが課長にそう言ってくれて、それで課長は、フロアじゃなくて、廊下でジンさんを説教するようになったんだって。結局まあ、声は筒抜けですけど」

「あれで気を遣えてるつもりなんだとしたら笑っちゃうよね」

睦美さんが寂《さみ》しそうに笑った。皮肉を込めたのだろうけど、彼女が言うと、悪意より哀しみの方が強く感じられる。

フロアに戻れば、まだあの声が続いているのだと思ったら、すぐに戻る気がしなかった。睦美さんとともになんとなくロビーの横、奥まった接客スペースに移動する。この時間、折りよく誰も座っていなかった席に、二人でかける。

気が滅入《めい》っていた。

予《あらかじ》め課長のあの説教が始まると知っていたら、今日は朝から外回りの仕事を入れておいたのに、と後悔していた。

「なんで言い返さないのかなって思う時もあるんですけど、でも、まあ、無理ないんですかね。言い訳なんかしたら、余計に課長の怒りを買いそうだし」

「立場も立場だから、ジンさんから言い返すのは難しいよね。苦しいと思う。なんとかしてあげたいから、私からもまた、折りを見て課長に話すよ。場合によっては、部長から言ってもらう」

鈴井たちが勤める「ヨツミヤフーズ」は業界では中堅どころの食品会社だ。鈴井は営業二課に属し、主に冷凍食品を扱っている。

昨年まで、鈴井は企画部にいた。もともと大学では理学部で、食品会社を希望したのは企画や研究に携わりたいという動機からだった。だから、今年になって営業部へ突然異動を命じられたことはショックだった。企画部の先輩からは「若いうちはいろんな部を見るのも経験になる」と言われたけれど、気持ちは重く、そのうえ、移った営業二課で上司として待っていたのが課長の佐藤だった。

鈴井と違い、入社して以来ほぼ営業一筋だったという佐藤は、まだ四十一歳。古参の社員が多いこの会社の中にあって圧倒的に若い管理職だ。肩幅が広くて声も大きく、いかにも体育会系といった雰囲気に気後れするものを感じ、営業現場のたたき上げの課長から見れば、企画部出身の自分は生っちょろい存在だと思われそうで、鈴井は最初から彼には苦手意識があった。

しかし、それを完全に「苦手だ」と確信したのは——やはり、特定の部下への、あのきつい叱責《しっせき》の仕方を目の当たりにした時だった。

今日も廊下で責められていた、ジンさんへのあたりは特にきつい。

ジンさんは、鈴井が営業二課に配属される前から在籍していて、去年の暮れに中途採用されたという社員だ。年はおそらく五十代。課長の、いわば「年上の部下」ということになる。今はどの会社でも、完全な年功序列だった時代に比べると「年上の部下」は珍しくもないのかもしれない。実際、鈴井の会社の他の部にも、そういう例はたくさんあった。しかし、ジンさんの場合ほど、外見も雰囲気も露骨に年上、ということは他の課ではあまりない。

鈴井が二課に最初に来た時、フロアに足を踏み入れて、自分の隣の席――一番入口寄りの新人が座るような場所に彼が座っているのを見て、失礼ながら二度見してしまった。白髪交じりの頭に、黒縁眼鏡。まっすぐな立ち姿は、自分が小学校の時に朝礼で見た校長先生のようで、その彼が管理職ではなく「ただの同僚」ということに驚いたのだ。

ジンさん、という呼び名は、佐藤課長が最初に言い出したらしい。圧倒的に年上の彼が部内にスムーズに溶け込めるよう、皆にもその呼び方をするように指示したと聞いて、鈴井は内心、辟易《へきえき》した。呼び名なんかで距離感や雰囲気が変わると信じている感覚を古いと感じたのだ。

一度、ジンさんに聞いてみたことがある。皆がその呼び方をするから、鈴井も自然とそうせざるをえなくて、なんとなく申し訳なさを感じ、二人きりで残業をする機会があった際に聞いたのだ。「嫌じゃないんですか」と。

「すみません。オレたち、年下なのに、なんか馴《な》れ馴《な》れしくて」

鈴井の問いかけに、ジンさんは驚いたようだった。目を丸くして、それから、柔らかく笑った。

「そんなことを気にしていたの？　鈴井くんは優しいなぁ」

「いや、だって」

「親しげに呼んでもらえることは、とても嬉《うれ》しいよ」

「課長なんですよね、そう呼び始めたの」

「うん」

ジンさんの頭に交ざる白髪が蛍光灯の光を透かして銀色に光る。その色に覚えがある。

この間帰省した時の、うちの親父の頭と同じ色だ。この人、そうか、親父と同じくらいの年なんだなぁと思う。そうすると、ふっと考えてしまった。もし、オレの親父が会社で年下の上司からあんなふうに叱責されていたら。佐藤課長は、この人を叱る時に、自分の親のことが頭を掠《かす》めたりはしないのだろうか。

「課長はいい人だよ。感謝しているんだ」

さらりと――。あまりにさらりとジンさんが言って、鈴井の口から、思わず、「え」という声が洩《も》れてしまった。

ジンさんが微笑む。

「意外かい？」と鈴井を見つめる。

間近で見ると、ジンさんの顔立ちは彫りが深い。瞼《まぶた》が厚く、鷲鼻《わしばな》で、背が高く痩《や》せている雰囲気も手伝って独特の貫禄がある。だからか、今の「部下」の立場は彼にはやはり似合わない気がした。

鈴井はぎくしゃくと頷《うなず》いた。ジンさんが言った。

「僕が中途だし、年上だからやりにくいことも多いと思う。呼び方だって、みんなに言う前にきちんと聞いてきてくれたんだ。仲間内では『ジンさん』でいこうと思うけど、嫌じゃないですかって」

「課長が？」

あの人が、そんな繊細な部分に気が回るものだろうか。半信半疑で尋ねると、ジンさんが「うん」と頷いた。課長を「いい人」だと言ったけれど、ああ、この人の方が何倍も「いい人」だからそう思うんだ、と思った。

「僕がきちんと溶け込めるように、配慮してくれてるんだと思う」

ジンさんの前職については、よく知らない。本人が多くは語らないので、聞いてはいけない気がして鈴井からは聞けないが、ひょっとすると役職に就いていた人だったんじゃないかな、という気がしている。それか経営者だったとか。実力があったのに、会社のリストラか何かに巻き込まれでもしたのかもしれない。

今のジンさんは、営業部付きではあるものの、給与体系や健康組合の保険なども、待遇は正社員扱いではないと聞いた。仕事も、営業回りをするわけでもなく、電話応対や簡単なアポ取り、スケジュール管理など、営業職の補佐のようなことをしている。もし彼が前職で責任のある立場で仕事を任されていたなら、おそらくはプライドもあるだろうに、今の仕事を黙々とこなしているのは、それだけですごいことだと思う。

それなのに——佐藤課長の口からはジンさんを叱る時に、決まってあの文句が出る。

——そんなんで、よく前の職場でやれてましたよね？　いったい、どうやって仕事してたんですか？

——教えてくださいよ。これまでどうやって生きてきたんですか？

「オレ、我慢ならないんですよね。課長のあの言い方。人格否定じゃないですか。時代錯誤もいいところですよ」

パワハラじゃん、と思う。絵に描いたような、恥ずかしくなるような、露骨なパワハラだ。これが横行しているなんて、会社の体質の古さに泣きたくなってくるし、それが自分の会社なのかと思うと心底情けない。

「わかるよ」

睦美さんが、ミルクティーのプルタブを上げながら頷いた。鈴井の足が、小刻みに貧乏ゆすりを始める。子どもの頃から何度注意されても直せなかった、苛立《いらだ》った時の癖だ。

「第一、今日は何をあんなに叱られてたんですか？　そんな大きいミス、ジンさんが何かしました？」

「最初は小さいミスを注意してたんだと思うんだよね。それが、なんだか課長の方でエキサイトして、あれもこれも出てきて止まらなくなった感じ。後半はもう、全然別のことになってたし」

「たまんないですよ。あれ、もしオレだったら」

幸いなことに鈴井は課長からああいう絡むような説教はされたことがない。でも、だからこそ嫌な気持ちがする。まるでジンさんのみが彼の標的にされているみたいだ。立場が弱く、ノーを言えないのをいいことに、つけ込まれているように感じる。

「ジンさんの仕事ぶり、普通だと思いますけど。そんなにできない人ってわけじゃないでしょ？」

「うん。むしろ、仕事ができる人だと思うよ。先月、課長が作った顧客リストをみんなで共有したでしょ？　課長が部長に言われて作ったっていうやつ」

「ありましたね」

顧客情報がこまやかにアップデートされた、よくできたリストだったから、意外に思ったことを覚えている。佐藤課長は、若いわりにはアナログな人で、取引先との社交には長《た》けていても、事務作業は苦手だ。皆に一斉に送信されるメールも、いまだに一本指でコツコツ打っているんじゃないかと思うような、改行がほとんどない読みにくい文章が来る。

「あのリスト作ったの、実はジンさんだから」

「え」

「課長が自分で作ったみたいな顔してるけど、ジンさんが残業して作ってた。みんなに褒められてる時に、そのこと、言わないのかなってずっと見てたんだけど、課長、とうとう言わなかったね」

「──小さい人っスね」

鈴井が思わず洩らした声に、睦美さんが気まずそうに頷く。

「前はそんなんじゃなかったんだけどね。自分の同僚をかばって上司に歯向かったり、曲がったことが嫌いで、頼りになる人っていう印象だったんだけど」

「じゃ、自分が下の時には上司にも意見できるけど、自分が上に立つのは絶望的に向いてなかったんスね」

「辛辣《しんらつ》だなぁ、鈴井くん」

睦美さんがふっと笑って、「でもそうなのかも」と呟《つぶや》くように言った。

「同僚だった時には、怒ってくれたんだよ」

「え？」

「私が産休を取ったことで管理職になれないんだとしたら、そんなのおかしいって」

「あ……」

そう言われて思い出す。年下の上司を持つのは、ジンさんもだけど、この人もなのだと。

睦美さんの方が、佐藤課長よりキャリアも実年齢も二つ上だ。

清潔感のある長い髪を束ねていたバレッタを、睦美さんが外す。ミルクティーを机に置き、両手で髪をしばり直しながら、「だけど」と呟く。

「この間、二人でちょっと話す機会があった時に言われたの。女は妊娠しなきゃならないから大変だし、お前、残念だったよなって。だけど、それは女の社会的な仕事だからしょうがないって」

「それって……」

セクハラじゃないか、と思う。マタニティハラスメントの面もあるかもしれない。睦美さんが目を伏せる。その顔が、またとても悲しそうに翳《かげ》る。

「管理職は、一応、外部から見た時に一人くらいは女性がいた方が男女平等の面からかっこつくから、早く、経理の長田《おさだ》課長が辞めるといいなって言われた。そしたら、お前、経理に行けば課長になれるよ、今のうちから異動申請出しといたらどうだって。まるで、私に営業にいてほしくないみたい」

「小さい人だから、自分よりできる睦美さんに、近くにいてほしくないんスよ」

社内で口にするのはどうかと思ったけど、本心だった。ムカムカする。

「佐藤課長、取引先の信頼が篤《あつ》いってことに一応なってますけど、それって結局、あの人が昔から仲良くしてた気が合う人たちとのパイプができてるってだけの話でしょ？　新しく担当になった人たちとの関係性なんて全然できてないし、作りにいこうともしない。こう言ったらアレだけど、あの人とつるんでる人って、古い考え方の年上のおじさんたちばっかじゃないスか。上の同性にかわいがられるしか能がないんスよ。睦美さんの方が断然、現場の細かいことまでちゃんと見てくれてる」

「ごめんごめん。いいよ、鈴井くん。怒らせちゃってごめん」

睦美さんが申し訳なさそうに頭を下げる。ポーズだけじゃなくて、本当に困ったような顔をしている。

「ただ、ちょっと寂しく思っただけなの。昔は、私と同じ温度で上司に怒ってくれてた人が、年を取って偉くなるとそんなふうになっちゃうのかって。仕方のないことかもしれないけど、時の流れって残酷だね」

「――オレ、結婚して子どもができたら、自分の方が育休取りたい派なんですけど、もしその時に上司があの人だったら認めてもらえないってことですかね」

「え！　鈴井くん、そんな予定あるの？」

「ないですけど、今のうちからの希望として」

鈴井が、あーあ、と声を上げる。

「大学の講義やセミナーだと、そういう権利って今は当たり前に保障されてるもんだって習うんで、オレ、就職するまで、それをバカ正直に信じてました」

うんざりと口にすると、睦美さんが弱々しく微笑んだ。

「うち、後れてるよね。若い子たちが来るまでにそれをきちんと変えておかなかった私たちにも責任があるんだよ。ごめんね」

この人も――今、営業フロアでまだ説教をされ続けているであろうジンさんも、優しすぎるんだよな、と思う。その優しさに甘えてつけあがる人種がいるという理不尽が、鈴井には納得がいかない。

「先に行くね」

たわいのないことのように口にして、睦美さんがミルクティーを手に、束ねた髪を揺らして去っていく。そうすることを身につけなければ、まるで今日までやってこられなかったのだというような、重さを感じさせない足取りだった。

◆

その日の帰りのことだった。

午後の営業回りを終えて、最後に訪ねた先の担当者の主任と会食し、鈴井は電車に揺られていた。つり革を摑《つか》んで、車窓を眺める。十時前だから、車内はまだそこまで混雑していない。九時台なのか十時台なのかで、夜の私鉄は混み方が全然違う。今日の会食相手の主任が飲まない人だから、この時間で終われたのだ。

もともと鈴井は酒に強くない。むしろ、弱い。アルコール分解酵素がほとんどないようで、昔から予防接種の際の消毒でさえ、肌がかぶれたように赤くなった。「飲んでいるうちに場数を踏んで強くなる」という迷信を信じて、学生時代は試しに何度か無理な飲み方をしてみたことがあるが、気分が悪くなり、周りにも迷惑をかけるので、社会人になる前には自分の限界がわかるようになっていた。

昔ならいざ知らず、会社も今日び社員に無理なアルコール強要はしない、と聞いていたし、実際、入社してすぐに配属された企画部では、酒に弱くても誰にも何も言われなかった。

しかし——営業の、今の部署に来てから、そんな理想は必ずしも通用しないということを思い知った。

——飲めないって、お前、それ、学生時代とかどうしてたの？

言われたのは、やはり佐藤課長にだった。呆《あき》れたような——バカにした様子の目で鈴井を見て、彼が言った。

——運動部には入ってなかったろ？　だろうな、だから人づきあいがわからないんだ。

——最初の一口くらいはとりあえずつきあって飲むんだよ。じゃなかったら、飲み会には来るな。

それならそれで結構です、という思いで、鈴井だって、できることなら飲み会には参加したくなかった。けれど、行かないなら行かないで課長の心証がますます悪くなることはわかっていたから、今も仕方なく参加している。それに、営業の仕事をしていると、今日のように一人で外回りをする場合はいいけれど、課長とともに取引先を接待することも多い。そうなると、佐藤は取引先の前で平然と鈴井を罵《のの》った。

——こいつ、飲めないんですよ。なんでそんな奴を営業に回すんだって、会社の人事にはオレも文句言ってやりたいんですけどね。だからすいませんね。おつきあいできない、つまんない奴で。

身内を貶《おと》めることで円滑なコミュニケーションになると信じている——その思考回路に反吐《へど》が出そうだったけど、もっとうんざりしたのは、飲みの席が終わった時に、当の課長が鈴井に恩着せがましく笑いかけてきたことだ。

——オレがああやって最初に言ってやらないと、お前、飲んでないことを先方に言われた時に気まずい思いをするだろ？　だから、先にオレが言ってやったの。

飲めないなら飲めないなりの場の乗り切り方というものが鈴井にだって経験で身につい

ている。放っておいてくれたら相手に気を留めさせず済ませる方法なんていくらだってあるのに、決めつけられたことが不快だった。しかし、佐藤が懇意にする取引先の担当者は、如何《いか》にも「佐藤と合う人たち」だ。彼がそうやって鈴井を笑いものにすると、それで一定の割り切りが生まれてしまっていた。

古い人たちだ、と鈴井は思うけれど、彼らの中の常識では、悪いのは鈴井の方だ。それも、わかっている。男のくせに酒も飲めない、話のわからないつまんない奴。学生時代とかどうしてきたの、とよく聞かれたが、鈴井がこれまでそうやって嘲笑《ちょうしょう》されたことが一度もないと思っているのだろうか。大学の頃も散々苦労したのだ。なぜ、社会人になってまで、こんな思いをしなければならないのだろうか。

今、鈴井が直接担当している取引先は、会食でも節度のある飲み方をする人たちばかりだ。課の主任である睦美さんが配慮してそうなるように組んでくれたのだと、後から知った。睦美さんはもちろん、そのことで鈴井に恩を売ったりもしない。

車窓に流れる駅が、だんだんと一人暮らしの自宅がある場所に近づく。

すると、これまで一度も降りたことのない駅で、電車が長く停止した。車内アナウンスが流れる。

『前の電車からの停止信号です。しばらくお待ちください。――二分少々、停止します』

帰りを急ぐわけでもなかった鈴井は、スマホを取り出し、ＬＩＮＥかネットでも見て暇をつぶそうとした。しかし――その時、ふいにスマホの向こう――開きっぱなしの電車のドアの向こうがなぜか気になった。顔を上げると、何かに目が惹《ひ》きつけられる。そして、あっと思う。

一度も降りたことのない知らない駅のホームに、見覚えのある顔が見えた。ジンさんだ。長身で、姿勢がいいはずの体を屈めるようにして、手に大きな書類鞄《かばん》を抱え、携帯電話を耳にあてている。

電話を――？

怪訝《けげん》に思う。駅のホームは当然のことながら、電車の出入りする音や発車のチャイムなどで騒々しい。電話をするのには絶対に向かない。

声までは聞こえなかった。けれど、電話を片手に書類鞄を抱きしめるようにして立つジンさんが、さらに身を屈め、首を前に倒すのが見えた。電話の相手に見えるはずもないのに、何かの謝罪を繰り返しているような――。

『お急ぎのところ申し訳ありません。あと一分ほど、お待ちください』

車内アナウンスが細かく繰り返される。二分程度の停車くらい鈴井は気にしないけれど、気にする人も多いということなのかもしれない。でも、わからない。今は平気というだけで鈴井だって急いでいる時だったら、この二分が気になってイライラしたかもしれない――、そんなふうに思ったら、なんだか嫌気がさして、反射的に電車を降りていた。自分の父親と同い年くらいの、本当は仕事ができるこの人が、誰かに電話越しに謝っている。そう思ったら、自然と体が動いていた。

「ジンさん！」

電車を降り、呼びかけると、電話を持ったままだったジンさんの細い体がびくっと震えた。電話を耳から離さないまま、その目が鈴井を捉《とら》え、口の動きが、ああ、と形を作る。だけど、出てくる声はまだ、電話の向こうの相手と話し続けていた。

「ああ、いえ、なんでもありません。はい。大丈夫です。ええ、ええ、それは大変でしたね。わかります。――はい、課長の言う通りだと、僕も思います」

課長。

その言葉が聞こえた瞬間、頭の奥が痺《しび》れたようになった。ジンさんの声が困っている。弱々しい皺《しわ》が目の周りに刻まれていた。鈴井に向けて、なだらかな眉《まゆ》が下がり、申し訳なさそうな表情を作る。泣き笑いのようにも見えた。

「切りましょう」

鈴井が言った。え、とジンさんの口から小さな声が洩れる。

どうしてそこまで大胆な提案ができたのか、鈴井にもわからなかった。会社を出たから気が大きくなっていたのかもしれない。だけど、率直な怒りが胸を衝《つ》いた。さっきまで、自分がかつて課長から受けたアルハラを思い出していたから、なおさら苛立ったのかもしれなかった。

「いいから切りましょう」

戸惑うジンさんの手から、鈴井が強引に携帯を奪い取る。咄嗟《とっさ》に、表示されていた画面が見えてしまう。着信相手である課長の名前が表示されている。しかし、次の瞬間、鈴井の目が画面に釘付《くぎづ》けになる。

3時間12分14秒。

その表示が、今また、15秒、16秒とカウントを重ねていく。表示を背景に、声が聞こえた。

『だから、睦美の言ってることとの方がおかしいと思うんですよ。部長あたりは、あいつの肩を持つようなことも言うけど、あれって結局、女の言うことの方が正しいってことにしとけば誰も何も言わないだろうっていう逃げの姿勢で、それはオレ、おかしいと思う。逆の意味での性差別じゃないですか』

19、20、21……カウントが続く。今日、会社の廊下から聞こえた時より、電話口の課長の声の方が、一気に鈴井の耳の奥を抉《えぐ》るように響いた。粗い目のやすりで、心全体を削られたみたいだ。

これを三時間以上——。

ぞっとして、ぞっとしすぎて、通話終了のボタンを咄嗟に押せなくなる。どのボタンで通話を終わらせられるのか、知っているはずなのに、一瞬本当にわからなくなった。あわてて、やみくもにボタンを押す。画面から、課長の名前が消える。

何かを言いかけていた課長の声も、プツリ、と途切れた。

鈴井が乗ってきた電車から、プルルル、と発車合図のチャイムが聞こえる。大きな音だった。三時間。もう一度、嚙《か》み締めるように思う。三時間以上、このうるさい音の中で、ジンさんは通話を続けていたのか。

「あの——、鈴井くん、ごめん」

あまりの衝撃に口が利けなくなっている鈴井に、ジンさんがようやく言った。

「今の電話、課長からですか?」

鈴井も、やっとのことで聞けた。返事がわかりきっていることを聞くのは白々しかったけれど、電話から聞こえた課長の粘着質な声に体を搦《から》めとられてしまったように、頭も体も動作が緩慢になる。

電車の扉が閉まる。

電車が出ていく音と、強い風が目の前を過ぎていく。電車が完全に通り過ぎるのを待って、ジンさんが、ぎくしゃくと頷いた。

「うん」

「ここ、うるさくないですか。どうしてこんな場所で――」

「電車に乗ってたら、かかってきちゃってね。出ないとまたずっと鳴り続けるし、だから、少しだけ話してまたかけ直すつもりが、課長の方で止まらなくなっちゃって」

ジンさんの家がどこなのかを、鈴井は知らない。けれど、彼の口ぶりから、おそらく、ここが彼の家の最寄り駅なわけではないのだとわかった。少しだけのつもりで出て、それから三時間以上――。

マジかよ、と、足元が凍りつく思いがする。すると、その時、鈴井が手に持ったままだったジンさんの携帯が震えた。ムームー、と、バイブレーションの振動が手に伝わる。その瞬間、鈴井の喉から、ひっと声が出た。

「あ、出るよ」

表示されているのは、またも、課長の名前だった。鈴井は咄嗟に声に出していた。

「やめましょう。出なくていいです！」

声を張ったのは、怖かったからだ。ジンさんが目を見開き、鈴井が手に持ったままの電話を困ったように見つめる。鈴井は首を振った。

「出なくていいです。だってもうかなり話してるでしょう？　急ぎの用じゃないみたいだったし」

会話を聞いてしまったことは後ろめたかったけれど、咄嗟にそう言ってしまっていた。

今、鈴井を戦慄《せんりつ》させているのは通話時間だけじゃない。電話の内容にもだ。睦美さんの名前、おかしい、女の言うことの方が正しいっていう逃げの姿勢、逆に性差別――。聞きたくなかった。勘弁してくれ、と思う内容だ。業務時間外の部下に、わざわざ電話をかけて長々話す必要があるとも思えない。

ムー、ムー、という音が、まだ途切れない。いい加減あきらめて切れよ、と思うけれど、止まらない。

「わかったよ」

鈴井と見つめ合っていたジンさんが、やっと頷いた。長い間の後で、「出ない」と言う。

「出ないから、返してもらってもいいかな？」

「……わかりました」

電話を返すと、鈴井の体が一気に軽くなった。そのまま二人で、ホームにあるベンチまで歩き、座った。疲れ果てた様子のジンさんからは、生気が抜け落ちているように感じた。無理もない。ずっと立ちっぱなしだったのだろう。

「ひょっとして、よくあるんですか、こういうこと」

鈴井が聞いた。

「うん」

ジンさんが頷いた。聞いたのは自分だけど、答えを受けると改めて衝撃的だった。この人は正社員じゃないし、そこまで課長につきあわされる理由も必要もないはずだ。

ジンさんの膝《ひざ》の上では、伏せた携帯がまだ震え続けている。その音を聞きながら話すのは、まるで出来の悪いコントか何かのようだった。見てはいけないものを見ているような、そんな気持ちになる。

訴えましょうよ――、そんな言葉が出かかる。

どこにかわからないけれど、そう言いたくなる。会社の人事部とか、部長とか、労基署とかに訴えましょうよ。

だけど、ジンさんの膝の上、止まない振動音を聞いていると、その音がしているうちは、課長の悪口をはっきり口に出すことが憚《はばか》られた。

「――暇なのかな」

振動音が、ようやく止んだ。やっと静かになったジンさんの携帯を見つめながら、鈴井が呟く。

「佐藤課長って、確か、結婚してましたよね？　子どもだっているはずでしょ？　なのに、暇なんですかね。家族に相手にしてもらえてないとか」

茶化すように口にしてみるけれど、会社で睦美さん相手に話していた時のような勢いがつかない。盛大に睦美さんの悪口を言っていた課長の電話は、ジンさんを叱責するものですらなかった。そんな愚痴めいたものに、ただ部下だというだけで、平然と他人をつきあわせられる神経がわからない。

すると――、そのタイミングで、一度は途切れた電話が、また震え始めた。ムームームームー……。その音を聞き、今度は、さっきと違って、恐怖と同時に猛然と怒りも湧いた。

「ジンさん、携帯、電源切りましょう。こんなの、おかしいです」

ジンさんの目は鈴井を見ていなかった。

ぼんやりと、ただ、自分の膝の上で震え続ける携帯を見ている。その様子を見ると心配になった。ああいう電話が珍しいことじゃないのなら、この人、心が折れちゃってるんじゃないか――。

ぽつり、とジンさんが何か言った。その声に、ホームの反対側に電車が入ってくるアナウンスの音が重なって、うまく聞こえない。「え?」と鈴井が尋ね返す。すると、ジンさんが顔を上げ、鈴井を見た。

「……僕が、聞いちゃうからかもしれないなって、思うんです」

「え?」

「課長が、こんなふうにするの」

ジンさんの顔にまた、いつもの気弱そうな笑みが浮かんでいた。自嘲でもなんでもなく、自分でも感情を持て余しているような、ある種の達観さえ感じさせる微笑みだった。

「鈴井くん、心配してくれてありがとう」

「いや、オレは……」

自分の子どもでもおかしくないほど年齢の離れた自分に、ジンさんがそれでも丁寧さを崩さないのが、やるせなくなってくる。

「帰ろうか」とジンさんが言った。

「僕も、家族が待ってるから」

そう言って、ベンチを立ち上がる。

ムームームームー、ムームームームー。

その間も、ジンさんの手の中で、彼の携帯は震え続けていた。その手を見ながら――思う。鈴井と別れたら、この人はまた、この電話に出てしまうんじゃないか。

何か声をかけなければと思うのに、鈴井は何も言えなくなっていた。

◆
「鈴井くん、話って何?」

待ち合わせに指定した蕎麦屋《そば》で、鈴井の前に腰を下ろすなり、睦美さんが言った。メニューを手に、「おろし蕎麦にしようかな」と呟いた後で、こちらを見る。

「仕事で何かあった?」

「いや、確かに仕事関係ですけど、今日はオレのことじゃなくて……」

昨夜《ゆうべ》、駅のホームでジンさんと別れてすぐ、睦美さんにLINEを送った。本当は勢いのまま、自分が見たことをすべて即座に書いてしまいたくなったけど、我慢した。直接話した方が伝えやすいと思ったし、なんというか――文章にして、あのことを残る形にするのに抵抗があった。課長やジンさんを気遣ってそうした、というのとはちょっと違って、純粋に自分のスマホに文面が残ってしまうのが嫌だった。

この蕎麦屋は、会社と近い場所にあるが、周囲の店と比べてやや値段が高いせいか、普段から同僚と出くわすことがまずない。ランチの時間を指定して誘ったのは、家庭があるせいでいつも定時で帰る睦美さんに配慮してのことだった。

店員がお茶を運んできた。注文し、おしぼりで手を拭《ふ》いてから、鈴井が切りだす。

「昨日の夜――、オレ、帰る途中の駅のホームでジンさんを見かけたんです。なんか、誰かと電話してて。でも、ホームってうるさいでしょ？　なのに、ずっと話してるっぽいから、気になって、つい、声をかけたんです」

「うん」

　ジンさんの名前が出て、睦美さんが真剣に話を聞く態勢になった。鈴井が続ける。

「そしたら、電話に向けて、ジンさんが『課長』って言うのが聞こえて。だから、オレ、つい、切りましょうって電話を切らせたんです。業務時間外だし、なんか、ジンさん、また謝ってるっぽいテンションだったから」

　今朝、会社で会ったジンさんはいつも通りの様子に見えた。鈴井が来ると、例の弱々しい微笑みを浮かべて、「鈴井くん、昨日はどうも。心配かけたね」と言われた。鈴井はそれに曖昧《あいまい》に「いえ……」と答えた。課長は不在で、今日はもう他部署との会議に入っているようだった。朝から顔を見ないで済んだことに、ちょっとほっとした。――あんなふうに業務時間外に理不尽に部下を自分の愚痴につきあわせておきながら、どの面下げて平然と仕事してるんだ、と怒りが湧いてくる。

　息苦しさを覚え、短く息を吸い込んで、鈴井が言う。

「通話を切った時に、見えちゃったんです。課長とジンさんの通話時間、三時間を超えてました」

　睦美さんが無言で目を丸くした。ですよね、驚きますよね、という気持ちで続ける。

「オレ、びっくりして。あと、切る間際、会話もちょっと聞こえちゃったんですよね」

　――だから、睦美の言ってることの方がおかしいと思うんですよ。

　声が蘇《よみがえ》る。睦美さんの名前を聞いたことを言おうかどうしようか――一瞬だけ迷って、言えない、と即座に結論が出る。

「――なんか、誰かへの不満とか愚痴をジンさん相手にずっと喋《しゃべ》ってた、みたいな感じで」

たとえ相手があのパワハラの課長だとしても、自分が陰であれこれ言われていたことを知れば、睦美さんも気分は絶対によくないだろう。

「最初は会社でよくそうされてるみたいに、ジンさんがただ怒られてるのかと思ったんですけど、叱責するっていうよりは、そういう愚痴にずっとつきあわせてたみたいなんです」

「それ、何時くらい？」

「十時近かったと思います。たぶん、退社してすぐに電話かかってきて、そのままずっと話してたんじゃないかな。しかも、今回が初めてじゃなさそうでした」

鈴井が切った後も、鳴り続けていた電話。ジンさんは、あの後、それに出ないでいることはできたのだろうか。

「ジンさんが言ったんです。『課長がこんなふうにするのは、僕が聞いちゃうせいかも』って。あれ、相当精神参ってる証拠ですよ。そんなの、許されるんですか？」

「ジンさん、そんなふうに言ってたの？」

睦美さんが心配そうな目をして尋ねる。鈴井は頷いた。

「はい」

「だとしたら――確かに危うい感じはするね。なんか、共依存みたいな」

「共依存？」

「うん」

店員が「お待たせしました」と言いながら、二人分の蕎麦を運んでくる。

鈴井は鴨せいろ、睦美さんはおろし蕎麦。湯気が上がるつけ汁を眺めながら、「いただきます」と鈴井が手を合わせると、睦美さんもそれに倣うように「いただきます」と手を合わせた。割りばしを割って、しばらく黙ってから、睦美さんがようやく言った。

「課長に問題があるのは確かなんだけど、ジンさんの方も課長の理不尽な物言いを受け止めるのに慣れて、感覚が麻痺《まひ》していってる気がする。そこまでしなくていいのに、過度に受け止めることで、ジンさんも怒られるのが当たり前になって、関係性に依存してる感じがするというか……」

「ああ」

「実は、最近の佐藤くんのことは、部長も相当心配してるみたいなんだよね。上への態度も今、かなりよくないみたいで。賃金のこととか、現場のフォローをもっとするべきだ、とか、言ってることは正論なんだけど、やたら強い言い方で突っかかってくるって言ってた。部内の空気は今どうなのかって、私も部長から聞かれたの」

まだ同僚だった時の名残が出たのかもしれない。睦美さんの「課長」の呼び方が「佐藤くん」になる。あんな奴を気遣う必要はない、と思うけれど、古いつきあいの彼女からしてみれば、本当に心配になるのかもしれない。

「私から佐藤くんに話してみようか。課の業績が出ないことでイライラしてるのかもしれないし、ひょっとしたら悩んでるのかも」

「いや……、それは、どうでしょう」

歯切れ悪く鈴井が言うと、「どうして？」と睦美さんが鈴井の顔を覗《のぞ》き込む。その目で見つめられると言葉に詰まった。

佐藤課長は明らかに睦美さんを敵視している。だから、その睦美さんから注意を受けたりしたら、激昂《げきこう》するのは目に見える気がした。それはきっと睦美さんが女だから。なのに自分より仕事ができて、慕われているから。

そんなバカな話があるか。

口に出して説明するのさえ嫌で、鈴井は首を振る。

「睦美さんが注意したら、今度は睦美さんが課長の標的にされちゃいそうで不安です。心配する気持ちはわかりますけど、ここは、上から言ってもらった方がいいんじゃないでしょうか。あの人、きっと、下からの意見は聞きませんよ」

「下から、か」

睦美さんが呟いた。しまった、と思う。年上の睦美さんを抜いて、あの人は課長になったのだ。無神経なことを言ってしまったかもしれないと一瞬焦ったが、睦美さんがすぐに「それもそうかも」とため息を吐いた。

「前は、上とか下とか、そんなことにこだわらない、話してて気持ちいい人だったんだけどね。なんか、ここ最近、どんどんひどくなってる気がする。そんな露骨にステレオタイプな物言いをする人だったっけ？　って」

「――睦美さんのこと、好きだったのかもしれないですね。なのに、相手にされなかったから、臍《へそ》曲げてああなっちゃったのかも」

「ちょっと」

鈴井のからかいに、睦美さんがようやく表情を和らげた。向かい合って蕎麦を啜《すす》りながら、「わかったよ」と彼女が頷いた。

「私から部長に話してみる。鈴井くんもごめんね。心配かけて」

「いや、オレは別に」

睦美さんこそ、主任だからって、課のことに責任を感じて鈴井に「ごめんね」なんて謝る必要はないのに。だけど、こういう時の睦美さんはやはり頼りになる。

昼休みは短いから、急いで食べたら、すぐに会社に戻らなければならない。俯《うつむ》いて蕎麦をずずっと啜る睦美さんの頭を見つめながら、唇をきゅっと噛み締める。

オレなんかには想像がつかないけど、女性で、子どももいながらずっと営業でやってくるって相当に大変だったんだろうな、と思う。鈴井たちと違って、自由な時間なんてこの短い昼休みくらいで、そんな環境の中、後輩の相談に乗ったりしながら、ずっとやってきた。この人の方が課長なんかよりずっと仕事ができるのに報われないのだとしたら、社会の理不尽に絶望する——そんなふうに思いながら、鈴井も蕎麦を啜る。

「睦美さん」

「うん?」

「何か、オレにもできることがあったら言ってくださいね」

睦美さんが顔を上げた。鈴井の顔がふざけていないことを見てとったのか、「うん」と言って微笑んでくれた。

「頼りにしてるよ。ありがとう、鈴井くん」

誘ったのは自分だから——と言ったのに、睦美さんはその日のランチ代を奢ってくれた。

「こんな時くらいしか先輩面できないから」と、前も聞いた言葉を告げて。こういう人だから人望があるんだよな、と鈴井は思った。

この人が課長だったらよかったのに、と。

◆

それから三日ほど経った朝のことだった。

その日、鈴井は外回りに向から予定で、資料を取りに会社に顔を出し、すぐにまた出ていく予定だった。すると、フロアにジンさんの姿がないことに気が付いた。

ジンさんは、勤務態度が真面目で、二課の誰よりも早く出勤している。鈴井が出社する頃には毎日、入口近くの席に姿があるのが当たり前だったから、おや、と思う。

体調でも崩したのだろうか。

パソコンの電源が落ち、誰より整然としたジンさんのデスクを眺めながら、出かける支度をしていると、フロアの電話が鳴った。

「はい、ヨツミヤフーズ営業二課です」

向かいの席の濱田が電話を取る。何度かの受け答えの声が続き——次の瞬間、彼の声が「えっ！」と高くなった。

「大変じゃないですか！　ええ、はい。それで？」

その様子に、フロアの数人が彼の方を気にする気配があった。受話器を持つ濱田の顔つきが険しい。

「ええ、わかりました。こちらは大丈夫です。伝えます。——課長？　はい、わかりました」

濱田が保留ボタンを押す。窓を背にした課長席に向けて、声を張り上げる。

「課長、二番にジンさんからです」

席でパソコンに向き合っていた課長が「え？」と顔を上げる。そのまま、「はい」と自分のデスクの電話に手を伸ばした。

鈴井の視線に気づいたのだろう。電話を取り次いだ濱田と目が合った。少し言い淀《よど》む気配があってから、彼が教えてくれる。

「ジンさん、奥さんが事故に遭ったらしい」

「え……！」

鈴井の声が上がったところで、電話をしていた課長の席からも同じく、「えっ」という短い声が上がった。課長もまた、聞いたのだろう。

他の同僚たちも気づき始め、フロアに動揺が広がっていく。鈴井があわてて聞いた。

「交通事故ってこと？」

「違う。住んでる団地の廊下から落ちたって言ってたけど」

濱田が声をひそめて言う。あまりのことに何と言っていいかわからない。短く尋ねる。

「いつ？」

「昨日の夜らしい」

「それって」

建物から落ちる——。咄嗟に思ったのは、それは本当に事故なのか、ということだった。

ジンさんの家族のことを詳しく知っているわけではないけれど、浮かぶのは、この間の駅のホームでの出来事だった。別れ際、気弱そうな笑みを浮かべたジンさんが言った。

——帰ろうか。僕も、家族が待ってるから。

思い出すと、胸が詰まる。

ひょっとして、ジンさんの家には何か事情があったのだろうか。あの年でうちに再就職してきたことだって、何か、背景があったのかもしれない。

「奥さん、何階から落ちたんだろう」

せめて二階とか、低層階であることを祈っていた。団地、という響きから、漠然と高さを想像すると、体をぞっと寒気が包む。濱田が黙って首を振った。

「わかんない。だけど、今病院だって。しばらく休むことになるかもしれないから、課長に替わってくれって言われた」

濱田の声にかぶせるように、その時、フロアに声が響いた。

「心配しないでください。もちろん休んでいいし、奥さんについててください」

課長が身を乗り出すように電話を手にし、受話器の向こうのジンさんに向けて、声をかけるのが聞こえた。

「休んで、そばにいてあげてください」

突然の事故の一報に心はまだ動揺していたが、その声を聞いて、ひとまずほっとする。どうしようもないパワハラ課長だけど——それでもこういう時は人の心があるんだ。

そう思った。

そう思ったから——その日の午後、震える声で睦美さんが課長に詰め寄っている場面に出くわして、鈴井は戦慄した。

営業回りを終え、「お疲れさまです」とフロアに戻った瞬間から、おかしな空気はもう始まっていた。

灯《あか》りがついているのに——なんだか、暗い。

誰も、戻った鈴井の方には気を留めず、別の一点を見ている。ある人は遠くからそっと、ある人は露骨に。

鞄を片手に、鈴井はひとまず自分のデスクに戻る。前の席の濱田も他の同僚たちも、自分の席に座ったりコピー機の前で立ったりしたまま、だけど、ほぼ全員が課長の席を見ていた。

鈴井も顔を向け、あっと思った。

「ねえ」

震える声がした。懸命に抑えようとした感情が本当に本当にどうしようもなくなり、爆発してそうなったような、切実な震えを帯びた声だった。

佐藤課長の前に、睦美さんが立っていた。青ざめた顔で課長を、まるで睨《にら》むみたいに見ている。

「答えてよ。まさか、ジンさんにかけてたわけじゃないでしょう?」

かけてた——という言葉を聞いて、戦慄する。

思い浮かぶのは電話だ。3時間12分14秒という通話時間の表示。振動し続けていた、あのスマホ——。

睦美さんの問いかけに課長は答えない。まるで子どもみたいにだんまりを決め込んで、不機嫌そうに横を向いている。

あまりに大人げない態度だった。その様子に、フロアの他のみんなも絶句している。

「聞こえたの。そこの会議室から」

震える睦美さんの声は続いていた。課長に対する敬語が取れている。

「――部長にこう言われたんだけど、どう思う？　この言葉の真意ってどう思う？　オレ、前に社長からはこう評価されたことがあって、それ踏まえるとどう思う？　オレはできるし、期待されてるってことだと思うから、だからつまりそれは奴らの嫉妬《しっと》だとは思うんだけどそうだよな？　取引先からは、ヨツミヤフーズはイコール佐藤だって言われるわけ、だから、オレがいなくなったらそれはもうヨツミヤフーズじゃないって考える先さまが大半でやり方を口出しされるのは負け惜しみだと思う――そうそう、結局みんなバカなんだよ――そんなふうな、やりとり」

淡々と目に見えない文章を読み上げるように、長く、長く、睦美さんが告げた。あまりの怒りから、自分でも声が止められなくなっているみたいだ。

そう告げられて尚《なお》、課長はまったく反応しない。睦美さんをまるで見ない。

「――別にいいの。電話してても。あなたが、誰のことを――私のことも、どれだけ悪く言っていたっていい。業務時間中なのは、どうかと思うけど」

睦美さんが大きく息を吸い込む。

「でも」と続ける。

「電話で、あなたがジンさんの名前を呼んでた気がして。ひとつの話題が終わっても、まだ、『あ、そうだ、それと』って別のことを続けて――。私が部屋の外から呼んで止めなかったら、今もまだ、電話を続けてたんじゃない？」

同僚たちが――皆、息を呑《の》んでいた。鈴井も思わずそうなった。ごくりと、喉が鳴る。

「答えてよ」

睦美さんが言った。ほとんど、泣きそうな声だった。

「どうして、そんなことができるの？　ジンさんは奥さんが大怪我して、今、病院にいるのよ。なんでそんなどうでもいいことを、相手に一方的に喋れるの？」

「――一方的、じゃないだろ」

黙りこくっていた課長が、ようやく口を開いた。鈴井たち、その場の全員が固唾《かたず》を呑んで、その様子を見つめる。

理解できない――そう思うけれど、課長は不機嫌そうだった。睦美さんに注意されたこと自体が心外だと言わんばかりに目を歪めて、露骨に嫌みっぽい態度で、睦美さんに返す。

「別に一方的に話してたわけじゃない。会話してただけなのに、その言い方は失礼だろ」

「いいえ、一方的です」

睦美さんは怯《ひる》まなかった。泣いてはいないけど、怒りながら、同時にひどく悲しんでいるような表情をしていた。

「あなたは上司なの。立場が上だから、部下は嫌だということができない。そこにつけ込んで、あなたがジンさんに求めていたのはただ相槌《あいづち》を打つことでしょう。口調だけは意見を求めるような形にしながら問答無用で同意させて、自分の不満をただ吐き出して。ジンさんはあなたの不満の発散のためにいるんじゃないのよ」

「ずっと立ち聞きしてたのか？　悪趣味だな」

課長が盛大に顔を顰《しか》め、同意を求めるようにフロアの他の同僚たちの方を見た。

なぜ、そんなふざけ調子な顔をしてこっちを見られるのか――理解ができなかった。ただひとつわかるのは、課長が自分をまったく悪いと思っている様子がない、ということだった。

――否定してくれよ、と鈴井は思っていた。

頼むから否定してほしい。課長は電話をしてたかもしれない。でも、その相手はジンさんじゃないはずだ。だって、身内が事故に遭い大怪我をしたという相手に、普通の人間はそんなこと、できないはずだから。否定しろよ、と強く思う。ほとんど、願う。

けれど、課長の大きなため息が聞こえた。

「ジンさんなら大丈夫ですよ。朝電話した時に、たいしたことはなさそうだって話でしたから。電話の途中で奥さんに何かあれば向こうから電話を切るでしょう？　オレだって、そしたらすぐに切り上げます。少しだけのつもりでしたし。立て込んでるなら、そう言えばいい」

「そんな……！」

無頓着《むとんちゃく》な態度の課長と正反対に、睦美さんの顔がどんどん色を失っていく。今にも卒倒しそうだ。

課長が唇を歪め、笑った。

「それより、やっぱり君だったんだな。最近、身に覚えのないことで部長や人事部から呼び出されて、誰かがオレを恨んで、あることないこと吹き込んでるみたいだったけど――

恥ずかしいと思わないのか？　出世できなかったのは自分のせいなのに、上司の足を引っ張るなんて」

睦美さんの顔が——凍りついた。

目を見開いたまま、どんな言葉を返せばいいか、わからなくなったように。フロアの他の社員たちも一緒だった。苛立ちや怒りを通り越して——言葉を失う。

それくらい絶望的に、言葉が通じないと感じた。後ろめたく思ってごまかすというのですらなく、この人は、本当に自分が悪いと思っていないのだ。圧倒的に自分が正しい、自分が正義だと信じる世界を生きている。

「あなたって人は……」

睦美さんがやっと言った。絞り出すような声だった。だけど、その続きが出てこない。言葉が通じない相手に対し、確かに言えることなど何もない。

しん、と静まり返ったフロアに、その時——電話の音が響き渡った。

「はい。ヨツミヤフーズ、営業二課です」

年次が一番低い田宮《たみや》が、気まずい雰囲気から逃げるようにして電話を取る。その間も、課長と睦美さんは無言で睨み合っていた。「え、あ、はい……」という田宮の電話応答の声だけがやけにはっきり、聞こえる。

「課長」

田宮が電話を手にしたまま言った。その顔が泣きそうだった。名前を呼ばれた課長が睦美さんから目を逸《そ》らして、「はい」とぶっきらぼうな口調で答える。田宮が言った。

「三番に外線です。——ジンさんから」

電話は、ジンさんの奥さんが、意識を取り戻さないまま亡くなったことを伝えるものだった。

佐藤課長は、翌月、異動になった。

本社勤務を外され、会社が持つ倉庫の管理会社に出向することになったのだ。だけど、異動の理由は、パワハラではなかった。

きっかけになったのは、取引先の幹部と揉《も》め、相手を殴って、怪我を負わせたことだ。関東一円に多くの店舗を持つみどり森スーパーの常務と、接待の席で些細《ささい》なことから口論になり、相手につかみかかった。

揉める原因になったその〝些細なこと〟がなんだったのかは、鈴井たちには知らされなかった。けれど、その場に同席していて止めに入ったという濱田から聞いたところによれば、課長は血走った目で「私が間違ってるっていうんですか？」と叫んでいたらしい。

「あなたと対立するつもりはないです。平和的に解決したい。だけど、客観的に見て、私の方が正しいのは明らかですよ。どうしてそれがわからないんですか？　ねえ、どっちがおかしいこと言ってるかわかってます？　あなたが反省してください」

鈴井は実際にその声を聞いたわけではない。だけど、想像がついた。自分の正義を疑わず、相手にもその理論が通じると信じきる、あの声音がはっきりわかる。

濱田が声をひそめて、さらに教えてくれた。

取引先の常務を殴って飛び出した課長を、急いで追いかけた濱田に、課長は、例の口調でまくしたてたらしい。「やっぱり、あいつは無能だ。オレがこんなに気を配ってやってるのに、それを何にもわかってない。あそこまでになったのは、オレが課長として向こうに便宜を図ってやったからなのに」――。聞いていられなくなって、濱田が「課長、謝りに戻りましょう」と説得の言葉を口にすると、佐藤課長は、濱田を睨んだ。そして、言った。

「なんだ！　お前も無能だな！　話が通じない。何にもわかってない！」

そう言って――その場でどこかに電話をかけ始めた。

奥さんを亡くしてしばらく、ジンさんは会社を休んでいた。葬儀は身内のみで行う、ということだったので、会社からは香典を出したのみだ。休みの間、部長や睦美さんたちが動いて、ジンさんには佐藤課長からの電話を絶対に取らないように、きちんと伝えたと聞いた。気が進まないかもしれないけど着信拒否にするように、と言われたジンさんは――困惑した様子だったものの、そう言われてとてもほっとした様子だった、と睦美さんから聞いていた。

「くそっ！」

誰かに電話をかけていた課長が、腹立たし気にスマホを地面に叩《たた》きつける。誰にかけたのか想像がついた濱田が「課長」と呼びかけると、案の定、課長が言った。

「なんで出ないんだ。おかしいだろ」

その時、サイレンの音が近づいてきた。暴力沙汰《ざた》が起きたことで、会食していた店が警察に通報したのだ。近づいてきた赤いランプがさっきまで自分たちがいた店の前で回っているのを見て濱田は真っ青になったが、課長はなおも、「くそっ！」とスマホを蹴《け》り続けていた。

――こうなってよかったのかもしれない、と鈴井は思う。

みどり森スーパーとの関係は悪くなってしまったし、修復に今も上司たちが懸命に駆けまわっているけれど、幸いにして、先方とは示談が成立したようだし、何より、課長は、あのままでは、遅かれ早かれ何らかの形で限界を迎えていた気がする。

ひょっとしたら、あの人は若くして役職についたことで気が張って、その重圧でおかしくなっていたのかもしれない。だとしたら、いつか鈴井が思った通り、人の上に立つのには向いていない人だったのだ。今、営業を外れて、人と関わる必要が少ない部署に移ったのは、本人のためにもよかったのかもしれない。

佐藤課長の急な異動に伴う人事の配置換えは、二課にとっては幸運なことに、主任だった睦美さんが、そのまま課長に昇進することになった。事情が事情だけにあまり他部署を巻き込む形にはしにくかったのかもしれない。ヨツミヤフーズ始まって以来の女性の営業課長誕生に、鈴井たちは皆、喜んだ。

◆

「あの——ひょっとして白石先生じゃないですか？」

背後から声をかけられ、鈴井は振り返る。立っていたのは、六十代半ばほどの品のよさそうな老婦人だった。首にスカーフを巻き、色付きの眼鏡をかけたおしゃれな人だ。緑色の革ひもを握り、犬をつれていた。散歩の途中なのかもしれない。

知らない顔だ。一瞬、声をかけられたのは聞き間違いだったんじゃないかと思う。だけど——その人の視線の先を見て、え？　と思う。老婦人は、鈴井ではなく鈴井の隣のジンさんを見ていた。

「え？」

ジンさんが、戸惑った様子で彼女を見つめ返す。

鈴井とジンさんとは——大手ドラッグストアチェーンの本社に、新しい冷凍食品のプレゼンに行った帰りだった。

奥さんの葬儀を終え、ジンさんが職場に復帰してすぐ、新たに課長となった睦美さんが、これまでは営業部でも補佐的な役割だったジンさんにも現場に出てもらおう、と提案したのだ。

「きっと、前職でも実績があった人だと思うし、一緒に回ってもらえたら心強いよ」

そう言われ、鈴井も賛成した。これまで、ジンさんは実力があるのに、佐藤課長がわざとそれを抑え込んでいたような気がする。控えめな性格のジンさんが自分の本領を発揮できていないのだとしたら気の毒だし、現場にとってももったいないと思っていた。

新体制になって、だから鈴井もジンさんと組んで営業回りをすることが増えていた。そして、実際、そうしてもらってよかった、と感じている。年配のジンさんが一緒に回ってくれると、それだけで先方は自分のところが丁寧な扱いをされている、と感じてくれるようなのだ。柔らかな物腰でジンさんが説明していると、向こうも普段は出てこない責任者がわざわざ来て話を聞いてくれるようなこともあった。

突然現れた老婦人の足元で、彼女がリードを引いた犬が、フォン、と吠《ほ》える。「こーら」と婦人が小声で注意し、ジンさんの顔を再び覗き込む。「やっぱり！」と、胸の前で小さく手を合わせる。

「おひさしぶりです。あら、やだぁ、急に辞められてしまったから、どちらに行かれたのか、ずっと心配していました。お元気でしたか？　私も、つい最近、こちらに引っ越してきて、まさか、こんなところでお会いできるなんて」

「はあ……」

ジンさんが戸惑っているように見えた。すると、その反応の薄さに、それまで嬉しそうに話していた老婦人が、初めて怪訝そうな表情を浮かべた。あれ？　と首を傾げるような仕草をする。

「あの……白石先生では？」

「いえ？」

「あら……」

老婦人の方でも、だんだんと確信がなくなったようだった。少しばかりばつが悪そうに目線を逸らしたその時――彼女の足元の犬が、盛大に吠えだした。

ギャウン！

大きな声が、さらに続く。

ギャウ！　ギャウ！　ギャウギャウ！

その鳴き声に、ジンさんが申し訳なさそうに会釈して、彼女から離れる。老婦人が「あ、こら、チコ！　やめなさい！　チコ！」と犬をなだめている。

遠ざかっていくジンさんを追いかけようとして、でもなんとなくその場から立ち去れなくなった鈴井に、老婦人が「ごめんなさいね」と謝った。

「普段はおとなしい子なんだけど、なんだか興奮してるみたい。驚かせちゃって、ごめんなさい」

「ああ、いえ……」

ジンさん、犬、苦手だったのかな、と思いながら、鈴井は首を振る。

「すみません。あの人、ボクの同僚なんですけど——ひょっとして、前職のお知り合いですか？」

ひょっとして、今のはジンさんがしらばっくれたのではないか。今の会社に来る前のことを、ジンさんはあまり話さない。どこか大きな会社で役職を持っていたとか、何か事情があって、わざと口にしないようにしているのだろうと思っていた。

リードを手繰り寄せ、屈みこんで犬を落ち着かせながら、老婦人が「ええ」と頷く。

「そうかなって思ったんだけど、違ったみたいね。失礼しました」

「どっかの会社の社長さんだった——とか？」

「いえ？　お医者さまですよ」

老婦人が、きょとんとした顔で答えた。

「うちの近所にあった評判のいい開業医だったんだけど、いつの間にか閉じちゃって。すごく残念だったんです」

犬は——いつの間にか、鳴きやんでいた。吠えるのをやめて、だけど、口の中だけでぐるぐる咆哮《ほうこう》をかみ殺すようなくぐもった声を立てて、ジンさんが消えていった方向を睨むように、見つめ続けていた。

◆

見失ったジンさんは、しばらく歩いた先にある公園で、ベンチに座っていた。

「ジンさん」

鈴井が声をかけると、「ああ……」と彼がこちらを見た。

「すいません、鈴井くん。犬は、どうも苦手で」

「意外ですね」

笑いながら、鈴井もまたベンチにかける。ジンさんがふっと息を吐きだした。

「情けないところをお見せしてすいません。いやあ、だけど、それに比べて鈴井くんはすごいなぁ。さっきの説明、先方の課長さんが驚いていらっしゃいましたよ。商品を取ってはあげられないけど、あの説明の仕方はうちの社員にも見習わせたいくらいだって」

「え、ほんとですか?」

純粋に驚いて、聞き返す。

さっきのプレゼンは、自分ではまるきり手応《てごた》えがなかった。だから、先方の課長が説明の間退屈そうにしていても、その後で、にべもなく「うちでは取れないかなー」と資料を突っ返してきても、仕方ないと思っていた。資料だけはどうにか受け取ってもらえたけれど、先方の印象は必ずしもよくなかったはずだ。

「え、ほんとですよ」

今度はジンさんが驚いたように言う。

「鈴井くんが担当の方と一度席を外した時に、係長さんが僕に言いました。あれだけ明瞭《めいりよう》な説明の仕方だと、資料がなくても頭に入るねって。今は商品を取れないけど、いずれ、きっと思い出したら連絡しますって」

「あ、だから……」

資料をいらない、と言われたのはそのせいだったのだろうか——？　思っていると、ジンさんが「声がいいっていうのもきっとありますね」と言った。

「だから、話がすっと入ってくるんでしょうね。鈴井くんの説明は」

「そんな……」

ジンさんもまた、声はいい方だと思う。立ち姿も様になっているし、俳優みたいな貫禄《かんろく》がある。そのジンさんに褒められると素直に嬉しかった。だけど褒められるのに慣れていなくて、「ありがとうございます」ともごもごしながら返す。

ジンさんはよく人を見ている。さっきの老婦人は、ジンさんを別の名前で呼んでいたし、おそらく人違いだったんだろうけど、いったい、この会社に来る前は何をしていたんだろうか。

きっとオレよりずっと人生経験も豊富で、いろんなことがあったんだろうな——と思ったら、鈴井の口から、自然と声が続いた。

「そう言ってもらえると嬉しいんですけど……。でも、本当は、わかってるんですよ。今日の、あの商品が取ってもらえなかった理由」

ジンさんが黙ったまま、鈴井の顔を覗き込む。今、手にした鞄の中にある資料の、商品写真を思い出しながら、鈴井は告白する。

「今日プレゼンしたあの商品、実は、オレが企画部で途中まで携わってたヤツなんです。お弁当用に、冷めてもおいしいパリッとした春巻きができたらなって、オレが入社して初めて企画が通った商品で、開発も、最後まできちんとしたかったんですけど……」

突然の人事で営業部に異動になり、その先が断たれた。企画商品は我が子も同然の気持ちだったし、何しろ、鈴井にとっては初めて手掛ける商品だった。引き継いだ後任たちにもできるだけ自分がイメージしたのと近い形で、責任を持って作り上げてほしかった。

だけど――、新製品として出来上がった商品を試食して、鈴井は落胆した。従来の商品と何が変わったのかわからない。提案した製法を採用してもらえなかったことを知り、営業部として売る立場になっても、依然愛着は持てなかった。

「おいしいと思えなくて。だけど、それを、他の人たちが『前よりよくなった』とか言ってるのを聞くと、そんなのパッケージが変わって表面的にそう思えるだけだろって、やっぱり悔しくて。自分がいいと心から思ってないものを、きちんと魅力が伝わるように営業するなんてできるわけないですよね」

「鈴井くん」

ジンさんが言った。鈴井が顔を上げると、こちらを見つめるジンさんの目が透き通っていた。

「かわいそうに」

深く、深く鈴井の心に響く声で、ジンさんが言った。

「君、すごく、この商品を大事に思っていたんだね。その君が、『おいしいと思えない』なんて、そんなふうに言わなきゃいけなくなったんだとしたら、すごく、傷ついたよね」

あ――と思う。ジンさんがしっかりと鈴井の目を見て言う。

「すごく真剣にその商品のことを考えてきたんだね。きっと、先方には、君のそういう思いまで含めて、今日の説明が届いたんじゃないかな」

「そう――でしょうか」

「うん。僕はそう思う」

彼にそう言われた瞬間、胸の真ん中にあたたかいものが広がった。自分でも気づいていなかった、自分の本音の部分を肯定してもらえたと感じた。

帰ろうか、とジンさんが言って、ベンチから立ち上がる。

「時間までに帰らないと、課長にまた怒られちゃうから」

「――はい」

苦笑しながら、鈴井も頷く。

これまで親しみを込めて読んできた「睦美さん」を課長と呼ぶようになってからだいぶ経つ。最初は、「呼び名はこれまで通りでいいよ」と睦美さんが言ったが、みんな彼女が課長になったことが嬉しくて、「こういうのはちゃんとしましょうよ」とあえて「課長」と呼び始めたのだ。でも、実を言えば鈴井はまだその呼び方に慣れない。そして、新課長になってから慣れないことはまだある。定時までの時間の使い方も、そのひとつだ。

子どもがいて、家庭がある睦美さんは、必ず定時で帰る。だから、課長に連絡したいことがあればその時間までに済ます必要があるし――もっと慣れないのは、課長が鈴井たち部下にもなるべく残業や、取引先との会食を減らしてほしい、と望んでいる様子があることだ。表立って強いるわけではなく、あくまでも、「そうしてほしい」という雰囲気を感じるというだけだけど、それがなんだか居心地が悪い。

――いいよな、あんたは定時で帰るのが当たり前だから。

つい、そんなふうに思ってしまう。営業は外出が大半を占める仕事だし、事務的な仕事は戻ってから片付けるしかないことくらい、課長だって営業畑が長ければわかることだろうに。だけど、上司の自分が早く帰るのが気が引けるから、だから、鈴井たちに強いるのだ、自分の生活リズムを。

子どもがいるって言い訳してるけど、課長の方こそ、これからは部下につきあって残業くらいしなきゃダメなのに。

「あの、ジンさん」

躊躇《ためら》いながら、鈴井がジンさんを呼び止める。口にしていいかどうか、ここ数日迷っていたことが、会社の外にいるという気安さからつい口を衝《つ》いた。

「最近、課長、当たりが強くないですか。ジンさんに」

――ジンさん、ちょっと。ジンさん、これなんだけどどう思う？　これでいいですよね？

部下たちの中でも、年上のジンさんのことをどうやら課長が殊更頼りにしているようだ、というのは、鈴井たちも感じていた。だけど、それにしたって、この頃、ジンさんを呼び止める頻度が高すぎる。

特に気になったのは、先日、課長が廊下でジンさんに向けてこう言うところを、偶然聞いてしまった時だ。

――頼りにしていたのに！　あなたができる人だと思うから、だから言うのに！

その声音に——デジャブ感があった。だから、気になった。睦美さんのことだから、大丈夫だとは思うけど。

「心配いらないですよ」

ジンさんが微笑んだ。いつも思う、優しい——優しすぎる声と言い方で、ジンさんが首を振る。「でも」と鈴井がその先を続けようとすると、彼が続けた。

「きっと、関係性なんです」

「え？」

「課長が悪い、というわけじゃない。関係性や、空気がそうさせるんです。だから大丈夫です」

「そうですか？」

ジンさんが課長をかばう必要などないのに——釈然としない気持ちで尋ね返すと、ジンさんが「はい」とはっきり頷いた。

「悪いのは課長じゃないんです」

「それは、ジンさんが優しいからそう思うんですよ」

「そうですかねえ……」

ジンさんが立ったまま、鈴井を見下ろす。

夕闇が迫ってくる。

さっきより、オレンジ色が濃くなった西日を背に立つジンさんの顔が、逆光のせいで真っ黒に塗りつぶされて見える。そのせいで、表情が見えない。痩せた体躯《たいく》の足元から、細く長い影が伸びていた。

「みんな、言われたい言葉なんか、決まってるんですよ」

唐突に、ジンさんが言った。とても穏やかな声だった。

「え？」

「相手にかけてほしい言葉。みんな、悪くないって言ってほしい。あなたの正義が正しいって認めてほしい。そうしてくれる相手には、みんなどこまでも自分の話をしてしまえる。委《ゆだ》ねてしまえる」

そうだ――と思う。

だから、みんなジンさんに甘える。課長も、前の課長も。

今の課長は、前の課長とジンさんのことを共依存だって言ったけど、その通りだ。前の課長はジンさんなしじゃ誰にも承認してもらえなくなってた。ジンさんに承認してもらえるから、そこに甘えて、上司にも他の部下にも、取引先に対してさえ「オレが正しい」という態度から降りられなくなってた。

そんなの、間違ってるのに。

この人に話を聞いてほしい。――そして、どんな口汚い愚痴だとしても独りよがりな決めつけだとしても、ジンさんはまるでブラックホールみたいにそれを飲み込む。相手に「間違ってる」と教えない。あなたが不快だと突きつけない。

言ってあげた方が、前の課長には親切だったかもしれないのに、できなかったのはジンさんがやっぱり優しすぎたせいだ。

オレみたいに、対等にこの人と話をしない人たちが悪いんだ、と鈴井は思う。

オレはジンさんに悩みを聞いてもらう時も、関係性が対等だから、この人と〝会話〟をするけど、課長たちは一方的だから。

——なんでそんなどうでもいいことを、相手に一方的に喋れるの？

今の課長だって、前の課長にそう言っていたんだから、本当はわかっているはずなのに。関係性のせいでそれが見えなくなってるんだとしたら、皮肉な話だ。

あの人たち、自分がジンさんに本心から好かれてるって、きっと勘違いしてるんだろうな——。ただ、合わせてもらってただけなのに。そう思うと、かわいそうな人たちだ。

「さあ、帰りますよ。急がないと」

ジンさんが言った。鈴井の正面に立ったまま。まだ顔が真っ黒で、かろうじて眼鏡のフレームの部分だけが顔の端にわかる程度だ。

それを見ながら、ふいに思う。この人、こんな顔だっけ？

そもそもどんな顔をしていたっけ？

「だけど、説明の話で言えば、今の丸山課長もすごく説明がうまいですよね。鈴井くんとはまたタイプが別だけど、わからない人が何がわからないと思ってるのか、そのポイントを即座に理解して、きちんと対応してくれて」

「そう——ですか？」

ジンさんの言葉を聞き——鈴井の心の一部が、カチン、と音を立てた。

ああ、そうか、ジンさんは企画部にいたことがないからわからないんだなと思う。もどかしい気持ちがつい、突き上げる。

「あれは、確かに説明の仕方だけは流暢《りゅうちょう》かもしれないですけど、商品のことが実はわかってないからできるんですよ。ひとつひとつについてきちんと素材から把握していたら抵抗があって言えないようなことを、営業しか知らないから、無責任に口先だけで言えちゃうっていうか――」

「ええっ！　そうなんですか？」

「うん。実はそうなんです。オレなんかは、知っちゃってる分、絶対に言えないですけど」

「なるほどなるほど」

ジンさんが深く頷く。夕日を背に表情も感情も見えない、その顔で、だけど、笑ったのが、わかった。

「だからなんですね。鈴井くんの説明が誠実なのは。楽しみだなぁ、いずれ、鈴井くんは企画部に戻されても、このまま営業部で上に行っても、うちの会社のエースになりますね」

「そんな、オレなんて……」

言いながら、心が甘く、溶けだしそうになる。そして、ジンさんの前で課長のことを少し悪く思えるように言ってしまったことを後悔する。この人はすごいなぁと改めて思った。悪口に同調したわけじゃない。鈴井にも全面的には賛同しないのに、誰のことも非難しないまま、矛盾なく話を続けてしまう。

「行きましょうか、ジンさん――あっ」

鈴井が立ち上がりながら、言葉を止める。苦笑して、彼に言った。

「呼び名のことも、課長に怒られちゃいますね。いつまでも、ジンさんだと」

会社内で彼を「ジンさん」と呼ぶのは、前の佐藤課長が始めたことだった。一人極端に年上な彼が課内で早く馴染めるように、と。呼び名ひとつで親密になれるなんて考えることがそもそも時代錯誤だと思って鈴井は辟易していたけれど——、新体制になって、昨日新しい丸山課長が言い出したのだ。

「いつまでもジンさんをあだ名で呼ぶのはよくない」と。

定着したあだ名を、今更元に戻すことはナンセンスに思えたし、そんなふうに呼び名にこだわってる時点で、あなたも前の課長と同じ価値観の持ち主じゃないかと、鈴井は呆れた。やっぱり、あなたもあなたで古いんですね——という気持ちだった。

「行きましょう、神原さん」

鈴井の呼びかけに、神原さんがゆっくりと向きを変える。背にした夕日の光から逃れ、そうすると、横顔に輪郭が戻ってくる。表情が見えてくる。

「いいですよ、ジンさんのままで」

彼が言った。

——カンさん、じゃちょっとゴロが悪いからな。ジンさんでいいか？

ガハハハ、と笑いながら、前の課長がそう言って決めたあだ名だった。その時のことを思い出すと——鈴井は不思議な気持ちになる。決して——決して好きな笑い方ではなかったけど、あの嫌みっぽい佐藤課長のそんな明るい笑い声を聞いたのが、だいぶ遠い記憶になっていた。あの人がそんなふうに笑っていたことがあったなんてよくできた嘘みたいだ。

神原さんが、鈴井の一歩先を歩き出す。

「鈴井くんと仕事させてもらえて、僕は幸せですね」と彼が言った。

「企画のことも、僕は素人で全然わからないですから、教えてもらえるなんて本当に勉強になります。鈴井くんは、説明もですけど、教えるのも本当に上手ですね」

その声を聞きながら思う。ああ――。

この人が課長だったらよかったのに。

あんな定時に帰る課長より――年相応で、周りのことも、オレのことだってよく見てくれているこの人が、課長だったらよかったのに。

そう、思った。

夕日がきれいな色をしている。鈴井は自分の足元を見て、くっきりと背後に伸びる自分の影を見た。その影を見てから、歩き出す。自分の影しか、見ていなかった。

並んで歩いていく鈴井の横の神原さんの影法師が、足元から長く長く――、長く――

伸びて、そして揺れていることに、周りの誰も、気づかない。

第四章　班長

その子がクラスに来てから、それは始まった。

草太《そうた》はひそかにそう思っていた。


その子が来るまで、区立楠道小学校五年二組は、中尾《なかお》虎之介《とらのすけ》を中心に回っていた。両親ともに弁護士だという虎之介は、一年でクラスが一緒になった時から成績がよくて、いろんな場面で大人から「さすが」と言われる子だった。

「さすが、ご両親が弁護士だから」

「さすが、お母さんの教育がいいのね」

――虎之介のママは、教育熱心な母親として校内では有名だった。学校の活動にも積極的で、PTAで毎年役員をしていたり、一年生の時から学年のまとめ役という感じで、他のママたちも虎之介のママとはしょっちゅう連絡を取り合っているようだった。仕事も忙しそうなのに子どものためにすごい、と草太のママもよく言っている。

虎之介は確かに勉強ができる。背が高くて、体が大きく体力もあるから、体育や球技も得意だ。

だけど、草太は虎之介が苦手だった。口には出さないけど、虎之介と仲良くしてる子たちの中にも、本当は虎之介が苦手だという子は多いんじゃないだろうか。

理由は、威張るし、乱暴だから。

勉強も運動も他の子よりできるから、自分が一番偉いと思ってる。

「オレ、塾でいろいろ先にやってるから学校の勉強ってレベル低く見えちゃうんだよなー」

とか口癖のように言って、だから、宿題をきちんとやってこないことや、教科書などの持ち物の忘れ物も多い。「だって、教科書なんて見たって仕方ないし」と言うけど、忘れた子には隣の席の子が見せてあげないといけないから、結果、近くの席の子がいつも迷惑する。勉強は確かにできるのかもしれないが、そんなふうに生活態度がだらしないのだ。

そのうえ、気分屋で、特に何があったというわけでもないのに急に人を叩《たた》いたり、蹴《け》ったりしてくる。こっちが悪いことをしていなくても、本当に急に。

草太も何度か、蹴られたことがある。

よくあることだから、普段だったらまあ仕方ないって我慢するところだけど、去年、虎之介が何かでイラついて、掃除用に机に上げた椅子を蹴った時には、たまたまそこを通りかかった草太の上にそれが落ちてきて、下敷きになり、ぶつけた膝《ひざ》が赤くなった。

その時はさすがに問題になって、草太の家からママが迎えにきて、担任の先生と長く話していた。怪我したことを謝られたりしていたみたいだ。

だけど、肝心の虎之介はその時、草太に謝らなかった。先生に怒られたことで露骨に不機嫌そうにして、むっつりと口を引き結び、壁を背に黙って立っているだけだった。

先生は虎之介ともいろいろ話したようだったけど——その日は結局、虎之介は「わざとじゃなかった」の一点張りで、草太に謝らなかった。

先生は虎之介のママにも連絡して、家できちんと話し合ってもらう、と草太とママに約束してくれた。

しかし、その翌朝。

「なあ、お前のママ、うちのママにこんなの送ってきたの、知ってる?」

虎之介から、急にそう声をかけられた。手にはスマホが握られていて、何かの画面が表示されていた。スマホは、周りの子がキッズ携帯を持っているのに対して虎之介がいつも「お前ら、まだそんな子どもっぽいの使ってんの?」と自慢げに持ち歩いているものだ。もちろん学校には本当は持ってくるのは禁止。

ぶつけた膝はもう平気だったけど、強く押すと痛む程度にはまだ痛かったし、赤くなっていた部分は青く痣《あざ》になり始めていた。

虎之介がスマホをこっちに向け続けている。画面を見ろ、という圧に負けて、手にすると、そこにLINEの画面が開いていた。草太は自分のスマホを持っていないけど、母親のスマホのLINE画面は、これまで何度か見たことがあった。

上に、『そうたママ(早智子《さちこ》さん)』と書かれた画面は、写真に撮られたもののようだった。メッセージは、草太のママから、虎之介のママに向けて書かれている。

『虎之介くんママ、お仕事でお忙しいだろう時間に、急にごめんなさい。

今、学校から呼び出されて、草太を迎えに行ったところなんだけど、虎之介くんが教室の椅子を蹴って、うちの子の足にそれがぶつかったみたい。ケガはたいしたことなくて、草太も平気そうなんだけど、今から虎之介くんママのところにも連絡が入ると思うから、びっくりさせるといけないと思って、先に連絡しました。

さっき学校に行った時に虎之介くんとも会ったんだけど、私は、虎之介くんが理由もなくそんなことする子じゃないって知ってるし、とても利発な子だってこともわかってるから、「どうしてそんなことしたの？」って聞いたんだけど、虎之介くん、「わからない」って。

私からは、「そう？　でも、私は草太も虎之介くんも大好きだから、二人にケガなんてしてほしくないし、次から気をつけてね」って言ったんだけど、虎之介くん、どうしたのかな？　草太も虎之介くんのことは大好きだから、これからも仲良くしてね。今後ともどうぞよろしくお願いします』

その下に、虎之介のママからの返事があった。こっちは、草太のママからの返事よりずっと短い文章で、二つ。

『ええっ！　ごめーん。早智子さん、虎之介ったらそんなことを？』
『教えてくれてありがとう。今ちょうど学校から連絡あったから行ってきます』

画面はそこまでだった。

それを見せられて、草太は途方に暮れてしまう。どんな気持ちになればいいかわからなくて、スマホを返しながら、虎之介を見つめる。虎之介は――ニヤニヤしながら、草太を見ていた。

「怖くねえ？　お前のママ」

そう言った。口元のニヤニヤ笑いが、さっきより大きくなった気がした。

「昨日、パパに向けて、うちのママがこれ見せててさ、『もう聞いてよ、虎之介がさ』とかオレも怒られたけど、でも、ママたちが言ってた。お前のママのこと、『いきなりこんな長文、マジ怖い。引く』って」

聞きながら、ママの顔が思い浮かんだ。

昨日、赤くなった膝を覗《のぞ》き込んで、「草太、大丈夫？」って心配そうに顔を曇らせていたママ。「病院に行かなくて平気？」と何度も何度も聞いてきて、「大丈夫だよ」って草太が答えると、冷蔵庫から出してきた保冷剤をタオルに巻いてあててくれた時の、その手の感触を思い出したら――耳が、熱くなった。

ママが、これを虎之介のママに向けて書いた。そういえば、帰り道でスマホをいじっていて、あれは、パパに連絡しているんだろうと思っていたのに。

チョウブン、という言葉が、聞き慣れないけど、字がしっかりわかる。長文。マジ怖い。引く。

どんな気持ちになればいいのか、何を言ったらいいのかわからないけど、それでもはっきりわかることがある。虎之介は謝る気がないし、虎之介のママたちはうちのママをバカにしている。それに、オレのことも。

長く長く、うちのママが丁寧に書いた〝長文〟に、虎之介のママは数行しか返さない。なんだか、これじゃ悪いのはうちのママの方みたいじゃないか。どういうことなんだろう。オレが虎之介を嫌ってることなんて、ママは薄々気づいてるはずだと思ってた。なのに、草太も虎之介くんのことは大好きだから――なんて書いて、相手にばっかり気を遣ってるみたいで、なんでママはそんなふうにしちゃうんだよ、と悔しい。

どうして？　虎之介のママがＰＴＡとかやってて、ママたちのボスみたいな感じだから？　でもだからってそんな――。

虎之介もなんでこんなものを草太に見せてくるのか。自慢げに。そもそも、この画面の写真は、虎之介のママが撮らせたのだろうか。

悔しい、悔しい、悔しい。

その日、先生が来たところで、虎之介はスマホをしまい、草太に形だけ、「昨日はすみませんでした」と謝った。先生も満足そうに頷《うなず》いて、草太に向け、「うん。虎之介もおうちの人と話して、よくわかったみたいだから、草太も許してやれな」と言っていた。

その後、「友達」について国語の時間に書いた作文で、虎之介は「友達をいじめるやつは許さない」と書いていた。

「友達をいじめるやつは悪だ。いじめはよく、止めると、止めた相手が標的になると聞くけど、それでも僕はいじめを止める人間になりたい。クラスメートを守りたい。」

それを読んでも――草太は、悔しいけれど、何も言えなかった。虎之介にはなるべくかかわりたくない、と強く思った。

神原二子《にこ》がクラスにやってきたのは、そのすぐ後だった。

にこ、と聞いて、女子だろうと思っていたけど、黒板を背に教壇の横に立つ二子は背が小さくて痩《や》せた、眼鏡の男子だった。

「名前は、うちのお父さんとお母さんが『スマイル』のにっこりの意味でつけました。みんな気軽に呼んでください。よろしくお願いします」

そんなふうに言って、頭を下げる。転校する前も、ひょっとしたら名前をからかわれたか何かしたことがあったのかもしれない。眼鏡で真面目そうな二子は、成績もよくて、本を読むのが好きで、休み時間や放課後に図書室に行くところをよく見る。——お母さんも本が好きで、学校の「読み聞かせ委員会」のメンバーに入ったらしいと、草太はママから聞いた。

「二子くんのお母さんって、ちょっと変わった人みたいね。子どもの名前が個性的だから、いろいろとこだわりが強い家なのかなって思ってはいたけど」

草太のママは読み聞かせ委員会に入っていないけど、入っている知り合いのママから聞いたらしい。それがどんなふうに変わった人なのか、ママはそれ以上詳しく話さなかった。

ただ、草太にこう聞いた。

「二子くんもちょっと変わってたりする？」

「うーん。頭いいし、しっかりしてて、言葉遣いとかちょっと独特だなって感じる時はあるけど」

本をたくさん読んでいるせいか、使う言葉が大人っぽい。ママはそれを聞いて「ふうん」と頷き、それから、こう尋ねた。

「最近、虎之介くんとはどう？」

「特に、なにも」

「今、クラスで同じ班だって言ってたよね？」

「うん。二子も一緒の班だよ。二子が班長なんだ」

ついでのように聞いているけど、ママが真に気にしてるのは虎之介のことだという気がした。表立って言わないけど、ママも、アイツと自分の子どもがかかわってほしくないと感じているのが伝わってくる。

「そっか」

ママが頷いた。これもまた、気にしてませんよ、という感じに軽く。それから、これは本当に〝ついで〟といったふうに「二子くんと仲良くなれるといいね」と言った。


その二子が、翌日、教室の後ろに掲示された「花丸シール表」の前で足を止めていた。

「これは何？　草太くん」

草太はたまたま掃除当番で、二子の近くをほうきで掃いていた。いきなり聞かれて、「ああ――」と頷く。

「それ、花丸シール。班ごとに、全員忘れ物をしなかった、とか、授業中の発言が多かった、とかいいことをすると、先生が貼ってくれるんだ」

一班から六班まで枠が書かれ、その横に並んだシールは、「花丸」と言いながら、単なる赤丸のシールだ。みんな一生懸命ためてるけど、別にたまったから何か賞品が出るというわけでも、一位の班が表彰されるわけでもない。だけど、「競争」と聞くとそれだけでみんな燃えるから、他の班に負けたくない一心で、どの班も一生懸命取り組んでいた。

「ぼくらの班はシールが少ないね」

五班の花丸シールを見つめながら、二子が言った。草太は頷く。そりゃそうだよ、と思っていた。

「虎之介がいるからね」

「彼がいると何か問題でも?」

二子がちょっと変わっているとすれば、それはこういう言葉遣いだ。草太は周囲に虎之介やその仲間たちがいないことを確認してから、答えた。

「虎之介は忘れ物が本当に多いから。宿題も絶対やらないし。頭はいいから、授業中の発言とかよくしてて、そっちではポイント稼いでくれてたんだけど、前に、虎之介が手を挙げてたのに先生が別の子を指した時に『贔屓《ひいき》だ!』って大暴れしたことがあってさ。それからは、ふてくされて授業でも全然手を挙げてくれなくなっちゃった」

「ふうん」

二子が言って、「つまり――」と眼鏡を押し上げる。

「この表は、このシールを目当てに規律を守ったり、意見を活発にしたり、みんなが向上するためにクラスで考えられたシステムというわけ?」

「う、うん。たぶん、そんな感じ」

頷いたけど、本当は二子の言葉を聞きながら、そっか、このシールの競争は確かにそういう考えで作られているんだな、と妙に納得する。競争に夢中ではあったけど、何のため、とかはあんまり考えていなかった。

「なるほどなるほど」

二子が頷いた。壁に貼られた表を見つめたまま言う。

「参考になったよ。ありがとう」

二子を〝ちょっと変わった〟子だと改めて感じるようになったのは、それからすぐだった。

みんなが、子分みたいになって言いなりになるか、草太みたいに「かかわりたくない」と距離を取る虎之介の——世話を焼き始めたのだ。

たとえば、消しゴムとか、定規とかを忘れた虎之介が、近くの席に座る二子にそれを借りようとする。草太たちだったら、「嫌だなぁ」「またかよ」と思いながらも渋々貸してしまうところを、二子はそうしない。授業中、消しゴムに向け手を伸ばしてきた虎之介に、結構な大きさの声で「貸さない」ときっぱり言った。

「それは君のためにならない。ぼくも、自分のものを何度も使われるのは気分がよくない」

虎之介はびっくりしていた。あまりにはっきり面と向かって言われたからか、呆気《あっけ》に取られて、むっとする様子すらなかった。

授業をしていた先生もびっくりしていて、だけど、それからなんだかほっとした顔つきになって「そうだよ、虎之介くんもきちんと自分で持ってきてね」とだけ言った。

二子はそれだけで終わらなかった。その日の帰りの会で、「みんなも忘れ物をした子に物を貸すのはやめよう」と提案したのだ。

「今日、ぼくは虎之介くんに貸さなかったけど、虎之介くんだけでなく、忘れた人に貸してしまうと、その人のためにならない。忘れて困ったな、という思いをしてもらわないと、その人はきちんと持ってくるようにならないよ」

みんな、その言葉に拍手した。みんな、虎之介のだらしなさには嫌気が差していたからだ。当の虎之介は、その拍手の中でも、いつものニヤニヤ笑いを浮かべていた。小さな声で、「でも、ま、オレはそんなの気にしないけど」と呟《つぶや》いていた。

「貸してもらえなくなっても、オレ、別に勉強は困らないし。むしろ、困るのは先生やみんなの方だし」

その言葉通り、虎之介の忘れ物癖は直らず、しかも、近くの席の子に「貸して」と言うのもやめてしまった。先生が教科書を見ない虎之介を気にして、「虎之介くん、隣の子に見せてもらって」と言っても、「誰も見せてくれませーん。オレのためにならないから」と、殊更大きな声で言い放つ。二子を明らかに意識しながら、嫌みっぽく。

班ごとにみんなで作業する時にも、「オレ、誰もハサミ貸してくれないから、やらなくていいってことだよね？」と全然関係ない落書きを始めて、作業に加わらなかったりする。

二子はそれを——じっと、見ていた。


クラスのママたちみんなのところに、虎之介のママから連絡が入ったのは、それからしばらくしてからだった。

「ねえ、転校生のあの子、毎日、虎之介くんの家に行ってるみたいなんだけど、草太、何か知ってる？」

「へ？」

何を言われているのかわからず、きょとんとしてしまう。虎之介の家に——二子が行ってる？　ママが話を続ける。

「毎日、虎之介くんと必ず一緒に帰ってきて、宿題や、次の日の学校の支度を一緒にするまで帰らないんだって。虎之介くんが一人で帰ろうとしても絶対に後から家に来るんだって」

「それって、毎日？」

「毎日みたい」

ママも驚いているみたいだったけど、草太も驚いていた。

そういえば、ここ数日、虎之介が宿題をちゃんとやってきている。忘れ物も――注意されていないかもしれない。教室の後ろの五班の花丸シールが増えている。

ママが首を傾げる仕草をする。

「虎之介くんの塾がある日は、塾が終わって帰ってくる時間を見越して来るんだって。夜遅いし、子どもがこんな時間に一人で来るのは危ないよって注意したみたいなんだけど、二子くん、『大丈夫です。親と一緒に来たから』って。お父さんやお母さんに送ってもらってるみたい」

「虎之介が、忘れ物が多いからだよ。二子は班長だし」

草太は、学校であったことを話した。教室の花丸シール表のことや、二子が、「虎之介くんのためにならない」と忘れた物を貸さなくなったこと。だけど、すべて話し終えても、ママの顔はまだ戸惑った表情のままだった。

「だけど――なんでそこまで？」

「え、だから、虎之介の忘れ物が多いし、人に迷惑をかけるから」

「それはわかるけど、やりすぎじゃない？　毎日、決まりを守らせるためにに家にまでついてくるなんて。しかも親まで一緒になって。虎之介くんのおうちも困ってるし」

「でも」

草太もそう思うけど、でも、迷惑をかけてる〝困ったヤツ〟なのは虎之介の方だ。二子はやりすぎかもしれないが、正しいことをしている。すると、ママが言った。

「虎之介くんのママ、言ってたわ。怖いって」

怖い——。

その言葉に、草太の記憶が刺激される。

——いきなりこんな長文、マジ怖い。引く。

「怖くないよ」

思わず、言っていた。

「だって、虎之介は宿題をやるようになって、忘れ物だってしなくなってきてるわけだし、オレたちの班だって、これまでシールが少なくて迷惑してたけど、助かるし」

二子は悪くない。

二子はたぶん正義感が強いんだ。これまで誰も虎之介に何も言えなかったけど、一人だけ、面と向かってきちんと意見をしているのは偉い。

「そう？　——でも、二子くんのママたちってどんな人たちなんだろうね。子どもが夜遅い時間に出てくって言っても、止めもしないでむしろ手伝っちゃうなんて」

「ちょっと変わった人なんだっけ、二子のママ」

「虎之介くんママの話だと、〝ちょっと〟じゃなくて、〝だいぶ〟ね。虎之介くんのママ、結構はっきり言ったみたいなのよ。『こういうの、困るんですけど』って。でもそれに笑って『そうなの。私も困るんです。私もなんです』って。お父さんも、強く言っても、『そうですか。すみません』って謝るだけで息子を注意する様子もないし、夫婦そろって、相当変わってるみたいよ」

話の途中で〝だいぶ〟がいつの間にか〝相当〟になってる。草太はただ、「ふうん」と頷いた。

次の日、学校で、「虎之介の家に行ってるの?」と聞くと、二子は躊躇《ためら》う様子もなく、「うん」と答えた。

「きちんとやらないのは、クラスのためによくない」

そう言って、虎之介の席を見る。虎之介は、黙り込んでこっちを見ない。イライラした様子で、カッターで机に傷をつけている。口元に、あのニヤニヤ笑いはもう浮かんでいなかった。

その日、急な班替えがあった。

「今日の一時間目は、予定を変更して班替えをします」

先生の言葉に、教室がざわめいた。学期の始まりでも終わりでもない、中途半端な時期の班替えだったからだ。ただその時、草太は見た。興味なさそうに机に体をだらしなく倒していた虎之介の口元が微《かす》かに笑ったのを。——ひょっとしたら、虎之介の親が頼んだのかもしれない。二子と虎之介を別の班にしてくださいって。

班替えは行われ、二子と虎之介は違う班になった。草太も二人とは別の班になった。教室の後ろに貼られた花丸シール表も剝《は》がされて、それが新しい班用に作り直されることはなかった。

なんだかつまらない気もしたけど、まあ、仕方ないか、と思う。虎之介もこれから少しは懲りて、気を付けるようになるかもしれない。

だけど——。

「ねえ、草太。お願いがあるんだけど」

ある日、ママから声をかけられた。

「なに？」

「草太に二子くんを注意してもらえないかって、虎之介くんのママから頼まれたんだけど、お願いできるかな？」

「注意って何を？」

「前に話したでしょ？　二子くんが虎之介くんの家まで、宿題とか、忘れ物の見張りに来るって話」

「え、すごいな。まだ行ってるの？　班、もう別々なのに」

見張り、という言葉はこれまで聞かなかったけど、そうか、虎之介の家は二子に見張られてると思ってるんだな、と思う。

花丸シールのために、同じ班の班長だからやってるのかとも思ってたけど、確かに二子は、「クラスのために」と言っていた。最初から、班ごとの競争なんて関係なかったのかもしれない。

「でも、どうしてママがそんなの頼まれるの。虎之介のママって、優一郎《ゆういちろう》や豪《ごう》のママとかの方が仲よさそうじゃん」

優一郎とか豪は、虎之介と普段から仲のいい、アイツの子分みたいな友達だ。今回の班替えでも虎之介と同じ班で、草太はそれを、虎之介のママが先生に頼んでそうさせたんじゃないかと思っている。その三人はママ同士もすごく仲がよくて、学校行事の時とかはよく一緒にいる。うちのママは─前に、虎之介がＬＩＮＥの画面を見せてきたみたいに、どっちかっていうと、そのママたちにすごく気を遣っている感じがある。

ママが首を振った。

「それが──今、虎之介くんの見張りに来るの、二子くんだけじゃないんだって。優一郎くんや豪くんも見張りに来てるみたい。毎日、当番が決まってるみたいに」

「えっ！」

これには本当に驚いて、声が大きくなった。ママが続ける。

「その子たちだけじゃなくて、女の子も。由希《ゆき》ちゃんとか、梨乃《りの》ちゃんも、みんなで行ってるみたいよ。その子たちの親も、虎之介くんのママに言われて子どもに注意したみたいなんだけど、みんな、『だって、決まりだから』とか『クラスのためだし』って言うことを聞かないみたいなの」

二班のメンバーだ、と思う。

虎之介たちと同じ班。草太は違う班だから、そんなことになっているなんて気づかなかった。

ママがため息を吐いた。

「みんなが二子くんに命令されてやってるんじゃないかって。だから、草太から二子くんに言ってくれない？　やりすぎだって」

やりすぎ──かどうかはさておき、想像はできる気はした。二子がみんなに呼びかけたのかもしれない。同じ班なんだから、君たちがしっかり見てなきゃダメだよ、とか。

草太が返事をする前に、テーブルの上のママのスマホがふいに、震えた。画面が草太のところからも見えた。『虎之介くんママ』と表示されている。

これまではLINEが中心だったみたいだけど、今は電話になったみたいで、最近、頻繁にかかってきているみたいだった。しかも、電話は夜遅かったり、夕ご飯の時間帯だったりして、ママが早く切りたそうにしていることも多い。パパも心配そうだ。

「あの奥さんか？　切れないのか？」と小声で横から話しかけてるのを、何度か見た。いったい何をそんなに話してるんだろう──と思ってはいた。だけど、それは、このことだったのか。

震えるスマホを隠すように、ママが自分の方に引き寄せる。またため息を吐いた。

「いい？　草太、お願いね」

草太に頼むくらいだから、他のクラスメートのママにも当然頼んでいるのだろう。電話をかけて相談しているのも、草太のママに対してだけじゃないかもしれない。ママがスマホを耳に当て、「はい」と電話に出る。すぐに、虎之介のママの声が、『ねえ、ちょっと聞いてくれる？』と電話の向こうから聞こえてきた。

草太は、リビングで音を小さくしたテレビを見ていたけど、声が大きいから聞こえてしまうのだ。

『ノイローゼになりそう』

『誰も味方してくれない』

ヒステリックに言う言葉が、耳に飛び込んできてドキリとする。ママがその声の合間を縫うようにして、「ごめんなさい。そろそろ夕ご飯の支度があって」と、苦労しながら電話を切っていた。

まだ向こうで何か話す声が続いていたけど――ママが電話を切る。

その後、パパが帰ってきて、草太がお風呂《ふろ》から出てもう寝る頃になってから、また、ママのスマホが震えた。だけど、ママは、それをふーっとため息を吐いて、見ているだけだ。

「電話、出ないの?」

濡《ぬ》れた髪を拭《ふ》きながら、草太が尋ねると、ママが気まずそうに「ん」と頷いた。

「もう寝る時間だから」とだけ返事をし、震え続けるスマホを胸の方に引き寄せて、草太の目から隠した。


虎之介は宿題をきちんとやってくるようになった。

忘れ物もしなくなった。虎之介が理由なく物を蹴ったり、友達に暴力を振るったりした日は、帰りに学級会が開かれて、誰かが手を挙げ、そのことを指摘する。

「虎之介くんは今日、廊下の壁を蹴ったけど、それはどうしてですか」

「掃除の時間、ほうきを乱暴に投げていたけど、どうしてですか」

みんなの口調は、二子のように大人っぽかった。

虎之介は最初、そうされても「だってむしゃくしゃしてたから」とか「そんなことしてません」とか、ふざけ調子に答えていたけど、みんながそれを許さない。

「むしゃくしゃしていても、やっていいことではないと思います」

「していないと言っても、みんなが見ています」

単なる指摘や告げ口ではなく、みんながみんな、虎之介に理由を尋ね、答えを求める。

虎之介がおざなりに「はいはい、すいませんでした」と言っても許さない。

「すまないと思うなら、どうすればいいと思いますか」

虎之介を追いつめるようにそう聞く。虎之介がすっかりうんざりした様子で黙ってしまうと、今度は別の手が「はい」と挙がった。

「むしゃくしゃするなら、自分の頭を叩けばいいと思います。自分で自分を殴ったり、蹴ったりしたらどうでしょう」

え──と思った。虎之介が言葉に詰まって、目を見開いている。

だけど、その子──虎之介と同じ班の由希は、何も嫌みや意地悪でそう言っているわけではなさそうだった。本当に淡々と、「意見」として思いついたから話しているという口調だ。

その後だった。

わっとクラスが沸いた。そうだそうだー、と喚声が上がる。草太は、え、え、と思う。

虎之介が口を半開きにして黒板を見ている。草太は咄嗟《とっさ》に二子を見た。クラスの空気がおかしくなったのは、明らかに二子が来てからだ。自分の影響でこうなって、二子は満足げな顔をしてるんじゃないか──そんな気がして、彼の方を見て、そして、草太は小さく息を呑《の》みこんだ。

二子は無表情だった。静かに前だけを見ていた。

特に何の感慨も感想もなさそうに、盛り上がるクラスの中で、他人事のような顔をして聞いているだけ。何の興味も、なさそうに。

黒板に文字が書かれる。

――むしゃくしゃしたら、自分の頭を自分でなぐる。

大真面目に、その一文が書かれる。その時、ふいに、草太の頭にある文章が蘇《よみがえ》った。

『友達をいじめるやつは悪だ。いじめはよく、止めると、止めた相手が標的になると聞くけど、それでも僕はいじめを止める人間になりたい。クラスメートを守りたい。』

一瞬、何の文章だったか、わからなくなる。だけど、思い出す。これは、虎之介が書いた作文だ。そんなこと思ってもないくせに、と読んだ時にすごくすごく、悔しかった、あの作文だ。

どうして今、思い出したのかわからない。だけど――あの作文が頭から離れない。

俯《うつむ》く虎之介を中心に、わああ、と盛り上がるクラスメートたちの中で、草太は動けなかった。


信じられないんだけど――、とママが、凜子《りんこ》のママと話してるのを聞いたのは、それからしばらくした、帰り道のことだった。

草太とママが、買い物帰りに歩いていると偶然、クラスメートの凜子のママにばったり会った。ママたち二人が立ち話をする間、草太は一人、近くの公園で遊ぶふりをしながら、その会話を聞いていた。

「信じられないんだけど、今、中尾さんのところ、二子くんのママと仲がいいんでしょう？　聞いて、びっくりしちゃった」

中尾は、虎之介の苗字《みょうじ》だ。二人は虎之介のママについて話しているようだった。

「そうなの。私も、あんまり見たことない人と一緒にいるなって思って。最初、お母さんだってわからなかったのよ。なんていうか、ちょっと年上な感じじゃない？　誰かのおばあちゃまか、家政婦さんなのかと思ってたら、後から二子くんが来て。二子くんのママなのかってびっくりした」

虎之介は忘れ物もせず、宿題もやってくるし、授業態度も真面目になって、もうクラスメートに暴力も振るわない。かっとなって手が出そうになると、全員が虎之介に向けて叫ぶからだ。

「自分の頭を殴るんじゃないんですか！」

その声を、あの学級会以来、何度も聞いて——そして、もう聞かなくなった。虎之介がすっかりおとなしくなって、問題を起こさなくなったからだ。前とは人が変わってしまったようになって、今はもう、クラスの誰とも何も話さない。

「私、中尾さんにこの間の保護者会で会った時に、言われたのよ」

草太のママが声をひそめて言う。

「あんたたちが話を聞いてくれないから、頼りにできるのはもう、神原さんたちくらいよ！　って。その様子がなんていうか、普通じゃなくて心配で」

「わかる。なんか、中尾さん、やつれたよね。私が見た時、お化粧してなくて髪もぼさぼさだったし、前は、さすがお仕事してるだけあっていつ見ても隙がない恰好《かっこう》してるなって感じだったのに、この間なんか汚れたエプロン姿でさ、二子くんのママと一緒に並んでたら、なんていうか、そっくりに見えて、どうしちゃったの？　って感じだった。心配」

心配、心配、と言いながら、ママたちの話は長く続いて終わらず、なんだか少し——楽しそうに見えた。草太の気のせいかもしれないけど、もっと長く話していたいって感じだった。

　夕方の道に、オレンジ色の陽が射して、二人のママの足元から影が濃く、長く、伸びて揺れていた。


　クラスの中の、空気が変わっていた。

「ねえ、草太くん。最近、架奈《かな》ちゃんの忘れ物が多いけど、同じ班だったら、助けてあげたらどうかな?」

　ある日、二子からそう声をかけられて、背中に冷たいものが流れ落ちた。草太も——気づいていたからだ。

　隣の席で同じ班の架奈が、最近、宿題をよく忘れてくる。注意力も散漫で、忘れ物も多く、ちょっと気になったから、「どうしたの?」と尋ねると、お母さんが入院して、まだ小さな弟と妹が保育園に行く支度を手伝ったり、世話をしたりでいろいろと大変なのだと言っていた。言葉に嘘はなさそうで、寝る時間も遅いらしく、毎日、授業中も以前より眠たそうにしている。

　なぜかわからないけど、咄嗟に、「ヤバい」という気がした。牙《きば》を抜かれたみたいにおとなしくなってしまった虎之介のことを思い出した。それから、虎之介を吊《つ》るし上げた、あの学級会の盛り上がりを。

「よかったら、見る?」

　つい、そう言って、架奈に自分の宿題を見せた。このところ毎朝、二子が来る前に、写させていた。

あー、二子に答える自分の声が、少し掠《かす》れた。

「架奈、お母さんが入院してるみたい。だけど、弟や妹がまだ小さくて面倒見てるみたいで」

「うん」

「家がお父さんだけになって、大変みたいだよ。家のことを手伝って、寝るのも最近遅いみたいだし」

「うん。ぼくも前の学校では兄を亡くしたり、なかなか大変だったよ」

え――と短く声が出そうになった。平然と、なんということもなくそう話す二子の顔を思わず見つめ返してしまう。兄を亡くす――それは、お兄さんが死んだ、ということだろうか。たとえば、事故とか、病気とか。二子が転校してきたことには、ひょっとしてそのことが関係しているのだろうか。

たくさん浮かんでくる疑問を口に出していいのかわからなくて、二子を見つめ返す。彼が言った。

「だけど、それが?」

二子の目は、ガラス玉のように透明で、一点の曇りもなかった。

「それが宿題をやらないことや、忘れ物が多いことと何か関係ある? 架奈ちゃんが困っているなら、君たちで家に行って助けたらどう?」

「助ける……」

「うん、そう。よければ、ぼくも行くよ」

「シールの表も復活することだしね」

「う、ん……」

「え？」

咄嗟に教室の後ろを振り返る。すると、以前花丸シール表のあった場所に、新たに表が貼られていた。まだ何のシールも貼られていない、新しい表が。

戸惑いながら、二子を見つめる。彼が言った。

「せっかくクラスのためのいいシステムだったのに、なくすのはもったいないから」

また、どんな感情も読みとれない目をしていた。

その時になって、初めて気が付いた。

スマイル、の意味でつけられたという二子の名前。

だけど、草太は、彼が微笑んだところを一度も見たことがない。


架奈の家に行くべきかどうか──、ママに話したらなんて言うか──草太が迷いながら、ひとまず、その日はまっすぐ家に向けて帰っていると、途中の公園で、ベンチに座る虎之介を見かけた。

以前と比べて存在感が薄く、体自体も小さくなってしまったように感じられる。肩をすぼめてベンチに一人きり座る虎之介に、草太は思わず声をかけた。

「虎之介」

虎之介の反応は鈍かった。ああ──とのろのろ、顔をこっちに向ける。黙ったまま、ベンチを少しずれたから、座っていいのかな、と横に座った。

しばらく沈黙が落ちた。

話題に困って――でもまったく触れないのも不自然だと思って、草太の方から尋ねた。

「二子とか、クラスのみんな、まだ、家に来てるの」

虎之介がどこか恨みがましいような目でこっちを見た。それから、「来てない」と答える。

「もう来てない。忘れ物はもう心配ないって思ってんだろ。ママたちは、来なくなったこと、寂《さみ》しがってるけど」

「寂しがってる？」

「クラスにオレが見放されたんじゃないか、とか、構わないで無視することはイジメじゃないか、とか、どの親も相談に乗ってくれない、とか。だから、二子は来てないけど、二子の親が来たりはしてる。みんな、中尾さんのことが羨《うらや》ましいんですよ、とか、沢渡《さわたり》さんなんて、中尾さんの敵じゃないですよ――とか相談、聞いてもらってて」

「沢渡？」

「六年の、児童会長のとこの親。あの、学校の近くの、バカでかい団地のオーナーだかデザイナーだか。――笑っちゃうだろ」

虎之介が笑う。なんだか投げやりな笑顔だった。

「うちのママ、そのママをずっとライバル視してるんだ。雑誌出たりとか、なんか、調子に乗ってる、気に食わないって前からパパと話しててさ。今は、そんなどうでもいい悪口とかまで二子の親に話すのに夢中になって、で、ずっと電話したりしてる」

「ママ同士がそんなの、困るよね」

なんと声をかけていいかわからなかったけれど、草太も、自分の母がこの間買い物帰りに他のママとずっと話し込んでいたことを思い出して言うと、思いがけず、虎之介から「えっ?」と大きな反応があった。うちもさ、と草太が続けようとした時、それを遮って、虎之介が言った。

「ママだけじゃないよ」

「え?」

「パパもだよ。うち、パパも、いろんな話を二子の家のパパにしてる。仕事でつかえないい部下の話とか、時には、ママと一緒になって、サワタリ団地のあのデザイナーのパパが気に食わないとか、そんな話をずっと」

パパも――。さすがにびっくりして黙ってしまう。

虎之介が疲れたような口調で続けた。

「あの団地で誰か死ねばいいのにって言ってた。そしたらいろんな噂が立つだろうし、資産価値だって下がるのにって」

シサンカチ、という言葉の意味はなんとなくしかわからなかったけど、それは虎之介だってそうだろうという気がした。大人が目の前で話すから、だから気になって覚えるし、同級生の前でだって、意味が漠然としかわからなくても使ってみたくなる。

二子はどうなんだろう――と思った。

二子のあの話し方は、誰かの言葉を借りているという感じじゃない。きちんと自分の中にある言葉を選んで口に出し、話している気がする。いったい、どんな育ち方をしたら、あんなふうになるのか。

「……今度、休みの日とか、一緒に遊ばない？」

気づいたら、言っていた。虎之介がびっくりしたように目を瞬いて、草太を見る。草太はちょっと笑った。

「オレ、逆上がり、まだできないから。虎之介、一年生の時にはもうできたでしょ？　今度、教えてくれない？」

「――いいよ」

いいよ、と答えながら、それは「いいのか？」と草太に尋ねているようにも聞こえた。あの学級会以来、虎之介はおとなしくなったけど、その隣には誰もいない。これまで仲がよかった優一郎や豪も、今では、昔仲がよかったことがそもそもなかったことみたいに、もう一緒にいない。

草太の頭の中に、この時また、虎之介の作文が思い浮かんでいた。

――いじめはよく、止めると、止めた相手が標的になると聞くけど、それでも僕はいじめを止める人間になりたい。クラスメートを守りたい。

虎之介は嫌なヤツだったし、大嫌いだったけど――そう、思った。


休みの日に、一緒に遊ぶ。

虎之介との約束は、だけど、果たされなかった。

その翌日の朝に――虎之介のママが、飛び降りたから。

サワタリ団地から。

ライバル視していたという児童会長のママがデザインした団地。虎之介のママはそこの住人でもなかったのに、外階段から中に入って上の階から飛び降り、そして――亡くなったそうだ。

その日、虎之介は、授業中に教頭先生に呼ばれて教室を出ていき、それからもう、戻ってこなかった。

担任の先生も虎之介について行ってしまって、草太のクラスは自習になった。

自習なんてみんな、大人の目もなくて騒いでしまいそうなものだけど、全員ただならない空気を感じて、誰もふざけなかった。みんなでただ黙々と、与えられたプリントをやった。

だけど、虎之介のことがなくても、みんな、ふざけたりしなかったんじゃないかと思う。二子がいるから。

花丸シールが貼れないような不真面目なことは、もう、クラスでは誰一人、やらなくなっていた。

その後の五年二組は――多くのことが、本当にめまぐるしく起こった。

虎之介が、亡くなった。

ママたちの話だと、お母さんが亡くなった後、虎之介は、おばあちゃんの家に預けられていたらしい。そこに、虎之介のパパが急に迎えに来た。パパは――よくは知らないけど、ママのことで警察に事情を聞かれていたそうだ。ママの死に〝事件性〟があったんじゃないかって。

おばあちゃんの家から虎之介をつれ出したパパは、この街に戻ってくる途中の道で、交通事故を起こした。信号無視をして、まるで、自分から相手の車に突っ込んでいくように。

その事故で、虎之介と、虎之介のパパは亡くなった。

事故については警察も事情を調べていて、まだはっきりしたことがわからないから、軽々しく人に話さないように——と、先生から言われた。

クラス全員、口をきけなかった。お葬式はあるんですか——と、女子の何人かが質問したけど、先生は「わかりません」と答えていた。先生自身も、本当に弱りきったように、細く小さい声だった。

虎之介がいない。

もう、いない。

まるで遠いところの話みたいで、草太には信じられなかった。


忘れ物の多い架奈の家に、交替でみんなが「助けに」行った方がいいんじゃないか——という二子の提案は、その後も続いた。

もう、そういうのは終わりになったかと思っていたのに、二子が草太にまた「行かないの？」と聞いてきた時は正直驚いた。

「え、でも虎之介もあんなことになったのに……」

思わず言うと、二子はきょとんとしていた。心底不思議そうな顔をして、草太に聞いた。

「それが何か関係でも？」

草太はそれ以上、返す言葉も失って、黙ってしまった。

同じことが、別の班でも始まっていた。

掃除をサボってばかりいる涼平《りようへい》。

テストでカンニングした疑惑のある朱音《あかね》。

仮病で学校を休んだらしい敬人《けいと》――。

「そういうことはやめさせよう」と、二子が言う。みんなに、「みんなで助け合ってきちんとさせよう」と呼びかける。

「クラスのために」

そう言って。

草太は――。

架奈の家に行きたくなかった。毎日、祈るような気持ちで思っていた。架奈のお母さん、早く退院してきてよ――そう思いながら、班の他の子が架奈の家に手伝いに行くのを、やるせない気持ちで見ていた。だけど、自分は絶対に行かなかった。

クラスだけじゃない。

学校全体の空気とか雰囲気が、なんだか嫌な感じにねじ曲がっているように思う。二子が来てからだ、と草太はひそかに思っていた。口に出すのが怖いから、決して言わないけど。

だけど、どうして口に出せないんだろうと考えると、それは二子が正しいからだ。正しすぎるから、言えない。言った途端に、悪いのは自分になってしまうから。

児童会長が「事件」を起こした、と先生たちから告げられたのは、それからすぐだった。

自分の家のベランダで、お母さんを突き落とした、とされている。虎之介が亡くなった時と違って、こちらは、学校のすぐ近くの団地で起こった出来事だったせいか、全校集会が開かれた。先生が「痛ましい事件が起きました」と説明し、授業もなくなって、保護者会も連日開かれ――、正直、自分の学校で起こってることなのに、あまりにもいろいろ立て続けに起きるから、草太は理解が追いつかなかった。

混乱しながら、だけど、思うのはひとつだった。

学校が休みになって、よかった。そうしたら、クラスメートを監視なんてしなくて済むから、家にも行かなくていい。そこだけは、本当によかった。

児童会長が「事件」を起こしたその日を境に、今度は、二子も学校に来なくなった。

転校するとも病気だとも言われず、ただ突然、来なくなったのだ。虎之介の時のような、噂話さえ何も聞かない。クラスに席はあるのに、ただ、来ない。

夢から覚めたように、クラスのみんなは、互いを見張るのをやめた。あれはいったいなんだったんだろうと、まるで、本当に夢でも見ていたかのようだった。だけど、クラスにある虎之介と二子、二つの空席が、ここ数ヵ月の出来事が夢でなかったことを物語っていた。

二子はいったい、どうしたんだろう。

気になりつつ、草太はその日、ママがたまたま出かけていて、一人で留守番をしていた。ピンポン、とチャイムが鳴り、草太は宅配便だろうか、と「はあい」と何気なく、玄関のドアを開けた。

するとそこに――二子が立っていた。一人きりで。

「やあ」

いつものあの調子、大人びた雰囲気で挨拶《あいさつ》され、草太は面食らう。ぱちぱちと瞬《まばた》きし、それから、声がやっと出た。

「どう、したの」

二子は少し痩せたように見えた。着ているシャツがすごく汚れている。聞きたいことは山ほどあった。

「学校、来てないから。どうしたのかと思ってた」

「ぼく、もう行くんだ」

いきなり、二子が言った。草太を見つめる。

「だから、挨拶に来た。君、見どころあるから、目をつけてたんだけど、残念だよ。もう行かなきゃ」

「行かなきゃって、また転校するの？」

「うん。母親がかわるから」

「え……」

両親が離婚して、再婚で母親がかわる――ということだろうか。

大変じゃないか、と思って二子の顔を見つめ返すけど、二子は静かに首を振る。「たいしたことじゃないよ」と。

二子は二子で、家の中がいろいろ大変だったのかもしれない。思ったら、胸がぎゅっとなった。

二子が言う。

「草太くん。君、架奈ちゃんに毎日、宿題を見せていたね」

「え」

「不正だよ。それは架奈ちゃんのためにならない」

ギクリ――とする。だけど、その時、二子が微笑んだ。

出会ってから今日までで初めて見る、彼の〝にっこり〟の微笑みだった。

「あの……」

体に、鳥肌が立っていた。どうしてかわからないけど、ゾクゾクする。二子の微笑みを中心に、周りの空気が一気に冷えていくように感じた。

「――二子くんが、クラスをあんなふうにしたのは、虎之介がいたから?」

草太も大嫌いだった虎之介。でも、もう二度と会えないなんて。公園で最後に見た、肩をすぼめた彼の姿を思い出す。

「虎之介がしていたことが許せなかったから?」

「違うよ。言ってみれば、あんな子はどこにでもいる。虎之介くんも、サワタリ団地の人たちも」

「え――」

「君にもかわってもらおうと思ってたんだけどな」

かわる？　と思っていると、二子が笑顔のまま、ため息を吐いた。

「たまにいるんだ。君みたいな子。どうしてなんだろうと思ってたら――、君、竹に守られてるね」

「え……」

竹？　竹って、あの、竹だろうか。そんなこと言われてもよくわからない。

竹なんて、田舎に住むおばあちゃんの家で一年に一度、春には必ずタケノコを掘りに行ってるけど、それぐらいしか――。

「竹とか、犬とか、本当は避けなきゃいけないものが近くにある人に限って、より惹《ひ》かれてしまう。そこはぼくらの悪いところだ」

どういう意味なんだろう。

ぼんやり考える草太の前で、二子が言った。

「さようなら」

二子の顔が、真っ白に見える。冷えてる空気と同じくらい、冷たい、冷たい、白い色をしている。その顔から、微笑みが抜けるように消えていく。顔も、体も、二子の姿全体が薄れていく。だんだんと色をなくして、宙に溶けるように。その足元に長く長く――影が伸びている。

夕方で、陽なんかもうどこからも射していないはずなのに、その影だけ残して、二子はいつの間にか、草太の目の前からすっかり姿を消していた。

最終章　家族

「ここにはもういないいね」

誰もいない図書室の真ん中に立ち、天井を仰いでいた白石要《しらいしかなめ》が唐突にそう言った。

鳥が翼を広げるように長い両手を広げ、何かを確かめるように目を閉じ、長くその姿勢でいる要の姿は何かに祈りを捧《ささ》げているようだ。少年漫画のキャラクターが、表紙でしている決めポーズのような。同じ年の男子がやっていたら普通はドン引きしてしまいそうなそういう恰好《かっこう》や仕草が、彼の場合は——絶対に笑えない。

それは一度、彼のあの俊敏な動きをみているからかもしれない。銀色の鈴をかざし、走り去る相手を機敏な動きで追いかける。まさに少年漫画さながらのバトルで〝敵〟を撃退しているところを、もう見ている。

「いない?」

要の声に、原野《はらの》澪《みお》が聞き返す。

彼の説明は、相変わらず要領を得ない。順番も何もなく、いきなり核心そのものをズバリと切り出すような話し方。それはもはや要の癖のようなものだろう。澪ももうすっかり気にしなくなっていた。

広げていた両手を、要がゆっくりと閉じる。「うん」と頷《うなず》いた。

「ここにいたみたいだけど——もういない」

区立楠道《くすみち》小学校、というのが、この図書室のある小学校の名前だ。要につれられるまま、中に入ってくる時、校門に学校名が入っているのを確認した。

小学校？　と思う澪に説明もなく、要がどんどん校舎内に入っていく。勝手に入っていいのか——「ちょっと！」と声をかけたが、要は答えなかった。そのまま、一直線に迷いなく目指したのがこの図書室だった。

「ねえ、勝手に入っていいの？　部外者が入るのはまずいんじゃ——」

放課後の小学校にはすでに子どもの姿はなく、校舎の中はしんと静まり返っていた。オレンジ色の夕日が射し込む校舎は、夕方と夜の間の幻想的な空気が漂い始めていて、ひと気がほとんど感じられなかった。玄関は開いていたし、先生たちは残っているだろうからまったくの無人というわけではないはずなのに、建物に不思議なほど活気を感じない。

「いいんだよ。奴らが来た後の場所は、だいたい荒れる。部外者とかそんなことには無頓《むとん》着《ちゃく》になる」

要が振り向かないまま答える。例によって、一方的な口調だった。

澪が尋ねる。

「いないって、花果《はなか》がってこと？」

「——いや、全員」

質問と答えの内容が、いまいち合っていない気がする。澪が不満げに見つめていると、要がゆっくりと首を振った。薄手のコートの下に着た詰襟が、妙にこの場に似合っている。小学校だけど、ここが〝学校〟だからだろうか。

要が天井に向けていた顔を下ろす。また無言で、図書室を出ていく。時折立ち止まって首を左右に動かしたり、目を細めたりしながら、廊下の奥を見つめる。まるで見えない矢印を辿《たど》っているように、スタスタとまた、歩き出す。

澪には意味がわからなかった。けれど、彼にだけわかる——見える何かが確実にあるのだろう。それは、高校二年生のあの日もそうだったろうから。澪の常識だけでは計り知れない何かが、あの時、白石要にだけは見えていた。

教室のひとつに、要が吸い寄せられるように入っていく。

「ここだ。もういないけど、いた」

「え?」

五年二組のプレートがかかった教室は、小学校らしく大人のものと比べてだいぶ低い椅子と机が並んでいた。手作りと思《おぼ》しき座布団や巾着《きんちゃく》袋がそんな席のひとつひとつにかけられていて、壁には子どもたちの絵や習字が貼られていた。——どこにでもある小学生たちの教室だという印象で、澪には特別なところは何もないように思えた。

要がゆっくり、教室の後ろに歩いていく。長く細い腕を、ゆっくり教室後方の壁の前にかざし、一点をじっと見つめる。

いったい、なんだろう。

澪が横から覗《のぞ》き込むと、何かの表みたいだった。「花丸シール表」と書かれている。一班、二班、三班、と並ぶ各班の名前の横に、表からこぼれんばかりの赤丸のシールがたくさんたくさん、貼られていた。

◆

「原野さん」

聞き覚えのある声に呼び止められたのは、先週のことだった。

人ごみの中だったのに、どうしてわかったのだろう——と後から不思議に思ったけれど、忘れようとしても忘れられない声だったから、きっと耳が覚えていて、反応できたのだ。

通っている大学の春の学園祭で、模擬店の手伝いに来ていた。

澪の入っている教育系ボランティアサークルは、この日、クレープを作って売っていた。澪は売り子のシフトを終えて、ちょうど先輩の二年生と交代しようとしていたタイミングだった。店は盛況で、並ぶお客さんの列から離れてテントの隅でエプロンと三角巾を外そうとした——ちょうど、その時だった。

名前を呼ばれ、はっとして顔を上げると、すぐ目の前に白石要が立っていた。

思わず息を呑《の》んだ。見上げる目がまばたきも忘れて動きを止めたのが、はっきり自分でもわかった。

だけど、驚きはしなかった。タイミングは唐突だったけど、彼にかかわることではもう、驚くという概念をとっくに心が失ってしまった気がする。

「要……くん」

白石要。

澪の通っていた高校にやってきた季節外れの転校生。

最後に姿を見てから、二年近くが経っていた。同じ教室で過ごしたのは、おそらく一ヵ月にも満たない短い期間だ。

顔を見たら、その記憶が、耳元をざっと駆け抜ける。――実家の裏庭、幼い頃から遊んできた竹藪《たけやぶ》の中を風が抜ける時の音が、要の顔を見たら、実際に聞こえた気がした。

――同じ部活で、憧《あこが》れていた先輩。初めて彼氏ができた喜び――それまでずっと繰り返されてきた、女友達との楽しい恋話《コイバナ》、沙穂《さほ》、花果。――消えてしまった、花果。

『三年生の神原先輩と一緒にいます。心配しないでね』

置き手紙の、あの一文を見た時の衝撃。痛み――。

竹藪の前で、要が神原一太《かんばらいった》に言い放った言葉。何をされたかわからないけれど、一瞬のうちに傷だらけ、血だらけになった先輩の顔。痛みに顔を歪《ゆが》め、走り去っていった神原一太――。

『三重県の山中で、身元不明の男性の遺体が、昨日、発見されたって。――神原一太だと思う』

そう告げた要に、『つれてって』と澪は頼んだ。花果たちを捜しに行くのなら。私はあの子の友達だから、と。

それに、要は数拍間を置いて、しっかりと頷いたのだ。

『わかった』と。

白石要が澪の通う高校から姿を消したのは、その翌月だった。

しばらくは同じ学校にきちんといた。積極的に澪に話しかけてくるようなことはなかったけれど、お互いに存在を意識はしていた。消えてしまうしばらく前に、澪は要にこう言われた。

『これから先、どこに行こうと、原野さんの家の裏にある竹藪の、葉っぱでもいいから、竹の何かを必ず身に着けて過ごすのを忘れないで』

きょとんとしていると、さらに言われた。

『あの竹藪は、すごくいいよ。原野さんに馴染《なじ》んでる』

微笑んだ――わけではないけれど、そう言った時の要の顔に初めて表情らしい、柔らかい感情が見えた気がして、澪はその様子につられて、こくりと頷いた。

その言葉の翌週――要は消えた。本当にいつの間にか、学校に来なくなった。一日休んで、風邪かな？　くらいに思っていたら、その翌日もそのまた翌日も休みで、あわてて、担任の南野《みなみの》先生に聞いてみると「白石ならまた転校したよ」と言われて、澪は呆然《ぼうぜん》とした。置いていかれた――と思ったけれど、だけど、不思議と心のどこかでは確信していた気がする。

要はきちんと澪を迎えに来ると。

澪の財布の札入れの中には、今も竹の葉が挟まれている。

だから、大学の模擬店に彼が突然現れた時も、さほど驚かなかった。

あれから二年近くも経って、もう高校を卒業し、千葉の実家を出て、金沢《かなざわ》の大学に通っているところに、彼が何の前触れもなく、当たり前のように訪ねてきたとしても――どこかでそうなるような気がしていた。

昔、要のいろいろと唐突な間の取り方、話の進め方を「怖い」とか「気持ち悪い」とか思ったこともあったけれど、もうそんなふうには思わない。約束を守ってくれたのだ、と嬉《うれ》しく思う。

要がじっと、澪を見つめる。

「迎えに来た。奴らの居場所がわかったから」

「――覚えていてくれたんだ」

「うん」

言ったきり要がまた押し黙る。相変わらず、人と会話をするのが苦手な様子だ。腫《は》れぼったく眠そうな瞼《まぶた》、ぼさぼさの髪。

以前はまったく意識しなかったけれど、現金なもので、助け出されてからよく見ると、要は手足が長く、スタイルがいいことに気が付いた。華奢《きゃしゃ》で細すぎる、そのアンバランスさまで含めて、目が離せなくなるような独特な危うさのような、妙な魅力がある。なだらかな眉《まゆ》のラインも含め、顔つきが前より心なしか穏やかになった気がした。

「花果が見つかったの？」

名前を口にする時、胸がぎゅっと痛んだ。

花果。親友だと思っていた、私の友達。この二年近く、何度、彼女のことを考えただろう。駅や学校の前で、娘の失踪《しっそう》について花果のお母さんがビラを配ったり、情報提供を呼びかけているところを何度も見た。自分の意思で消えたと言われているけれど、娘はそんなふうに黙っていなくなる子じゃない――涙ながらに、街頭に立って訴えていた。

実家から離れた、遠い大学を第一志望にしたのは、あの街から離れたい、という気持ちがあったのだと、今となっては思う。澪や沙穂が帰りに駅に行ったり、学校の前でバスを待つ間、ビラを持った花果のお母さんを見かけた。彼女から、どこか虚《うつ》ろな目で「みんなはそろそろ受験なのね。いいわね」と言われるたびに、心が盛大にささくれ立つ感覚があった。

だけど、あれからこんなに長い時間が経ってしまうなんて思わなかった。

要が答える。

「たぶん、見つかった」

目を細める。近視の人が物をよく見るためにそうするように。あの当時に、神原一太を見つめた時と同じ、感情が読み取れない目だった。

「まだ一緒に来る気、ある?」

「うん」

躊躇《ためら》いはなかった。エプロンの紐《ひも》をときながら、澪は考える。今はちょうど学園祭期間。しばらく大学の授業はない。

ふと、笑みがこぼれた。要の律儀さがおかしかったのだ。金沢までわざわざ迎えに来て、それで澪が行かないと答えても、おそらく要は気にしない。それでも一応、約束したから来てくれた。彼のそういう常人とは違う考え方が、かつてわずかな時間を同じ教室で過ごしただけの間柄であっても、懐かしく思えた。

「え、原野。帰っちゃうの?」

エプロンをたたみ、三角巾をしまっていると、ふいに背後から声が聞こえた。シフトを替わったばかりの三年生の男性の先輩が、あわてた様子でこっちを見ている。このサークルに入ってすぐの頃から、何度か彼のこういう気配は感じていた。直截《ちょくせつ》的な言葉では何も言われないけど、自分に自信があるのか、強引にそういう雰囲気に持ち込まれそうになって、そのたび、それをやんわりとかわしてきた。今も、突然現れた要を、露骨に怪訝《けげん》そうな目つきで見ている。

「ていうか、この人、誰？　あ、そっか」

不愉快そうだった先輩の目が、唐突に嬉しそうなものに変わる。

「ひょっとして原野の弟さん？　いるって言ってたよね？　確か、雫《しずく》くん。遊びに来たの？」

「いいえ、高校時代の彼氏です」

澪は言った。なんでいつも、こういう男子たちは私の弟の名前を覚えて、取り立てて雫の名前を口にしてみせるんだろう、と思いながら。

彼氏、と呟《つぶや》いた途端、先輩と——そして予想外なことに要の目が大きく見開かれた。特に要は猫が驚いた時のような、まん丸い目になっている。彼のそんな顔を見るのは初めてだ。

少しおかしくなりながら、息継ぎもせずに続ける。

「会いに来てくれたみたいなんで、すみません。私、今日でシフト終わるし、明日《あした》からは学祭、来ませんから、皆さん、あとはお店、お願いします。あ、それからこれ、もらいますね」

売り場の手前のスタンドにささっていたクレープをひとつ、手に取る。まかない用に一人ひとつもらっていいことになっていた。チョコがけされたバナナと生クリームがはみ出したクレープを、突っ立っていた要の手に押しつける。

「食べて。チョコバナナ、嫌いじゃなかったら」

「……嫌いじゃない」

呆然とこっちを見ている三年生を残し、歩きだすと、横の要が躊躇いがちに一口、クレープを齧《かじ》った。それを見て、思わず言ってしまう。

「要くんて、物、食べるんだ」

「食べるよ、それは。あと、今のはクリームが落ちそうだったから。手が汚れると嫌だし」

その声を聞いて、なぁんだ、と思う。思わず口元が笑ってしまうと、要が澪を見た。

「何？」

「いや、意外と普通の話もするんだ、と思って」

「するよ」

返事をするということは、「普通の話」が何なのか、というくらいの常識は持ち合わせているということだろう。だから、ついでにさらに聞いてみた。

「ひとつ聞いていい？」

「なに？」

「どうしてまだ制服なの？」

突然現れたことに驚きはしないけれど、唯一、違和感を持ったとすればそこだった。自分たちはもう高校を卒業したはず。しかし、ベージュの薄いコートの下に、要は最初に出会った時と同じ制服を着ている。澪たちの高校に転校し、ブレザーの制服を新調する前にまたいなくなった要は、結局、同じ教室にいた間もずっとこの詰襟姿のままだった。

「ああ――」

要が緩慢な様子で首を振る。そうすると、時の経過を一切感じさせず、彼だけが不老不死のままここに何の変化もなく急に現れたような錯覚に陥る。――実際、不老不死だったとしても驚かない、と澪は思ったが、要が答えた。短く。

「これしか持ってない」

その後で、今度はふっと彼が笑った――気がした。え、笑う感情なんてあるの？　という思いで、澪はぎょっとして要の顔を見上げる。すると、彼が言った。

「強くなったみたいだね、原野さん」

◆

翌日、金沢から新幹線で東京駅へ。その後、地下鉄を乗り継いでやってきた東京都内のその街は、澪にとっては初めて訪れる場所だった。

のどかな街という印象だった。大きい公園やスーパーもあって、通りに並ぶ街路樹も整然として美しく、家族連れや子どもが住むのにもよさそうなところだな、と感じた。

だけど――なんだろう。

何かが暗い、という気がする。物理的な陽射しはあるのに、街全体に何かの影が落ちているように感じる。そんなはずはないのに、空が巨大な屋根というか、蓋《ふた》のようなもので覆われているような。

だけど、空を見上げても、当然のように遮るものは何もない。

区立楠道小学校を出た後の要は、澪をつれて、次に小学校近くの大きな団地へと歩いて行った。

とても大きな──かつ、おしゃれな団地だった。「団地」と聞いてイメージするただ大きな建物が並ぶ味気ない感じはまったくなく、コンクリートの壁の風合いを生かしながら、一部をガラス張りにしていたり、デザインに適度な新しさを感じる。玄関や門、建物についた文字のレタリングがシックで、まるで映画などで観る海外のホテルのようだった。

きっと家賃も高いんだろうなぁと思い──だけど、なぜか、入口までくると足が竦《すく》んだ。なぜだかはわからない。この団地はとてもいいけど、自分は住みたくない──絶対住まないんじゃないか、という思いが強くこみあげる。

夕日を受けて輝く建物の壁面は、明るく照らされているはずなのに、なぜか、暗い。街の印象と一緒だ。

「あそこで、ちょっと待ってて」

要が団地の真ん中にある公園を指さす。言われた通り、ベンチに座って待っていると、要が南側の棟の方に消える。少しして戻ってきた時、その手に提げているものを見て──澪は思わず、「え!?」と声を上げた。

犬や猫などの、ペットを入れるキャリーケースだった。思わず立ち上がって駆け寄ると、要が言った。

「借りてきた。この先、必要になるかもしれないから」

「借りてきたって、犬を?」

猫かもしれないけど、キャリーケースの大きさなどから推測して尋ねると、中から、ファン！　と小さな声が聞こえた。その声を聞いて、澪の口から「きゃー」ととろけるような声が出る。小学生の頃まで、澪の家でも犬を飼っていた。あの毛並みや、興奮した時の速い呼吸なんかを思い出すと、胸がきゅーんとなる。

「この子、ちょっと興奮してるみたい。ひょっとして、普段はキャリーケースに入ることあんまりないんじゃない？　慣れてない気がする」

澪が言うと、要が「そうかも」と呟く。中から、タタタタ、タタタタ、と速い足踏みが止まらないのが気になっていた。

「出してあげないの？」

澪が聞くと、要が「うーん」と小さな声で呟く。考えるような間の後で、「ちょっと待って」と彼が言った。

「出してもいいけど、逃げられると困るから、後でもいい？　室内犬だから、僕が借りてる部屋まで行ったら」

「借りてる部屋？」

「うん。ここの部屋を借りてる。部屋数、たくさんあるから、原野さんも泊まっていいよ」

長期滞在になるとしたら、宿泊はどうするんだろう、と確かに気になっていた。要は肝心なことを説明してくれないし、澪ももう彼の調子に慣れていたから、特に尋ねなかったけれど——。

「この団地に、部屋、借りてるの？　そこまでしてるの？」

要の言う〝奴ら〟を捜すためにそうしたのだろうか。要がごく当たり前のことのようにこくりと頷いた。

「何部屋か、借りてる。ここのオーナーの三角地所《みすみ》に頼まれて、好きに使っていいって」

「三角地所って……」

大手の不動産会社だ。マンションの広告とか商業施設のテレビＣＭなどでも、よく名前を見かける。

「何部屋かって……、数戸って意味？　ひとつの家に部屋数があるからって意味じゃなくて、私と要くんとで、別々の家に泊まるってこと？」

部屋が別々とはいえ、同年代の男子と同じ家に泊まることは凛にも抵抗がある。問いかけに、要があっさり頷いた。

「うん。家がいくつも空いてるから、好きなだけ借りられるよ」

「この団地は、なんなの？」

「主婦が一人、行方不明になってる」

要が言った。手に提げたキャリーケースの中から、タタタタ、タタタ、と軽く前足を踏み鳴らすような音が続いている。

「他にも人が何人か死んだりしてるけど、たぶん、奴らを辿れるとしたら、この団地からだと思うんだ」

表情ひとつ変えずに、彼がそう言った。

◆

「ほらー、出てきていいよー」

澪がキャリーケースを床に置き、開けると、中から、茶色い尻尾《しっぽ》の子犬が出てくる。待ちきれない様子で、床に元気よく飛び出す。

赤い首輪の、その首の太さを見ただけで、もう愛《いと》おしい。小学校の頃まで澪の家にいた柴犬《しばいぬ》のロクを思い出す。ロクが亡くなった後で母がペットロスになり、もう二度とその悲しさを繰り返したくない、と、その後、新しい犬を飼うことはなかったけれど、澪はいずれ自分が社会人になったら、いつかまた犬を飼いたいな、とずっと思っている。

その気持ちが伝わった、というわけではないだろうけれど、初対面にしては、出てきた子犬は落ち着いていて、澪や要を警戒する様子はあまりなかった。

目がくりくりとした、人懐こそうな豆しばだ。

「この子、名前は？」

「ハッチ」

要が答える。

借りてきた家が団地内にあるのだとすれば、多少間取りが違っても、同じ建物の匂いがしてハッチも安心できるのかもしれない。意外なことに、要も犬の扱いには慣れている様子で、ハッチに自然な仕草で接している。要の手にハッチが近づき、鼻をうずめる。ハッチの方でも、警戒心はない様子だった。

微笑む――とまではいかないけれど、そうやって、ハッチと触れ合っている要はこれまで見たことがないような穏やかな顔をしていた。金沢の大学で再会した時、昔と同じ詰襟姿だし、不老不死でも驚かないと思ったけど、落ち着いてよく見ると、要は高校時代と比べて大人っぽく、きちんと年を取っている、と思った。詰襟姿に違和感はほとんどないけど、それでも、あの頃よりさらに頼りがいというか、風格のようなものを感じる。

いったい、彼はどこから来た、どんな人なのだろう。

要が借りているという部屋は、やはりというべきか、異様なほど殺風景だった。寝具と洗面台周りの歯ブラシと洗顔フォームくらいが生活感のすべてで、台所には冷蔵庫すらない。ただ、ハッチを迎える準備だけは整えていたようで、飼い主から予《あらかじ》め預かっていたというハッチの餌や、トイレが置かれていた。

鏡の前に並んだ歯ブラシと洗顔フォームを見て、不思議な気持ちになる。

生活感がゼロに思えるこの人もきちんと生きているんだなぁ、と妙なところに感心しながら部屋の様子を眺めていると、しばらくして、要が言った。

「原野さんが使うかなっていう部屋には、布団とカーテンくらいは業者から運んでもらってある。本当は、一式全部そろってる部屋をそのまま使ってもらってもいいんだけど」

「一式?」

「そう。夜逃げ同然でいなくなった家もいっぱいあるから。でも、知らない人が残していったベッドとかじゃ、寝たくないかなって」

あまりに不穏だ。思わず口を噤《つぐ》んでしまうと、要がゆっくりと立ち上がった。抱き上げたハッチが要の指を舐《な》める。逃げる心配がないと判断したのだろう。キャリーケースには入れずに、手で犬を抱きかかえたまま、要がドアの方に向かう。

「今日のうちに、もう一軒、見ておこうか」

要が次に澪をつれて行ったのは、団地の反対側の北棟——その最上階だった。

「沢渡《さわたり》」という表札と、ドライフラワーのリースがドアにかかっている。リースから枯れて抜けた花と葉が床に落ちて散らばっていた。

鍵《かぎ》を預かっているらしく、要が「沢渡」家のドアを開ける。

足を踏み入れてすぐ、無意識に息を止めた。

すごく、すごくセンスのいい、雑誌か何かで見るようにおしゃれな、まるでカタログみたいな家だった。飾られた絵、木目の美しいコート掛けやテーブル、椅子。傷も汚れもない冷蔵庫。それに、室内がとても広い。他の部屋と明らかに間取りが違う、特別な部屋なのだということがわかる。

要の手から、ハッチが下りる。そのまま、「ファン！」と小さく吠《ほ》えた。

この家は何なのか――カタログのように完璧《かんぺき》な印象だからこそ、そこに今、誰の姿もないことが余計に薄気味悪く感じる。知り合いでもない人の家に勝手に入るなんて、普段は絶対にないからなおさらだ。

「この家の人たちは――？」

「死んだり、いなくなったりした。――失踪した主婦が関係してるんじゃないかって言われてる」

要が、今日、楠道小学校の図書室でしていたように、両手を鳥の翼のように広げる。目を閉じ、深呼吸する。

「この家にも出入りしていたみたいなんだ。噂の真偽はさだかじゃないけど、学校行事や主婦仲間の間に入り込んで、奴らはおそらく少しずつ、周りに闇を押しつけてた」

闇を押しつける、のフレーズに記憶を刺激される。

高校時代の自分のスマホ。怖かったＬＩＮＥの数々。止まらない、相手からの何かのハラスメントのような言葉。自分に落ち度があったからだ、と不健全な気持ちからの反省に次ぐ反省が連鎖していくあの感覚――。

『こいつらは、自分の闇を押しつけるんだよ』

神原を見つめて、要が澪に教えてくれた。

『一家惨殺。――家族の一人から入り込んで、相手を取り込んで、いつの間にか、家にまで入り込む。そっちの理論を押しつけて、相手に自分が間違ってるように思わせて、正しさを押しつけて。家にまで入り込んで、いつの間にか、一人残らず支配して――』

あの日、信じられない荒唐無稽《こうとうむけい》な言葉だと思って聞いた「一家惨殺」の響きが、今この、家具や生活感が残ったままの部屋の中で蘇《よみがえ》ると、生々しい重みを持っていた。神原に自分が追いつめられたような、それが、この家にも起こった、とでもいうのだろうか。

「闇を押しつけるって、いったいどういうこと？　私が神原一太にされたようなことが、ここでも、その主婦の人を通じて起こったってこと？」

外はもう暗くなり始めていた。ここに来るのも初めてではないのだろう。勝手知ったる様子の要が玄関の横、靴の入った棚の扉を開け、その上にあるブレーカーを持ちあげる。

――シューズラックに、子どものものと思しきスニーカーがある。ああ、この家は子どもがいたのか――と思うと、胸が痛んだ。

壁のスイッチを押すと、部屋の照明がつき、明るくなった。その光の下で、要がやっと説明してくれる。

「僕が捜してるそいつらは、自分の闇を押しつけることで相手の闇を引き出して、相手を同じ土俵に引きずり込むんだよ。追いつめて、相手から思考力や気力を奪って、何が正しいのかもわからなくさせる。視野を狭くさせることで相手の中の闇を育てて、狙いをつけた相手自身のことも、厭《いや》なふうに変えるんだ」

「厭なふう?」

「そう。厭なふう。感じの悪い、人を攻撃したり、自分の中の闇を相手に押しつけるような人間にしてしまう。そうやって、さらにその周りの人間を死や闇に引きずり込んでいく。

――おそらく、この団地ではもうそれが起こって、終わった後だ」

「その、要くんの言う『奴ら』がそれをしたの?」

「そう。神原かおり」

目を見開いた。かんばら。先輩と同じ苗字《みょうじ》――思っていると、要がじっと澪を見つめ返す。思いきって、澪が尋ねた。

「一太先輩と同じ苗字なの?」

「そう、家族だから」

見開いた目がそのまま、まばたきを忘れた。

「見る?」

要がその時、スマホを取り出した。何かの画面を検索し、澪に差し出す。

「事故物件をまとめてるサイト、わかる? 事故とか自殺で人が亡くなった家や部屋を、その死因や日時と一緒にまとめて見られるようにしてあるんだけど」

「……存在は聞いたことがある。見たことはないけど」

「これが、神原一家がこの街に引っ越してくる前のこのあたりの地図」

どうやら、何年から何年まで、と区切って表示できるようになっているみたいだ。画面には、ロウソクのマークがいくつか点々とある。そのひとつひとつがどうやら、誰かの「死」の表示のようだった。たくさん並んだロウソクは、確かに死者を連想させる。ひとつを指でタップすると、その物件にまつわる死の詳細が表示されるみたいだ。

「で、これが、この街に奴らが来た、その後」

要の指が操作する。すると、画面に大きく——一際大きく、ロウソクの炎のマークが揺らめいた。特に大きいのはこの団地の上——大きなロウソクひとつに指を重ねると、文字数がびっしり、何号室、何号室、何号室——とたくさん表示されている。『南棟515号室前廊下、飛び降り自殺』、『屋上から事故死』、『北棟601号室、殺人』、『北棟701号室ベランダ、殺人』——。

自分がさっき入ったドアの前の表示を思い出す。殺人が起きた「701号室」はひょっとして——。ベランダの方をつい、顔が見てしまいそうになる。「殺人」の二文字に胸がひやっとする。

この団地だけじゃない。

小さなロウソクが、地図上のあちらこちらにたくさん表示されている。無数にロウソクが並ぶのは、神社のお堂か何かで行われている儀式のようだ。

何本も何本も、ロウソクが、これまでなかったはずの場所に新たに立っている。

「あの家族が来ると人が死ぬ。あいつらは、そういう一家なんだ」

要がそう断言した。

◆◆◆

鈴井《すずい》俊哉《としや》は、上機嫌だった。

最近、会社の管理職の体制が変わって、だいぶ、自分たち現場の人間の意見が通りやすくなってきた。これまで、古いパワハラ体質で、コミュニケーションのためにはまずは飲みニケーションが大事、なんていう横暴な上司がいたり、かと思うと、女性で子育てしてるから仕方ない、と極端に勤務時間を短縮してこようとする使えない上司になったり、現場はいろいろと大変でストレスが多かった。

でも、今は違う。

うきうきと鼻歌を口ずさみながら、鈴井は、営業で女の課長はやっぱり無理があったんだよなぁ、と数ヵ月前を回想する。

ヨツミヤフーズ初の、現場たたき上げの女性の営業課長。鈴井たちの営業二課はそのことでだいぶ盛り上がったし、彼女に期待もしたけど、だけど、丸山睦美《まるやまむつみ》は期待外れだった。初の女性の――というプレッシャーに押しつぶされてか、隣の営業一課のことばかりを何かと目の敵にするようになった。

『一課に負けないように、私たちもこうしなくちゃ』

『ねえ、あなたのやっている仕事って、結局、まわりまわって一課の手柄になっちゃうんじゃないの?』

『ねえ、神原さんって一課の課長と親しいの? みんな、神原さんは一課のスパイだから、絶対に心を許しちゃダメよ！』

絶句した。スパイって——と啞然《あぜん》としたけれど、当の睦美さんはいたって本気の様子で、自分の課の業績が上がらないのは神原さんと一課のせいだと本気で考えていたみたいだ。

そもそも、一課と二課は扱っている商品が違う。一課は生鮮食品を、二課は冷凍食品のような加工食品を扱っている。二課が取引先で交渉する中で、相手の要望を受けて一課を紹介したり、他の部署に繫《つな》ぐような場面は珍しくないし、その逆だってある。それを、「手柄」とか「スパイ」とかいい加減にしてほしい、と思っていた。

『信じてたのに、神原さん。私なら大丈夫だって、そう言ってくれたじゃない！』

誰もいない会議室で——。困惑した様子の神原さんに、睦美さんが縋《すが》りついていた。その様子が尋常じゃなかった。神原さんは背が高く、見た目も紳士然としているから、まるで、二人が男女の仲として不倫をしているような——そういう、見てはいけない場面を見てしまった気持ちになった。

その時は、気まずい思いをしながら、鈴井が止めに入った。課長、そんな言い方はないと思います、ここは会社ですよ、落ち着いてください——。

鈴井が止めに入ると、神原さんは困惑した様子ながらも、とても、とても優しい、安堵《あんど》の表情を浮かべていた。ああ、鈴井くん、よかった。課長を少し、休ませてあげましょう——。

その表情を見て、前の佐藤《さとう》課長が繰り返し神原さんに電話をかけ続けてきた際、「もう電話を取らないように」と会社から言われた時のことを思い出した。その時、神原さんはとてもほっとした様子だったと聞いた。

「何度もこんなことの繰り返しで、神原さんも大変ですね」

「ああ、あの時は心底ほっとしたんです」

鈴井の言葉に、神原さんが微笑み返す。

「もう電話を取らなくていいと言われて、ああ、僕の役目はもう終わったんだな、もう大丈夫だなって、とても安心しました」

佐藤課長はその後、関連会社の倉庫でまた傷害事件を起こした。怒りっぽい性格が災いしてか、仕事上の口論から部下を殴ってしまい、今度こそ、会社をやっと馘《くび》になった。だけど、その後、自棄《やけ》になったのか、会社にやってきて、上司に「不当解雇だ！」と訴え、ひと暴れした後、警備員につまみ出された。

そして、その後、自宅で自殺した。奥さんを道連れにした無理心中で、遺書にはヨツミヤフーズへの恨みつらみが書き連ねられていたらしい。

佐藤課長のそんな最期を聞いて、鈴井も、会社の同僚たちも皆、激しく動揺した。中でも睦美さんの動揺は激しく、「私が追いつめたってこと？」と、業務中に悲愴《ひそう》な声を上げていた。

「みんな、そう思ってるんでしょう？　私が殺したって」

その様子は上層部の耳にも入り、睦美さんは会社から療養を勧められたが、今度はそれを「私をうつ病だって決めつけるなんてパワハラだ！」と大騒ぎした後、実際、疲れていたのか、帰宅途中に駅の階段で足を滑らせて、頭を打ちつけ――入院した。意識はまだ戻らず、重体らしい。

「うちの会社、呪われてるのかな」

同僚の濱田《はまだ》が暗い顔をして言っていた。鈴井もそれに「な」と頷きながら、だけど、せいせいする――とも思っていた。会社であの愁嘆場めいた睦美さんの声を聞くのは、鈴井もいい加減うんざりしていたからだ。

二課の新しい課長は神原さんがいいけど、神原さんは中途採用だし、うちの会社はそういうところは体質が古そうだからなかなか難しいかもしれない――このところの二課の業績は、ほとんどが睦美さんじゃなくて、神原さんが取引先の人たちの心を摑《つか》んで決めてきた仕事ばかりなのにな――と悔しく思っていた。

神原さんは、鈴井も知らない間に、取引先のさまざまな人に頼られるようになっていた。佐藤課長と同じ発想をする人も多いらしく、いつの間にか向こうから「ジンさん」という懐かしいあだ名で呼ばれていたりもする。ジンさん、この間相談した店の話だけど――娘の話だけど――夫の話だけど――彼氏の話だけど――。いつの間にか、いろんな人たちの打ち明け話や秘密が、彼のもとに集中していた。すごい人徳だと鈴井は思う。

鈴井も思えば、神原さんにだったら、といつの間にか打ち明け、相談に乗ってもらっていることが多い。今の上司への不満、会社の体質を変えてほしいと願っていること、実家にいる病気の祖母のこと、学生時代の別れた彼女をなかなか忘れられないこと、彼女は自分と別れるべきじゃなかったこと――。

「わかります。わかりますよ」と神原さんは話を聞いてくれる。鈴井を励ましてくれる。

「その彼女さんは鈴井くんと別れてしまうなんて本当に惜しいことをしましたね」

自分でも同じことの堂々巡りになっている、と感じる相談ごとにも、神原さんは根気よく親身になってくれる。本当に優しい人なのだ、と感じた。

「神原さんにもありますか、悩み事」

聞いてしまってから、あっと思った。そういえば、この人は奥さんを亡くしているのだと気づいて、間抜けなことを聞いてしまったと、はっとしたけど、神原さんの柔らかい微笑みは変わらなかった。

「上の子が引きこもりになっちゃってね。それが、悩みといえば悩みかな。僕は、だけど、その子のタイミングでできることをしてくれたらと思ってるから、焦らせるつもりもないけど」

この人が父親だったら、きっと理想的なんだろうな――と思う。

そんな「理想的な」神原さんが、異例の出世をしたのは、つい先日だ。

神原さんはなんと、一般職の社員としての勤務を終えて、新たに経営コンサルタントとしてヨツミヤフーズの常務に迎え入れられた。あまりのことに鈴井を始め、社内は騒然となったが、どうやらそれは社長の熱烈な後押しがあったかららしい。

「妻のこともあったし、会社をやめるつもりだったんですが、社長さんに随分、引き留められちゃって」

神原さんが照れたように、困ったようにそう言った。鈴井に何も言わずに退職しようと思っていたのか――と思ったら、胸に一抹モヤッとしたものがよぎったが、残ってくれたのはよかった、とひとまずほっとした。

なんでも、神原さんが以前他社で経営コンサルをしていた経歴があると彼から聞いた社長が、直々に彼を役員の形で抜擢《ばってき》したらしい。

「常務の話、受けてくれて嬉しいよ」

社内で、社長が神原さんに向けて声をかける場面を見た。入社以来、鈴井は社長とはろくに口もきいたことがないけれど、いつの間にか、神原さんとはだいぶ親しくなっていた様子だった。

神原さんが経営コンサルをしていた過去――という事実を、鈴井は知らない。少しずつ、神原さんが教えてくれないことに不満が燻《くすぶ》っていく。そんなに気にする必要なんてない、と頭ではわかるけれど、神原さんを人に取られたようで面白くない。神原さんが上司になる今の体制は喜ばしいけど、神原さんが遠くなってしまうのは駄目だ。もっと、オレの相談にだって乗ってほしいのに。

――あの人、医者だったって、誰か言ってなかったっけ？

思い出そうとするけど、誰が言っていたか、それがいつのことだったのかも、よく思い出せない。

役員になった、という神原さんのもとに、ある日、女性が訪ねてきた。お昼のお弁当を届けにきたようで、鈴井の姿を見ると、「ひょっとして鈴井さん？」と話しかけてきた。

「あ、はい。そうですけど」

「まあ、お話はよく聞いています。まだ若いのに、とても優秀な同僚がいるって。これ、よかったらどうぞ。皆さんで召し上がってください」

包みを渡され、開けてみると、美しくクリームが絞られたかぼちゃのタルトが入っていた。買ったやつみたいに、完璧なケーキだった。

女性が帰ってしまってから、フロアですれ違った神原さんに聞いてみた。

「あの……。神原さん、今の人は？　オレ、ケーキもらったんですけど」

すると、神原さんが笑った。

「ああ、妻ですよ」

あっさりと、そう言った。

◆◆◆

神原二子《にこ》は、新しいクラスで黒板を背に挨拶《あいさつ》をする。

「名前は、うちのお父さんとお母さんが『スマイル』のにっこりの意味でつけました。みんな気軽に呼んでください。よろしくお願いします」

顔を上げ、クラス全員の顔を見まわす。

教室の後ろの掲示物を眺める。全部で六班。よかった、表の欄が足りる。

「先生、提案したいことがあるんですけど」

「お、なんだ？　二子くん」

「いいことをした班や、ちゃんとしていた班にシールを貼る、表を作りませんか」

銀縁眼鏡を押し上げて、作ってきた『花丸シール表』を手に、彼が担任教師に説明を始める。

◆◆◆

宮嶋翔子《みやじましょうこ》は、ドレッサーの前で、着る服が決まらなくて焦っていた。

これはダメ——、これは畏《かしこ》まっていて授業参観みたい、こっちのワンピースはかわいいけど、気合を入れておしゃれしてきたと思われる、こっちのスカートだと野暮ったい——。着るものにこんなに困るなんて、十代の時の好きな男子とのデート以来だ。だけど、このところ毎週そうなる。お茶会の前は、ドレッサーから引きずり出した服で部屋が足の踏み場もなくなる。

時計を見ると、もう一時半。そろそろ本格的にお茶の支度をしなきゃいけないのに——。オーブンから、バナナケーキが焼ける匂いがする。甘い匂いに満ちた部屋の中で、翔子は一人、泣きそうな気持ちでいた。

なんでこんな目に、と思うけれど、理由はわかっている。

あの人が——神原かおりが来てからだ。

「同じマンション内に、結構、同じクラスのお母さんたちがいるんですね。よかったら、みんなでお茶でもしませんか？」

それまで、マンションのママ友は、翔子を中心に皆、集まっていた。

翔子の夫は大学病院で働く医者だ。マウンティングなんていう気持ちは特にないけど、初めての場所ではなるべく早めに、その場のみんなにそのことを伝えるようにしている。そうでないと、たいしたことのない夫や職業を他の人たちが自慢したりした時、恥をかかせるようで気の毒だから。

これまで、自分の他にも夫が医者だというママ友と一緒になったこともあるけれど、その人たちは、所詮《しょせん》小さな医院の開業医だったり、総合病院に勤めているとしても、うちの夫に比べたら取るに足らない格下の病院だったりした。夫はただの大学病院じゃなくてC

大学附属だし、しかも外科医。そのうえ、次期、管理職候補の一人だ。同じ医者でも全然違う。

昔から、負けず嫌いな性格だという自覚はある。だけど、実際、どこでも負けなかったんだから仕方ない。それはもう翔子の性分だ。新しい環境や集団の中に入ったら、とりあえず、周りに自分が一番であることを教える――。その方が円滑に物事が進むし、みんなにいらぬ恥をかかせたりしなくて済むから。

だから、神原かおりというその主婦は、新しく来たばかりで知らないのだ、と思った。まだ私が何者であるか、よく知らないからお茶になんか誘えてしまうんだ。

うちとの格の違いを知らないから。

だから、こちらから誘い直した。

「あら、お茶会だったら、うちでよくやってますよ。神原さんもよければどうぞ」

「そうですか？　お招きありがとうございます」

あのママがテレビで見る誰それに似ている――と周りがひそかに噂しているのも、あまり面白くなかった。だけど、翔子の目から見ると、かおりは、服だってくたびれてるし、なんだか疲れた感じがして、老けて見える。髪だってぼさぼさで、もっと気を遣えばいいのに、と思っていた。

その神原かおりを招いたお茶会の席で、翔子は彼女にまず教えた。

「主人だけじゃなくて、実は私も医者だったんです。子どもが生まれて、今はお休みしてますけど」

切り札を出すように明かすのは毎度、気分がよかった。夫だけじゃなくて、私自身も何者かである。平凡な主婦のあなたたちには想像もできないでしょう——という気持ちで放った一言に、しかし、かおりは表情を変えなかった。

「あ、私もです」

と微笑んだのだ。

「ナイショなんですけど、私もです」

え？　と翔子は思った。

そんなわけないでしょ？　と彼女をしげしげと見るけど、お茶を飲むかおりは黙ったままだ。

「どこの病院で働いてたの？」「どこの大学の医学部？」と翔子が質問しても「まあ」と曖昧《あいまい》に答えるだけで、ごまかしてしまう。詳細を探ろうとする翔子の方が趣味が悪いと言わんばかりの態度に、猛烈な怒りが湧いた。あんたが医者なんて、そんなわけないのに。こっちがどれだけこれまで努力してきたと思ってるんだ。そんな露骨で強引な嘘が通ると思っているのか。

苛立《いらだ》ったけど、もっと苛立ったのは、かおりが翔子の出した手づくりのお菓子を一口も食べなかったことだ。

「おいしそうですね」と言ったきり、手をつけない。それでいて、自分が料理が好きなこと、お菓子もよく作ることを感じさせる話題が多い。挑発されているようだった。

気に食わないなら、もう呼ばなければいい——そう思うのに、どうして自分が彼女を呼び続けてしまうのか、わからない。

ろくに話もせずにただ笑って座っているだけなのに、なぜか、ペースが乱される。なぜ、この女は私をすごいと言わないのか、私の思い通りにならないのか——。彼女にすごいと認めさせたくて、見せつけたくて、だから今日も呼んでしまうのかもしれなかった。

ピンポーン、と玄関のチャイムが鳴った。


その音に、翔子は、あれ？　と思う。

その日のお茶会のメンバーはすでに揃っていた。あの、気に食わないかおりも来て、今日も、自分が作ってきたというかぼちゃのタルトを翔子に手渡した。

「毎年送ってもらうかぼちゃで作ったんです。よければどうぞ」と言って。

翔子は今日、バナナケーキを作ったのだ。ケーキがかぶることとくらい、想像できないのか。

無邪気に「わぁー、おいしそうー！」とか、声を上げる他のママたちの気も知れなかった。イライラしながらバナナケーキとかぼちゃのタルトの両方をテーブルに並べる。タルトの方がみんなの皿での減りが早い気がして、そのことにもイライラする。

かおりは、すました顔をしてどちらのケーキも食べない。翔子の作ったものを、食べない。

「そういえば、かおりさんのご主人って何されてるんでしたっけ？」

今日こそは聞きだしてやる、という気持ちで尋ねると、かおりは答えなかった。別のママが「確か食品会社よね」とかわりに答える。

なんだサラリーマンか、という気持ちで翔子がかおりを見ると、彼女たちが続けて話す。

「ヨツミヤフーズの役員なんだよね。すごい」

「ええ、まあ」

かおりが微笑む。役員、と聞いて、わずかにカチンと来たが、ヨツミヤフーズなんて大手より落ちる中堅どころの小さな会社だ。たいしたことない。それにあなた、「すごい」と人に言われるんだったら、きちんと他人のことも「すごい」と認めなさいよ——とイライラする。

「かおりさんのところ、二子くんの上にお兄ちゃんもいるんだよね」

「ええ」

「お兄ちゃんはいくつなんですか？　もう大きいって聞きましたけど、ひょっとして大学生で家を出てたりしてますか」

「まあ、そんなところ」

かおりは曖昧な言い方で答えながら、メールでも打っているのかしきりと自分の携帯電話を開いて、何か操作している。人のお茶会に来ていてそれはないだろう、とそこにもイラつく。

かおりが来ると、場が彼女の話題中心になるのがなんとなく面白くない。どうせここからその「お兄ちゃん」とやらがいい大学に通っている、みたいな話になるんだろう。どうせ、医学部じゃないと思うけど。私は、うちの子は医学部に行かせるってもう決めてるけど——。

かおりが紅茶を飲んでいたカップを下に置く。そして、珍しく、自分から翔子を見た。

「あの、前から伺いたかったんですけど」

「はい？」

「あの絵、本物ですか？」

「え？」

かおりが指さしていたのは、リビングの壁に貼られた一枚のポスターだった。翔子が学生時代にベストセラーになった本の表紙。確か、イギリスの画家が描いている、海辺の街の絵。——有名な絵だ。

は？　と思う。あまりに有名な絵だ。「本物」なんて発想をしないくらいの。本物がどこにあるかわからないけど、きっと画家本人が所有しているか、どこかの美術館にでもあるのではないだろうか。翔子の家に飾られているのはポスターだ。

「本物じゃなくて……ポスターですけど」

「あら。そうなんですね。本物じゃなかったんだ」

さすがに、ムッとした。考えるより先に、声が出ていた。

「その言い方、ちょっと失礼じゃないですか」

「いえ、私、絵を描いた本人と知り合いだから、あなたもそうなのかなって思って」

「え……？」

声が——表情が強張《こわば》る。だけど、翔子の心の一部が、躍る。

待っていた、と思った。

私は、あなたがマウンティングしてくるのを、待っていた。私を相手にして、全力で滑稽に張り合ってくるのを——それを返り討ちにするのを待っていた。ねえ、今のは露骨に自慢だよね？　みんなも見たよね？　この人、私にマウンティングしたよね——？

向こうが仕掛けてきたのなら、こちらも応じる。あなた気に食わないのよ――。翔子が言い返そうとした、その時だった。

「この絵ですよね？」

かおりがいつの間にか、携帯電話を取りだしていた。スマホではないガラケー。今どき？　と思うけれど、彼女はガラケーなのだ。しかも画面がひび割れている。

見せられた画面に、翔子の家に飾られているあの絵がある。

「あと、そうだ、これも」

別の画面を見せられる。そこに――翔子が今穿《は》いている花柄のスカートが、映っていた。そう高いものでないけれど、好きなブランドの今期の新作。その公式サイトが開いている。モデルが同じスカートを穿いて、その下に、３７０００円という値段まで入って――。

さっきから手元で携帯を操作していたようだったけど、こんなことを調べていたのか。

「けっこう高いんですね。そのスカート。変わってるなぁって思って。私も真似しちゃおうかな」

周りの皆が、静かになっていた。翔子もまじまじと相手を見つめ返してしまう。この人、ちょっとおかしいんじゃないか――。


ピンポン、というチャイムの音がしたのは、その時だったのだ。


その音に、翔子は、あれ？　と思う。

お茶会のメンバーはもう揃っていて、これ以上は誰も来ないはず――いったい誰が――

という思いで顔を上げる。

そう思って、「はい」と、インターフォンのボタンを押す。来訪者の顔を確認しようとして、また、あれ？　と思った。

誰も、いない。

画面の向こうに誰も立っていない。

「あら、おかしいな」

わざと声に出して首を傾げてみると――その、すぐ後だった。

その場の全員が息を呑む音がはっきり聞こえた。見知らぬ相手が――そこにいた。

詰襟姿の、若い男。高校生だろうか。その人が、いつの間にか、家の中に入ってきていた。音もなく、本当にあっという間に。

「え？」

翔子が目を見開く。

お茶会のテーブルを前にして、男が右手をさっと上げたのが見えた。次の瞬間、りーん、という涼やかな音がその場に響き渡った。理解が追いつかない翔子の前で、再度、音がする。

りーん……。

男の手が、銀色の鈴、のようなものを持っていた。

何か、微《かす》かな匂いがする。翔子の家のローズベースのルームフレグランスとは違う、もっと青臭い――竹、のような匂い。

その場の誰もが困惑していた。突然現れた彼と、家の主である翔子とを皆が困ったように見比べている。――その時。

全員の中で、一際硬直したまま動けなくなっている人間が、一人、いた。

神原かおりが目を見開いたまま、若い男の手元を、鈴を、信じられないものを見る目で凝視している。

りーん、とまた、涼やかな音が繰り返される。その音に、はっと我に返り、翔子が男に詰め寄る。

「ちょっと、あなた……」

何を勝手に入って――。続けようとした声に、別の悲鳴が、重なった。

ぎゃああああああああ、という絶叫。

空気が割れんばかりの。耳を疑うほどの。

若い男を見つめたまま微動だにしなかったかおりが、机の上に頭を打ちつける。紅茶のカップが割れる。ケーキに添えられた生クリームが彼女の額に、髪につく。

え、え、え、と当惑した周りの人たちが、「かおりさん!」と彼女の名を呼ぶ。だけど、かおりは自分の頭を押さえ、盛大にいやいやをするように髪を振り乱している。

あまりの様子に、隣に座っていた主婦の一人が、かおりに駆け寄る。その肩に触れて――「ひっ」と手を引いた。熱いものを触って、やけどを警戒したような仕草だった。

「触らない方がいいです」

鈴を構えたまま、若い男が言った。落ち着き払った声だった。

そのすぐ後だった。

ファン!

犬の――声がした。

眩暈《めまい》がしそうになる。昔から、翔子は犬も猫も動物が苦手だ。この家に犬はちょっと――と思った瞬間、犬と一緒に、若い男の後ろから、彼と同じくらいの年頃の若い女が入ってきた。こちらは、男ほど落ち着き払ってはおらず、室内の様子を怖々と覗き込んでいる。

その手から、犬が飛び降りた。茶色い毛並みの小さな犬。物怖《ものお》じした様子もなく、タタッと駆ける。赤い首輪をしていた。

犬がテーブルに飛び乗る。散らばった食器の間を縫うようにして、一目散にかおりの方に駆けていく。

ファン！　ファン！　と何度も高い声で鳴く。

ギャン！

声が大きくなった。

テーブルに伏せたかおりに向け、きっと襲い掛かるのだ――と翔子は思い、咄嗟《とっさ》に目を逸《そ》らそうとした。けれど、子犬は、そのまま、かおりの手に駆け寄る。その指に顔を近づける。

ファン！

ファン！

ファン……

何かを訴えるように鳴いている。鳴き声が、呼びかけに聞こえた。攻撃するわけではなく、まるで、切実に、名前を呼んでいるような。

かおりはまだ苦しがっている。彼女の手元から落ちたガラケーが床に落ちていた。画面のひびがまた増えたかもしれない。顔を上げないかおりの、ぼさぼさの髪。乱れて揺れた頭の動きが収まっていく。

静まりかえったリビングで、子犬の声と、かおりの乱れた息遣いだけが聞こえた。苦しそうに、あえぐように息が上がっている。その手を、髪を、子犬が心配そうに舐めている。

「――ミキシマ、リツさん」

若い男が、ふいに言った。

誰に呼びかけているのか――と思ったけれど、彼の目は、倒れたままの神原かおりを見つめていた。かおりに向けて、彼が呼びかけている。

「リツさん。戻ってきてください。リツさん」

りーん、とまた、鈴の音がした。

呆気《あっけ》に取られる一同の前で、リツと呼ばれたかおりの横顔が微かに動いた。テーブルに片頬をつけたまま、その目が呆然と見開かれる。髪は、生クリームまみれだった。

ファン!

犬がまた鳴いた。クーン……と小さく鳴き声を変えて、彼女の頬に寄り添う。クーン、クーン、と鼻を鳴らす。

かおりの――見開かれた目が、犬の姿を捉《とら》える。ようやく焦点を結んだ両目から、涙が流れた。

「……ハッ……チ……」

彼女が犬に向け、そう呼びかけた。

◆◆◆

「その人は——誰？」

「三木島梨津《みきしまりつ》。あの団地で行方不明になっていた主婦」

澪の尋ねる声に、表情ひとつ変えず、鈴を構えたままの姿勢で要が答える。

周囲では、苦しみ倒れた〝彼女〟の周りで、他の女性たちが皆、目を見開き、様子を見守っている。

彼女たちの視線を意に介することなく、要が続ける。

「半年前、サワタリ団地で女性が二人、同じ日に亡くなった。一人は、沢渡博美《ひろみ》。あの団地のリノベーションを担当したデザイナーの妻。自宅のベランダから息子に突き落とされたと見られている」

澪を振り向きもせず、淡々と彼が続けた。

「もう一人が——柏崎恵子《かしわざきけいこ》」

今度も知らない名前だった。

「沢渡博美が亡くなった日の深夜、こちらは南棟廊下から落ちて、亡くなった。彼女が落ちた廊下の目の前の部屋から、同じ夜、主婦が一人行方不明になったんだ。この犬を飼っていた515号室に住む主婦で、いなくなる直前、死んだ柏崎恵子が彼女の家のドアを激しく叩《たた》いて呼びかけている様子を近隣住民が目撃している」

要が大きく息を吸い込む。

「亡くなった柏崎恵子は、団地の南棟201号室で生活していたと見られ、周りの人間に対して、『神原かおり』と名乗っていた」

ああああああ、と声が聞こえた。決して大きくない、ひそかに嘆息するような声。――倒れ、ハッチに鼻を近づけられている、「三木島梨津」の口から洩《も》れたものだった。傍らのハッチが鳴く。愛おしそうに、心配するように、ファン、と。

◆◆◆

――ファン！

あの日も、聞いた。

彼女は思い出す。

私は――梨津。

三木島梨津。

夫は、三木島雄基《ゆうき》。息子は、三木島奏人《かなと》。

鳴いている、この子はハッチ。

あの夜、目の前で、神原かおりが廊下の手すりを乗り越え、落ちていった。

夫と奏人が外に夕ご飯を食べに行き、不在で、家に一人で寝ているとしつこくしつこく、何度もチャイムが鳴った。神原かおりがやってきて――。

りーつーさーん。

かおー、みにいこうよー。

ドンドンドン、ドンドンドン、ドンドンドン、ドンドンドン、ピーンポーン、ドンドンドン、ドンドンドン、ピーンポーン、ドンドン、りーつーさーん、ドンドンドンドン、こんかいはめんしきあるでしょーうー、ぴーんぽーん……。

ファン！

ハッチが、ドアに向けて鳴いた。

ファン！　ファン！

ハッチが懸命に吠えている。怖くて、あまりに怖くて、私はその小さな体にしがみつく。

――りーつー、さーんー。

扉の向こうで呼びかけられる声。

頭を押さえる。空気が薄い。呼吸ができない。

かおりの声が続いている。

「奏人くんにも教えてあげなきゃ。朝陽《あさひ》くんのママが死んだんだもん。きっと悲しいし、お別れを言いに行きたいよ。よかったら私、教えに行くよ。行こうか、梨津さん、私、行こうか」

やめて――――。

我が子の名前を聞いて長く洩れた悲鳴が、自分のものだと、声を吐き出す胸の長い痛みで、初めて、気づいた。ドアを開けてしまう。開けて、飛び出し、通路に――。

そして、息を呑む。

かおりがいなかった。次の瞬間、はっと横を見る。

「ばあ！」

大きく声がして、かおりが――ドアの後ろから飛び出してきた。悲鳴を上げ、梨津はよけた。渾身《こんしん》の力で、身をかわした。

すると、かおりが勢いをつけたまま、廊下の手すりから身を乗り出した。そして――その体が強く、傾いた。

あ、と声が出る。自分から出た声なのか、かおりの声だったのか、わからない。

梨津の足が、へなへなと力を失う。そして――。

パアン、と弾《はじ》ける音がした。

落ちる音。

夫の雄基は、ドンッ、と表現した音。聞いた瞬間、耳が遠くなった。音が消えていく。

――ああ、落ちた。

神原かおりが――目の前で落ちた。

呆然と、梨津はその衝撃を、全身で受け止めていた。体に力が入らず、下を見る気も起きなかった。目を閉じたいのにそれさえできない。なのに視界がふっと暗くなる。

パタパタ、バタバタ、何かがはためく音が聞こえる。薄れゆく意識の中で、梨津は、その音が何かを知る。周囲には、青色のシート。

サワタリ団地全体を覆う、引っ越し作業用の養生シートが、いっせいに、風にはためく。大きな生き物が呼吸するように。

その音を聞きながら、意識が一気に遠のいていく。

ファン！　とハッチが鳴く声を、闇に堕《お》ちていく最後に聞いた。

そのハッチの声が、今、きちんと聞こえる。

りーんと、鈴の鳴る音も。

りーん、りーん、りーん。

もうずっと、頭の中が靄《もや》で覆われたようだった。

何かを考えようと、自分が誰なのかを思い出そうとすると、その靄が強烈に重たくなった。靄自体がいつの間にか質量を伴った綿になったようで、わずかでも抵抗すると、その靄が水でも吸ったようにさらに重たく、べたっと頭の中や、体中に貼りつく。

だけど――。

りーん、というその音に、靄が――燃える。

靄の真ん中から、炎が爆《は》ぜる。空っぽだと思っていた綿の芯《しん》から、パキパキパキパキ、と竹のような何かが爆ぜる音がする。燃える靄がブスブスと体の内側から黒く焦げていく。あまりの苦しみと痛みに悲鳴を上げながら、ああ、この靄も綿も、最初から、この色だったんだ、黒かったんだと理解していく。

闇だったんだ。

りーん、りーん。

音と一緒に強烈な痛みを伴いながら、靄が消えていく。闇が祓《はら》われていく。

「三木島梨津さん」

声がした。初めて聞くのに、とても懐かしい声に聞こえた。

「梨津さん。戻ってきてください。梨津さん」

はい、と梨津は呟く。

自分の唇が、やっと、自分の意思できちんと、震えるように小さく動いた。

梨津は夢中で頷く。ハッチ、と愛犬に向けて呼びかける。

私は、三木島梨津。

神原かおりではなく、三木島梨津。

◆◆◆

「こいつら『家族』は補充するんだ」

要が毅然《きぜん》と言い放つ。澪を振り向かないまま、相槌《あいづち》を待たずに続ける。

「自分たち家族の構成員が一人欠けると、その時関わっていた誰かを取り込んで、欠けた『家族』の役割を担わせる。年の近い誰かに、母親や子どもや、足りなくなった役を割り振って、『家族』を続ける。そうやって、一家でさらに闇と死を振りまく」

言葉の内容が、すぐには理解できない。必死に咀嚼《そしゃく》しようとするけど、心が追いついていかない。だけど、要がこともなげに言う。

「サワタリ団地で死んだ『神原かおり』の代わりに、あの家族は、この人を新しい神原かおりにした」

倒れた女性の顔を、今もまだ、ハッチが心配そうに覗き込み、離れない。まるで、守るように。その姿を見たら、何が起きているのか完全に理解はできなくても、健気《けなげ》さに胸が詰まる。

「梨津さん。もう、大丈夫です」

要が言って、やっと鈴を鳴らすのをやめた。ふうーっと大きく息を吐き出し、倒れた女性の目頭に掌《てのひら》を乗せる。

すーっと一筋、また、彼女の目から涙が流れた。彼が、とても柔らかな声で呼びかけた。

「眠っていいですよ」

彼女の唇が小さく痙攣《けいれん》するように動いた。気のせいでなければ、掠《かす》れた声が、はい、と呟いたように聞こえた。

「ちょっと」という切迫した様子の声がしたのは、次の瞬間だった。

要と澪の出現により、時が止まったようになっていた部屋のテーブルを囲んでいた女性たち。中に、とりわけ険しい顔をした女性が立っていた。花柄のスカートを穿いた、派手な顔立ちの美人だ。

「あなたたち、誰？　いったいどうしてうちに？　それに、ねえ、神原さん、どうしたの？　行方不明とか、突き落とされたとか、何の話なの？」

怒っているのか怖がっているのか、声が戦慄《わなな》いている。この家の住人なのかもしれない。澪がどう答えていいかわからないままでいると、要が彼女に顔を向けた。

「助かったんです、あなたたちは」

一瞬前まで梨津に向けていたのとはまったく違う、感情の消えた冷たい声だった。それだけでは意味なんてわからないだろう――と思うのに、彼女たちが、怯《ひる》んだ。全員が目を見開き、圧倒されたように要を見る。

何か心当たりがあるのだ——と思った。

澪もそうだったから、わかる。神原一太に翻弄《ほんろう》されていた時、何かが少しずつおかしくなっていたのを確かに感じていた。あのままだったら、さらに大変な事態に陥るところだった、という予感が、あの当時、確かにあった。この人たちも、おそらく、そうなのだ。

「皆さんにお願いがあります。——この神原さんの現在の家族と家について、教えてください」

要が言った。

◆

その家のドアを開けた瞬間、すぅ————と、厭なものが洩れ出たのがはっきりわかった。

生き物の気配、ではない。強いて言うなら、冷気だろうか。冷凍室を開けた途端に冷気が洩れ出て、その白い色が見えるような、そういう何か厭な、途轍《とてつ》もなく厭な何かが、外に沁《し》み出た。この部屋の中に、そういう気配が充満している。

自分もつれて行ってほしい、見届けたい、と頼んだのは澪だったのに、中に入るのを躊《ちゅう》躇《ちょ》してしまう。

要が無言で、室内に入っていく。実際、気配だけではなく、部屋の中には黴臭《かびくさ》い匂いが漂っていた。黴だけじゃないかもしれない。外は晴れているのに、家の中にうっすらとずっと雨が降っているような。

この荒廃した気配は、いったい何だろう。

マンションの上の階の——お茶会をしていたさっきの人たちの話だと、「神原かおり」は、この302号室についニヵ月ほど前に引っ越してきたばかりだという。来てまだそれほど経っていないはずなのに、家の中が荒れている。物がそう多い家ではないのにどうして——と見回して、気づく。

家具も物も少ないけれど、置かれているものの位置や内容に規則性がないのだ。フライパンやバニラエッセンス、小麦粉の空容器がリビングのテーブルに広がり、クレーンゲームで取ったような大きなぬいぐるみが、ソファの上の段ボールからはみ出ている。小学生の子どものものと思しき学習用具は、棚に整理される様子もなく床に散らばり、洋服が、女性のものも男性のものも子どものものも、ハンガーにかけられたまま、部屋の隅にたくさん重ねられている。カーテンは閉めっぱなしで、ひどく暗い部屋だった。

乱雑だ、と感じるのに、奇妙に生活感がない。ここに住んでいる人間が、灯《あか》りをつけて、この中で会話をしたり食事をしたりしている様子をまるで想像できない、というか。

さっきの主婦たちの話だと、神原家に、子どもは二人。

大学生ぐらいの年のお兄ちゃんと、小学生の弟。兄の学校がどこかは聞いたことがないからわからない。引きこもりだという噂もある。小学生の弟はこの近くの小学校に通っている。それを聞いて、要がどこかに電話をしていた。彼がスマホで誰かと連絡を取るのを見るのは、初めてだった。

——応援を頼みます。

電話の向こうに向けて要が言った時、驚きつつ、納得した。彼にも仲間のような存在がいるのだ。下の弟が通うという小学校の名前や、このマンションの名前を含め、要が誰かと話している。意を決したように相手に告げる。

――一気に、ここから終わらせます。

電話を切ると、澪に言った。

「行こう。早くした方がいい」

「早くって？　どういうこと？」

尋ねる澪に向け、要が唇を引き結ぶ。

「気づかれる。情けない話だけど、これまで何度も、最後の最後で取り逃がしてる」

意味がわからなかったけど、頷いた。彼と一緒に、マンションのこの部屋を目指し、一緒についてきた。

３０２号室。神原家。

リビングの向こうに、閉じられた襖《ふすま》が見える。どうやら、奥に和室がある。

要は躊躇《ためら》わなかった。見えない力に導かれるように、襖に向け、一直線に歩いていく。手は、いつの間にか、またあの鈴のようなものをかざしていた。

怖い。

場の緊張がびりびりと空気を伝ってくるようで、逃げ出してしまいたい。澪は必死に要の一歩後ろをついていく。ともすれば、恐怖から、その背中に縋《すが》りついてしまいそうになる気持ちを、必死に奮い立たせる。

襖を――要が開ける。開けた瞬間、それまで感じていた黴と雨の匂いが、それまでと比べものにならないくらい強くなった。それと同時に何か――スナック菓子のような甘ったるい匂いが入り混じる。

中の光景が目に入った瞬間、澪が、ぎゃっ！　と声を上げた。驚いたからだ。

人がいた。

家に生き物のいる気配は、それまでまったく感じなかったのに、本当にいきなり、そこに人が出現した、という印象だった。——部屋の奥に、背の低いベッド。ベッドから上半身を起こした誰かが、同じ姿勢のまま動かない。一瞬、人じゃなくて、マネキン人形か何かが置かれているんじゃないかと思う。長いボサボサの髪に覆われた顔が、同じ姿勢でただ虚空を見ている。知らないうちに、澪は要の詰襟の裾《すそ》を摑んでいた。その手に力を込めながら、だけど、心拍数が上がっていく。まさかまさかまさか——という声が、頭の奥でずっとしている。まさか、ひょっとして——。

「……花果」

声が出た。思考の整理がつかないまま、気づくと、口から名前が出ていた。胸に強く、せつない痛みがこみあげる。名を呼びながら、おそるおそる、一歩ずつ、相手が動かないのを確認しながら近づいていく。

「花果……！」

一瞬前まで、恐怖と緊張に体が動かなかったはずなのに、要の服を摑んでいた手を離していた。その人物の顔を、近くから覗き込む。

長い髪の間から、ぼんやりと虚空を見つめる顔は、だいぶ面変わりしているけれど、それでも——花果だった。澪が呼びかけても、こっちを見ない。まばたきはしているけどただそれだけで、心がここにないみたいだ。目の焦点が結ばれていないようで、その目が見えているのか、心配になる。

髪は、本当に――本当に、長かった。姿を消してしまったあの日から、一度も切っていないんじゃないだろうか。童話のラプンツェルを唐突に思い出した。高い塔に囚われ、閉じ込められたイメージが、今、微動だにしない花果の姿に重なる。

髪の色は、黒い。黒いはずだ、と確かに思う。目でしっかりそう確認できるのに、部屋の暗さの中で、花果の髪は白髪が光っているような、異様な存在感を放っていた。生気を欠いたまま、何十年も一気に老け込んでしまったように感じる。

澪の呼びかけに、花果は反応しない。変わり果てた容貌《ようぼう》に、澪もそれ以上、どう言葉をかけていいのか、わからなかった。

言いたいことはたくさんあったはずなのに。

あなたはずっと、こんなふうに過ごしていたのか？　姿を消したあの日から、二年近く。私が高校を卒業し、大学に行って、新しい生活を始めた間に。

――みんなはそろそろ受験なのね。いいわね……。

ふいに、花果の母親の言葉を思い出して、涙が出てきそうになる。

ベッドにいる花果は、パジャマを着ていた。青と黄色のチェック。何か違和感があって、あ、と気づく。ボタンの合わせが、澪の慣れている感じと違う。左右が逆――男物を着ているのだ、と気づいた。

それがなぜなのか、どんな意味があるのかわからないまま――途方に暮れて、澪は要を見つめる。涙が出そうになった。

「要くん。花果が……」

要が小さく頷いた。手元の鈴を、りーん、と振り動かすと、無表情だった花果の顔が、ひび割れるように大きく、歪んだ。

そこから先は、瞬く間に、いろんなことが起こった。

花果の叫び、それまで微動だにしなかった体が大きく跳ねるように動き、頭を押さえ、胸を掻《か》き毟《むし》り――。その悲鳴を聞いたら、澪の体が動いていた。

「花果！」と名前を呼び、ベッドの上の体を押さえる。骨と皮だけになってしまったような硬くて薄い体にしがみつくと、心が引き絞られる。咄嗟に抱きついてしまったのは、悲鳴がまぎれもなく花果本人の、高校時代、毎日聞いていた彼女の声そのものだったからだ。

花果の体は燃えるように熱く、触れた瞬間に後悔した。

神原一太の時と同じだ。熱した鉄のように熱くなった先輩の体。「触らない方がいいよ」と要に言われたことを思い出す。

要が「離れて！」と言った。そうしなきゃ――と澪も思う。

けれど、花果と自分の体が、磁石のS極とN極のようにくっついてしまっていて、離れない。

ああ、と反省する。

ごめん、要くん。

私は、いつもこうだ――。

注意してくれたのに、足手まといにならないつもりだったのに、ついていったらいけないのに、私はいつも。

優しいから、優等生だから、なんでそこまでするの、優しくするから誤解させるんだよ
――断らないから――お前のためを思ってそう言ってるのに。

「澪って、そういうところあるよな」

神原一太の顔と声が蘇る。ごめんね先輩、と澪は謝る。謝ってしまう。

たった数日、あんな仕打ちを受けただけなのに、心がずっとまだ、彼のこと、されたことを覚えているのを、自分でも、どうにもできない。

◆

気づくと、アルコールの匂いがしていた。お酒ではなく、消毒液のような、鼻の奥にツンと沁みるような、あの匂いが抜けていく。

重たい瞼をゆっくりと持ち上げる。白い天井がうっすらと目に入った。横を見ると、白い壁が揺れる。壁紙が風を巻き込むように膨らみ――その動きで、それが、布のカーテンだと悟る。

白いスクリーンカーテン。こういうカーテンのある場所はどこか――。

病院だ。

二度、まばたきをする。いつの間にか、澪はどこかのベッドに寝ていた。あわてて身を起こし、体を見下ろす。服装はさっきのままだ。

「起きた?」

声がして、スクリーンのカーテンが開く。顔を出したのは、白石要だった。動じた様子

のない普段通りの彼の姿が見えて、ほっとする。

「要くん――」

なぜ、自分がここにいるのか。何があったのか、一瞬、わからなくなって――だけど、要の顔を見たら、思い出した。

主婦たちの集まったお茶会。悶《もだ》え、苦しむ女性に駆け寄るハッチ。その後、彼らのマンションの別の部屋（――302号室）を訪ね、襖を開けて見たもの。

虚ろな目の、ベッドの上の花果。

「ごめん、私――」

言いかけて、はっとする。スクリーンカーテンを開けてこちらを見下ろす要の背後――蛍光灯の眩《まばゆ》い灯りの向こうに、もうひとつ、ベッドがある。そこに寝ている姿を見て、今度こそ澪は跳ね起きた。

「花果……！」

花果が寝ていた。

駆け寄ることができたのは、彼女の顔が、さっきあの部屋で見つけた時と比べて遥《はる》かに安らかで、ただ、本当に普通に寝ている、という様子だったからだ。異様に長い髪はボサボサのままだし、痩《や》せて随分面変わりしたように見えるけど、それでも、青白い頬にさっきと違って少し血色が戻っている。生きている、と感じる。澪の知っている彼女の姿にだいぶ近づいた気がした。服装も、さっきのパジャマではなく、この病院のものと思しきガウンに着替えている。

澪は、要を見た。要がその視線を受け止めながら、澪が寝ていたベッドの下を指さす。

「原野さん、靴」

指さす先に、澪のスニーカーがあった。言われて初めて自分が裸足《はだし》であることに気づき、澪は、ありがと、と礼を言う。スニーカーを履きながら、改めてあたりを見回した。

窓の外が暗い。もう、夜になっている。

どこか遠くで救急車のサイレンが鳴っていた。

「——ここはどこ？　病院？」

「そう。僕らに今回協力してもらうことになった片桐《かたぎり》総合病院」

「私のこと、運んでくれたの？」

「まあ」

「ごめん。結局、足手まといになっちゃって……」

「いや」

要が短く答える。その顔を見て、澪は、一応、言っておこうと思う。眠る花果の、さっきより格段に穏やかになった顔を見つめてから、言った。

「ありがとう」

「え？」

「花果に、約束通り、会わせてくれて。この子のこと、助けてくれて」

「いや」

要がたじろぐように答える。照れているとか、そういうわけでもなく、純粋にどう会話していいのかわからないようだった。

「花果はもう、大丈夫なの？」

「たぶん」

「花果のご両親に連絡は？」

「した。だけど、会うのはちょっとまだ待ってもらってる。まだ、することがあるから、今夜までは」

「すること？」

意味深な言い方に聞こえて尋ねるが、要はそれ以上説明しなかった。

花果の親にしてみれば、一刻も早く娘に会いたいだろう。これまでどれだけ心配してきたかを思うと、その様子の一端を知っているからこそもどかしい気持ちになるが、今は彼の言う通りにするしかないのだろう、と思う。

もう、いい加減、わかっていた。常識では考えられないことが、今日だけですでにいくつも起こっている。

窓の外に、街の灯《ひ》が見える。ネオンサインの店名や景色を見て、知らない街だ、と思った。

花果たちのいた、さっきのマンションの近くなのだろうか。それともサワタリ団地の近くか。片桐総合病院、という要が教えてくれた病院名にも心当たりはない。

病室にベッドは二つ。花果が寝ている窓際のものと、もうひとつ、さっきまで澪が寝ていたものだ。

横たわる花果の顔を見ていると、ふいに、胸を哀しみが突き上げた。

「花果は、目を覚ましたら、前みたいに私と話したりできるの？」

「うん。すぐには難しいと思うけど」

「これまでのことは覚えてるの？　自分が何をしていたのかとか」

言いながら、息が苦しくなってくる。ああ——そもそも。

「花果は、あの家で何をしていたの？」

「想像だけど、おそらくはずっと、ああしてた」

澪は無言で目だけ見開いた。ああと言われて、あの暗い、雨と黴と、仄《ほの》かなスナック菓子の匂いがする部屋を思い出す。一人きりの部屋、同じ姿勢で虚空を見つめるあの、なんていう姿——。

「一人でずっと、あんなふうに家の中にいたってこと？　二年近くも」

「おそらく」

「そんなのって……」

やるせないまま、澪は続けてしまう。

「そんなの、ひどい。この二年、私たちは高校卒業したり、大学に入ったり、してたのに。花果は、その期間を、あんな部屋にずっと閉じ込められて、台なしにされたってこと？　そんなの、あんまりだよ、取り返しがつかない」

「——そうかな？」

え、と今度は澪が要を見つめる。要は相変わらず、感情が読み取れない目をしていた。

「戻れるんじゃない？　二年や三年くらいなら」

「くらいって——」

眠る花果を前にして尚《なお》、平然とそんなことを言えてしまう神経が澪には理解できない。だけど——仕方ないのかもしれない。今、ここで彼を責めたり議論したりしても何にもならないし、彼はもともと、こういう、ズレたところのある人だった。

だけど、澪にはどうしても許せないし、釈然としなかった。他人事と思えないからだ。だって、今の花果の姿は一歩間違えば、自分の姿だった。神原一太にもともと魅入られていたのは澪だ。要が助けてくれたから、たまたま無事でいられただけで、自分が彼女のようになっていた可能性だってあった。

「神原先輩は、どうして花果をつれていったの？」

「花果さんは、『神原一太』の代わりだったんだと思う」

「代わりって」

「言ったでしょ？　あの家族は、いなくなった家族を補充する。三木島梨津さんを『神原かおり』にして妻や母親にしてたように、年の近い花果さんをおそらくは家の中の『長男』にしたんだ」

「長男――」

あの家に、子どもは二人。大学生くらいの兄と、小学生の弟――。

要が説明する。

「推測になるけど、花果さんのことは、神原家にとっても緊急事態での補充だったんだと思う。僕がダメージを与え過ぎたせいで、予定より早く『長男』を失うことになった神原家が、苦肉の策で彼女をつれて行った。『長男』が欲しかったのに性別が変わってしまったことで、きっと、うまく、『神原一太』を担わせることができなかったんだ。だから、家に引きこもらせておく他なかったんだと思う」

「その、『家族』がかかわるっていう話だけど、それ、どういうことなの？」

「ああ――」

要が長く息を吸い込んだ。短くぶっきらぼうにしか答えてくれないけれど、聞けば、教えてくれるのだ。辛抱強く言葉を待つと、彼が言った。

「三重県で死んだ、前の神原一太を覚えてる？」

「――陸上部にいた、私の先輩のこと？」

「そう」

ひどい目に遭わされ、危ういところを要に助けられた。そう思っても、「死んだ」とはっきり言葉にされると胸の奥がずくんと重たくなる。もう好きではない。けれど、名前を聞き、顔を思い出すとどうしてもそうなる。

「僕が失敗したんだ」

要が言った。

「神原一太から辿って、あの家を根絶しようとしたんだけど、あの時、僕は彼に必要以上の深手を負わせた。そのうえ、あの家があんな迅速に逃げてしまうなんて思わなかった。予測が甘かったせいで、原野さんにも花果さんにも迷惑をかけた」

要が花果のベッドに近づき、眠る彼女の顔を見つめる。

外でサイレンの音が、続いている。

「神原が、原野さん以外の人間を狙っているのに気づかなかった。僕が負わせた傷のせいで、神原一太はおそらく、逃げる途中で命が尽きた。死期を悟っていたからこそ、花果さんをつれて行ったんだ。自分の代わりにするために」

「先輩の死因は、何なの？」

尋ねる時、心拍数が高くなった。三重県で死んだ、としか聞いていない。命が尽きた、という今の要の言葉を聞いても、まだ現実感が薄い。

要が無言で澪を見つめ、それから自分のスマホを取り出して操作する。画面を開き、渡して見せてくれる。

ニュースサイトの記事が映っていた。

『三重県の山中、首つり自殺の男性の身元判明』

澪は息を呑む。

「自殺、なの？」

「うん」

記事を目で追う。遺体が発見されて、一ヵ月ほど経過してからの記事のようだった。

――先月七日、三重県の山中で発見された男性の遺体は、七年前に家を出たまま行方がわからなくなっていた北海道の男子小学生（当時）、安田雪哉《やすだゆきや》くんと判明――。

安田雪哉、という知らない名前に、目が釘付《くぎづ》けになる。

彼の写真は出ていない。だけど、自分の知っている「先輩」の、おそらくはまだあどけなかった小学生の頃の顔を想像する。息が詰まりそうになる。

「これが、先輩？　本当は、安田雪哉っていうこの人が？」

「そう。何代目かの神原家の長男・神原一太」

「自殺って、どうして」

「――あの家に入って、本来の人間でないものになりきって、周りに死と闇を振りまく役割はね、疲れるんだ」

要が花果の顔に視線を落としたまま言う。目の下が落ちくぼみ、頬がこけた花果の姿に、疲れる、という言葉がそのまま吸い込まれていくようだった。

「周りの人間を死に近づける分、自分自身も死に近くなる。だから、周囲を闇や死に引き入れながら、それと同時に『奴ら』は常に、自分に『かわる存在』についても探してる」

「どうして?」

「そういうものだから、としか言いようがないけど」

要が戸惑うように告げて、首を振る。

「神原家の一員を担わされるのは、それだけ疲れるし、逃げ出したいってことなのかもしれない。神原一太にあんな目にあわされた原野さんには迷惑な話かもしれないけど、あんなふうに相手を追いつめたり、闇を押しつけて暴言を吐いたりしながら、本人にもそれがどうしようもないんだ。彼の意思じゃない。そうやって、『家族』をやらされながら、自分自身も死に近づいてしまう」

要が花果のベッドに繫がれた点滴のボトルを見つめる。ぽつりと呟いた。

「たとえば、僕が今日闇を祓った三木島梨津さんだけど、彼女が『神原かおり』になる前に『神原かおり』を担ってた柏崎恵子は、サワタリ団地の廊下から転落してる。おそらくは、自分で飛び降りた。死んだ後で、梨津さんを自分の代わりにさせるつもりでそうしたんだ」

「『家族』になった人たちも、もとは、普通の人だったってこと?」

安田雪哉、というスマホ画面に表示された名前を見つめながら聞く。あえて「普通の人」という言い方をすると、躊躇うような短い沈黙があった後で要が頷いた。

「原野さんが会った『神原一太』も、もともとは普通の子、だったと思う。北海道の、家の近くの野球チームに、彼の前の神原一太が転入してきて、そこから入り込まれたって聞いてる。安田くんは、明るいキャプテンだったはずなんだけど、だんだんとチームに厳しいルールができたり、おかしくなっていって、一年間でチームのコーチやＯＢを含めて周りで十人近くが死に、最後には安田雪哉が街から消えた」

荒廃しきった、花果を見つけたマンションの部屋を思い出す。あの部屋で、『家族』の会話や時間が成立すると思えない。——彼は、家族だという彼らは、そんな部屋で、どんな日々を過ごしていたのだろう。

触発されて、ふいに思い出す。

花果と先輩が消えた後、神原家を見に行った先生たちの話だと、家の中は「ぐちゃぐちゃ」だったらしい。

乱雑に散らかり、人がそれまで生活していたようにはとても思えなかった、と。夜逃げ同然にものをかき集めたからそうなったのではないか、とみんなが言っていたけれど、それは、あの家と同じ、ああいう状態だったんじゃないか。

「野球、やってたんだ」

口に出すと、声が少し震えた。なぜ自分が泣きそうになるのか、わからなかった。

安田雪哉。——普通の子だった。

ならば、彼自身の話を聞いてみたかった。神原先輩も部活で運動神経、すごくよかったもんな、と思い出したら、やりきれなくて、苦しくなった。

「うん」

要が頷く。静かに。

「柏崎恵子さん——前の『神原かおり』だった人は、秋田県で母親を殺して、警察に指名手配されていた。介護を苦にした無理心中未遂だと思われていたみたい」

「え……」

「どんなに悩みを抱えていても、自分のことは後回しで、無理して貧乏くじを引かされてしまうような女性だったらしい。いつもびくびくして周りの顔色を窺《うかが》うような人だったから、より追いつめられたのかもしれない——と当時の新聞記事に書いてあったけど、いなくなる前、彼女の住んでいた街にも神原家が現れてる。どんな悩みに対しても『私もです』『私もなの』と共感してくれる〝母親〟が、その当時の神原家にはいて、その人が柏崎恵子さんにこう言った、という話もある。『私もですよ。私も親を殺したから大丈夫』『首を絞めるくらいどうってことない。みんなやってる。大丈夫。私もなの』」

ぞっと、腕に鳥肌が立つ。

「——構成員を替えながら、あの家がずっと続いて来たってことなの？　普通の人をそうやって巻き込みながら」

胸に強い怒りが湧く。

「人を、使い捨てにしてるのと一緒じゃない。そんなの、許せない」

強く憤っているはずなのに、口に出すと、言葉がひどく陳腐になった気がして、澪は唇を噛《か》む。

「『神原家』って、何なの？　子どもが二人と、お母さんと——」

「それと、父親」

要が答えた。はっきりとした口調で。

「父親と母親、子どもが二人。全部で四人家族。今の構成員は、これですべて」

「今の、って」

「ずっと続いている一家なんだよ。いつの頃からか現れて、家族の間に子どもが生まれることもあるし、普通の家が代替わりするように、あいつらも年を取るし、成長する。神原家の子どもが妻を迎えて子どもが生まれたら、その赤ん坊だって成長する。成長して、小学生として、中学生として、高校生として、また他の人たちを巻き込みながら、闇を振りまく。周りの人たちをおかしくして殺す」

言われた内容を、すぐには理解できなかった。混乱したというより、にわかに――信じられなかったからだ。

家族の間に子どもが生まれることもある、という言葉が、ぞわっと耳に響く。補充され、操られたような状態でできる子ども。妻を迎えて、という言い方もどこか生々しく感じられた。「長男」だったあの神原一太に自分がつれ去られる可能性があったのだ、ということの方も。

さっきの話を思い出す。

神原先輩だった安田雪哉のもとに『神原家』が現れたのは小学生の野球チームの一員として。「家族」が年を取っている。

「いつの頃からか現れたって言うのは……」

「ずっと昔からいる。神原家を継ぐ者が。あの家は戸籍だって持ってるし、ずっとずっと続いて、僕たちの周りで闇を振りまき続けてる」

「戸籍って、そんな、人がすり替わって、別人の戸籍で生きていけるものなの？」

「多少、周りがおかしいって感じたところで、あいつらは押し通すんだよ。普通はそんなのおかしい、年だって合わない、性別も合わない、そんな理屈を歪めて自分たちはこうだから、と自分たちの理論の方を押しつけ、それが通るようにしてしまう。周りもそれによって歪められて、そういうものだと思わされる。だから厄介なんだ」

すっとひと呼吸おいて、要が続ける。

「歪められて周りにすっかり溶け込むから、ぼくらも一度見失うと、次に見つけるのがなかなか難しい」

要が目を眇《すが》める。声が、静かに囁《ささや》くようになった。

「原野さん、そろそろ、ここを出た方がいい」

「え？」

「今日の午後、僕らが梨津さんと花果さんをあのマンションから助け出したのと同じ頃に、僕の仲間が『神原二子』を、通っていた学校からつれ出した」

神原ニコ、という名前を初めて聞く。だけど、その響きに数字の「二」を連想すると、長男の「一太」の名と共鳴するものを感じた。要が言う。

「神原家の下の子ども。役を担わされていたのも実際男の子だったけど、ひょっとすると、元は女の子だったのかもね。二子、という名前から想像すると、だけど。花果さんとは逆のことが起こって、こちらはそのまま、妹だったのを弟にして暮らしていたのかも。あの家族に適応できてしまってた」

独り言のように呟いた後で、浮かんだ笑みを即座に消し、要が真顔に戻る。

「攫《さら》ってきた神原二子も、この病院の別の部屋で、今、寝てる。梨津さんも別の部屋にいるよ。三人とも、今、ここに揃ってるんだ。だから――たぶん、取り戻しに来る」

病室の外に、救急車のサイレンの音がまだ響いていた。さっきも遠くに聞いていたような気がする。サイレンと音が近づいてくる。要が澪の目をまっすぐに見つめた。

「一度に三人も失うのは初めてだから、たぶん、アイツはそうする。僕たちは今、それを待ってる」

「待ってるって、誰を」

「『父親』を」

声に迫力と緊張が感じられた。目を見開く澪に、要が続ける。

「普通のやり方じゃ、おそらくまた逃げられる。だから、罠《わな》にかけることにした」

「その人が、すべての根源、なの？」

根源、という言葉がするりと口を衝《つ》く。浮かんだのは諸悪の根源、という単語だ。欠けた家族を常に補充し、取り込んで、家をずっと続けてきた、その根源。

「その父親が、全部、やってることなの？　どうして、その人はそんなに『家』や『家族』を持つことにこだわるの？　やりたきゃ、一人でやればいいのに！」

花果を、先輩を、あんな目に遭わせ、支配したのがそいつなのか――。

要の唇がうっすらと開き、言葉を返そうとしたように見えた。しかし、その時――。

大きな音が、空と地面、両方を駆け抜けた。

ドーン、と何かが突き上げるような音だった。床が震え、揺れる。窓の外で空気が揺れた振動を感じる。大きな地震が起きたように思った。でも、何かが違う。いったい何が――。

スマホが震えた。

澪のもの、じゃない。澪の手の中、さっき、記事を見るのに渡されたままだった要のスマホが震えている。

安田雪哉の名前が示されていたネットの記事が消えて、着信の黒い画面が表示されていた。「夢子《ゆめこ》さん」という名前が、そこに見えた。

「要くん、これ――」

揺れの衝撃がまだ続いていた。まだ揺れているのか、もう収まっているのか――そもそも本当に起こっていたことは「揺れ」だったのか、それとも別の何かだったのか、何が起きたのか、衝撃が大きすぎてわからない。長い時間船に乗った後、すぐに感覚が正常に戻らないのと似ている。

要が澪の手から素早くスマホを受け取る。出て、すぐに「要です、はい、はい」と向こうに話しかけている。その横顔が、険しく変わった。

病室の、澪が寝ていたベッドの傍らに置かれたテレビをつける。躊躇いのない手つきでリモコンのボタンを押す要を見て、花果が起きてしまう――と心配したのは一瞬だった。

テレビの画面が映し出される。ちょうど、二十二時台のニュースをやっていたようだった。

燃え盛るビルが、映っていた。

こちら現場です、現場ですが――大変なことに、
あたりは一面、火の海です、
ものすごい爆発音で、耳が今もまだ聞こえずに、

現場のカメラと連絡が取れません、

ガガガッ、

映る画面の音声が途切れ、中継らしきカメラの画像が斜めに曲がったまま、止まる。映像が、スタジオに戻る。強張った顔のアナウンサーが、画面の真ん中で言う。繰り返しお伝えします、と告げる声が切羽詰まっていた。

『繰り返し、お伝えします。本日、夜七時頃、神奈川県横浜市《よこはま》にある食品会社、ヨツミヤフーズの三階フロアに社員の男が立てこもりました。男は何らかの爆発物を持っており、この食品会社、営業二課の男性社員だということです。かつて交際していた女性に復縁を迫ったものの断られ、彼女が復縁しなければ上司と同僚を殺すと、警察やマスコミに電話をかけたものと見られています。警察と男との間で交渉が続いていましたが、先ほど、三階フロアで、突如、爆発があった模様です。現場で中継していた番組クルーの中には、安否がまだ確認できない者もいて――』

要がチャンネルを替える。別の局でも、緊急中継、として、事件を伝えていた。夜空を舐めるような赤い炎が上がっている。

サイレンの音が聞こえた。

ひとつではなく、いくつも。

救急車なのか消防車なのかパトカーなのか、わからない。いくつものサイレンが、夜の中に広がって、共鳴するように響き渡っている。

「――見ました」

電話の相手に向け、要が言った。「はい」と頷く。そして言う。

「ええ。ヨツミヤフーズは、『父親』の会社です」

はっとして、澪は弾かれたように顔を上げ、要を見る。しかし、要はこっちを見ない。窓の外を見ている。遠くが仄かに明るい。その色が何故なのか、テレビの画面の中で燃え盛る炎と、窓の外の光景が、澪の中で一致しない。テレビの中で燃えるビルは、窓ガラスがすべて吹き飛んでいる。頭を押さえて道路にうずくまる通行人やテレビクルーの姿が、映し出される。

要が電話を切る。澪を見た。

「原野さん。ごめん、今すぐサワタリ団地の自分の部屋まで戻ってくれる？　戻ったら、もう今夜は絶対に外に出ないで。何があろうと心配しないで。今、車を手配するから」

「これも、神原家の『父親』の仕業なの？」

要が無言で頷いた。窓の外のサイレンが、尖《とが》ったように高くなる。近づいてくるのがわかる。

「予定が狂った。協力してもらうはずだったけど、この病院にもおそらくこれから怪我人が運び込まれてくる。だから、原野さんはもう」

帰って、と続けようとしたのだろう――たぶん。

だけど、その先がかき消された。

パアン！　と大きな音がして、視界が一気に闇になる。何が起きたのかわからなくて、だけど、頭の上に細かい何かが舞い散ったのを感じて、咄嗟に目をつぶる。

部屋の蛍光灯が割れたのだ。要の動きが速かった。澪の体が要の腕にくるまれる。有無を言わさぬ強い力で、要が澪の体をかばうようにかき抱いたのがわかった。

光が一気に消えていた。消え過ぎていた。

窓の外に洩れ出ていた光が一切感じられない。

悲鳴が聞こえる。パニックになったような誰かの声がしている。戸惑うような話し声も。

蛍光灯が割れたのは、澪たちの病室だけではない。病院全体の蛍光灯が、見えない衝撃に晒《さら》され、一瞬にして、同時に割れたのだ。

ボワッと、くぐもった音がして、オレンジ色の、非常灯の鈍い光が澪と要の顔を照らす。他の部屋でも同様に切り替わったようだった。窓の外、病院の前の道が一面、同じオレンジ色に染まる。

サイレンの音が、途切れた。

「来た」

澪を腕に抱えたまま、息遣いの下で、要が言った。

◆

パニックに陥った病院の、廊下に出てきた人たちの間を縫うようにして、要が澪の手を引いていく。非常灯の灯りの下、「大丈夫ですか?」と呼びかける看護師や医師たちが何人もいる。廊下に出てきた患者らしき人たちも。

白衣の職員たちが手にする懐中電灯の丸い光が、オレンジ色の照明の中でいくつも交錯している。

澪の手を握り締めながら歩いていく要に躊躇いはなかった。左手で澪と手を繋いだまま、右手だけでどこかに電話をかける。

「もしもし、部屋を替わりましょう。澤田《さわだ》花果さんを任せていいですか」

花果。

暗くなった部屋を離れて、彼女を一人にしてしまっていいのか、不安だった。置いていけない、と要に言いたかったけれど、爆発のニュースと停電に混乱して、咄嗟に聞けなかった。

電話を切った要が言う。歩みを止めないまま。

「大丈夫」

彼の顔を見上げる。表情に乏しい顔が、前だけを見ていた。

「花果さんは、おそらく大丈夫。アイツが取り戻そうとするとしても、優先順位は低い。つれ帰っても、再び『長男』としての役割を果たせるかどうか、わからないから」

「――要くんが代わりにつれていかれる心配はないの？」

疑問が咄嗟に口を衝いた。「家族を補充する」「入れ替わり」の話を一気に聞いた後だから、つい、心配になる。正確な年齢はわからないけど、要は花果や澪と同年代だ。『長男』の年に符合する。

「え？」

要が心底びっくりしたように澪を見た。真剣に心配していることに気づいたのだろう。すぐに前を向き直し、「大丈夫」と真面目な声で答えた。

「心配してくれてありがとう。だけど、それはない。僕が息子になるなんて、そんなの、シャレにもならない」

澪の手を握る要の手は温かかった。さっきから、思っていた。感情が淡泊そうで、得体が知れない、と思っていたけど、要は、きちんと「こちら側」の人間だ。

生きている。

いったい、彼はなぜ、あんな闇の家族たちと対峙《たいじ》して、彼らを祓うことができるのか。そんな役目を担っているのか。無事にここから戻れたら、改めてちゃんと聞いてみたい、とこの時、澪は心から思った。

要が目指している場所は、さっきまで自分たちがいたのとは、号棟が違うらしい。大きな病院だ。迷路のような通路を抜け、階段を上がり―動かなくなったエレベーターの前を抜け――手動で自動ドアをいくつもすり抜ける。

彼の足がようやく止まった部屋の前には、すでに何人かの姿があった。

「要」

一人が言った。五十代くらいの男性だ。別の女性が「要くん」と声をかけてくる。こちらは四十代半ばほどの女性で――看護師の白衣姿だった。他にも数人がこちらを見る。皆、非常時でも落ち着いていて、そこまで動揺しているようには見えない。

「僕が中で待ちます。――『父親』が来たら、知らせてください」

声に彼らが顔を見合わせ、頷いた。

「気をつけて」と短く言って要の肩に手を置く。そのまま、要と澪を部屋に通してくれる。

要が言う。

「三木島梨津さんと澤田花果さんの方は頼みます」

彼らが、わかった、と頷いた。

その部屋には番号も、患者名も何も表記がなかった。

さっき花果が寝ていたのより小さな病室だ。ベッドは一台。周りには誰も付き添わず、子どもが一人、寝ている。

まだあどけない顔で、目を閉じている。切りそろえられた前髪がやけにつややかで、枕もとにレンズの厚い眼鏡が置かれていた。近くの椅子にランドセルが立てかけられているのを見て、小学生なのだ、と思う。

要がようやく澪の手を放した。長く握られていた手が、じんじんと少し痺《しび》れている。非常時だから――とはいえ、手を繋いでいた気恥ずかしさと気まずさから、すぐに口が利けない。ひとつ深呼吸して、澪が尋ねた。

「……この子が『次男』？」

「そう。神原二子。取り戻しに来るなら、たぶん、この子だ」

「どうして？」

「『父親』を除く今の『家族』でこの子が一番、長くて、うまい。『神原二子』をやるのに向いていたし、その分、周りの犠牲も多かった。逸材だった」

逸材――という言葉の響きに心が凍る。

闇に魅入られ、補充された家族。役割を担うのにも向き不向きがあるのか――。

ボオン！

と、音が鳴った。

それと同時に、床がまた震える。ぎゃっと叫んで、澪が体を屈《かが》めると、窓の外に新しい炎が上がるのが見えた。今度は近い。さっきより、近い。同じ病院内なのではないか――

たとえば、花果のいた、さっきまで自分たちがいた部屋——。

要のスマホが鳴る。

それと同時に、小さく、また、何かが弾けるような音が聞こえる。悲鳴が上がる。何が起きているのかわからない。だけど、確実に何かが近づいている。

騒ぎの声が聞こえているのに、部屋の中、この空間だけがびっくりするほど静かだ。まるで、ドアの外の世界の一切から遮断されているように。

コツリ、
と音が聞こえた。

喧噪《けんそう》も叫びも、聞こえている。サイレンもひっきりなしに聞こえる。だけど、それらの音のすべてと一線を画する音が、響く。その足音がはっきり、澪の耳に聞こえる。

「怖い……」

部屋の中が、異常なほど冷たい。

同じ病院内なのに、さっきとは比べものにならない。歯の根が合わないようになって、いったい自分が今どこにいるのかわからなくなる。

寒い、と言おうとしたはずだ。伝えたかったのはその言葉なのに、それがなぜ「怖い」になってしまったのか、澪にもわからない。

しかし、その時——。

「怖くない」

声がして、見ると、すぐ隣に要がいた。

見知らぬ子どもの眠るベッドを背に、澪と肩が触れ合うほどの距離に、いつの間にか要がいる。傍にいて、はっきりとした声で澪に呼びかける。

コツリ、とまた音がした。

コツリ、コツリ、
革靴で廊下を一歩一歩、踏みしめ、歩いてくる音。

澪の体が、ぶるりと大きく震えた。冷たい蛇が背中を這《は》いまわるイメージが唐突に広がり、その乾いた鱗《うろこ》の感触までもが、蛇を触ったこともないのに、肌の上に伝わってくる。たまらなくなる。背中を掻き毟り、逃げ出したい——思っただけなのに、それを見透かしたように、要の手が、澪の背中をほんの少し、押す。

「怖くない。あの『家族』は確かに想像を超える。だけど、使うのはあくまで、言葉と行動。それは僕らができる範囲のことと変わらない。いかにあいつらだって、何だってできるわけじゃない」

コツリ、コツリ、
コツリ、コツリ、
四分音符を正確に鳴らすように、音が近づいてくる。

体が動かない。

澪の背に手を置いたまま、要がきっぱりと口にする。

「停電は、おそらく、変電室から高い電圧を一気に全室にかけて、それに耐えかねた蛍光灯が割れただけ。そうやって病院のブレーカーを落としただけ」

コツリ、コツリ、

「今たとえ——」

コツリ、コツリ、
コツリ、コツリ、

「アイツが、自分の『家族』がいる部屋をすべて探り当てているとしても、それはたぶん、停電の前に調べただけ。別に、超常現象のような力を使ってそうしてるわけじゃない」

コツリ、
コツリ、
一歩一歩が、大きくなる。歩みの音がいたぶるように鈍くなる。規則的だったのにそのリズムの変化が、足音の大きさが、気になってたまらない。

服の袖口《そでぐち》に、何百匹もの何かが入り込んでくるイメージが止まらない。ゴソゴソと針金のような、甲冑《かっちゅう》のような感触が――。

叫び出したくなる。

ムカデの足が、服の内側で私の肌の上を蠢《うごめ》いている気がしてたまらない。背中の蛇は、いつの間にか、二匹になっている。体が動かない。

足元から、数千匹のミミズが私の体に入り込む――。

要の手が澪の背中から、服の袖に移る。袖口に蓋をするように、強く、澪の手首を両方、摑んだ。痛いほどに。

「今、原野さんが視《み》ている厭な感覚があるとしたら、それは、原野さん自身の感じている恐怖のせい。生み出しているのは、原野さん自身。――大丈夫、怖くない」

コツリ、という足音が止んだ。

病室の異常な寒さがいつの間にか収まっている。

ドアが開く。そんなに重たいドアではなかったはずなのに、やけに大仰な音を立てて。

眼鏡をかけた男性の顔が、覗いた。

くたびれた雰囲気のスーツを着ている。眼鏡が光って、目の色も、表情も、しっかりとはわからない。細身の体から奇妙なまでの迫力と威圧感が立ちのぼっている。

外にいた要の仲間たちは、彼を止めなかったのだろうか。仕掛けたという罠は、効かなかったのだろうか。稲妻のようなサイレンが、外で響く。その音を聞きながら、部屋の中の空気が、大きく割れる。

顔のわからないその男性に向けて、要が言った。やっと会えた、というような、重たい吐息とともに。

「ひさしぶり、——父さん」

稲妻が——光った。

雨も、嵐も、なかったはずの空から、一条、稲妻の閃光《せんこう》が走る。少し遅れて、その音が轟《とどろ》く。とても大きく。

バリバリバリバリバリ、と生木が裂けていくようなものすごい音がした。窓の外に炎が上がる。近くの木が落雷を受けたのかもしれない。だけど、澪は炎より、目の前の男性の顔から目が離せなかった。

要の言葉に重なって、ゆっくりと、目の前の男性の顔が歪んでいく。眼鏡の奥の表情が見える。

逃げ出したくなるような威圧感と矛盾するようだけど、でも——。

——普通の人だ、と思う。

――普通の、私の父ぐらいの人。

――普通の、誰かのよきお父さんの、ような。

テレビのニュースで、街頭インタビューの際に、ほろ酔いの男性をどこかの駅で捕まえてレポーターが聞く。お父さん、ちょっといいですか。お父さん、そんなこと言っちゃって奥さんに叱られませんか、お父さん、お父さん、お父さん――。中高年の男性に言う、代名詞。それが似合う、普通の、誰かの『お父さん』――。

目を見開いた。

体がようやく動くようになって、要を見る。そして澪は大きく、それこそ大きく息を呑みこんだ。

要が見たこともない表情を浮かべていた。再会してから、以前より微笑みに近い彼の顔を見るようになったと思っていた。だけど、違う。要の顔が、泣きそうに歪む。歪みながら、そして、怒っていた。

りーん、と音が鳴る。

要じゃない。要の手は澪の両肩を支えている。前だけを見て、現れた『父親』を睨《にら》みつけている。

言いようのないほど険しい目だった。猛烈な怒りと哀しみ。その目が強く、目の前の男を睨んでいる。

澪は思い出す。思い出していく。

要の言葉を。

――父親、と呼ぶ、彼の物言いを。

『一度に三人も失うのは初めてだから、たぶん、アイツはそうする。僕たちは今、それを待ってる』

　待ってるって、誰を――尋ねる澪に、要が答えた。

『父親を』

　他にも、言っていた。

『ええ。ヨツミヤフーズは、父親の会社です』

『僕が中で待ちます。――父親が来たら、知らせてください』

　父親。

　父親。

　そして、さっきも言ったのだ。この、突如現れた相手に向けて。彼が、はっきりと。

『ひさしぶり、――父さん』

　頭の中で、音が鳴る。

　りーん、と鳴る鈴の音が太く、大きくなっていく。ひとつじゃない。たくさんたくさん、重なり、弾けて、バラバラになって、一度束ねられて重なった音が、散り散りに、砕けていく。

　心配して、澪は要に尋ねた。あなたが『長男』になってしまうことはないのか。つれ去られることはないのか――。要は答えた。びっくりしたような顔の後、真顔に戻って。

『心配してくれてありがとう。だけど、それはない。僕が息子になるなんて、そんなの、シャレにもならない』

　ああ――。

稲妻の閃光の衝撃が去って、部屋の入口に立つ男性が目を見開いていた。眼鏡の奥の目が、要を見ている。金魚のようにその口が動く。透明な糸に操られるように。

かなめ、と。

要の顔が大きく、歪む。泣きそうに。

二人の顔は、とてもよく、似ていた。腫れぼったい、少し重たそうな瞼。鷲鼻《わしばな》。眉のなだらかなライン。

親子、だから。

本物の親子だから。

「父さん」

要が呼ぶ。手が澪の肩から離れ、病室の外の鈴の音に呼応するように、要の体が大きく反る。全身で深呼吸をするように背がしなり、次に再び彼が姿勢を正すと、その手に鈴が握られていた。

りーん！

音が鳴った。

竹がざーーーーっと風にしなる音が聞こえる。澪の実家でいつも、聞いていたあの音。

「父さん！」

要が叫んだ。

「戻ってきて！」

ぎゃあああああああああああああああああ――

悲鳴が上がる。

風がそよぐ。窓の外の炎が煽《あお》られ、空に向けて伸びていくのが見える。断末魔のように強く、強く――。

竹の青い匂いと、それが燃えていくような激しく焦げ臭い匂いが、病室を包んでいく。

◇◇◇

病院の庭が燃えている。

サイレンが聞こえる。

例の食品会社での爆発事故の負傷者を運び込む救急車のサイレン。けれど、その病院でも今夜は停電と火災の非常事態が起こった。たくさんの救急車が、別の搬送先を探すことになったのだろう。夜のサイレンが途切れない。

今、この病院に響くサイレンは、消防車の音の方だ。

院内放送が停電で復活しない中、誰かが取り出したのか、災害用のメガフォンの声が響いている。

――お知らせします！　病院内から出ないでください。病院の外の木が落雷を受け、火災が発生しました。外に出ないでください。院内は大丈夫です。先ほど、院内でもボイラーの爆発による火災が一部発生しましたが、そちらはすでに消し止められています。これ以上の爆発の心配はありません。どうかパニックにならないで！　外の火事も、もうじき、必ず鎮火します！

院内から出ないで、落ち着いて、同じ内容の言葉が響いている。あちこちの病室で窓を開けて、中から患者たちが身を乗り出し、庭で燃える木を見ていた。指さし、スマホを取り出して写真を撮っている人もいる。落雷に真ん中からぱっくりと割れた大木に、消防車が放水する様を、皆が興奮しながら見ている。

必ず鎮火する、というのは、皆を安心させるための嘘ではなく、実際そのようだった。炎の影が、だんだんと消えていく。

終わるのだ、と、澪は思う。

窓から体を離し、病室を振り返ると、要はまだ『父親』のそばから一歩も動いていなかった。

父親——神原家の〝父親〟ではなく、自分自身の父親から。

枕もとにレンズが割れ、フレームが歪んだ眼鏡が置かれている。焦げ臭い匂いは、まだ部屋の中にこびりついていた。それとも、これは外の火事の匂いだろうか。

説明がつかないことに、ただ悲鳴を上げたように見えただけの要の父親の背広は、あちこち、焦げたように煤《すす》がついている。まるで、見えない炎に包まれ、激しく灼《や》かれたようだ。

悲鳴を上げて崩れ落ちた『父親』を、要はしばらく呆然と見つめていた。

やがて、相手が完全に動かなくなったのを確認して、要が駆け寄る。その体を抱き起こした時、ぐったりとした『父親』の顔は、もう——怖くなくなっていた。ドアを開けて入ってきたばかりの時の、あの得体の知れない威圧感はなく、本当にどこにでもいる、ただの「普通の人」だという気がした。

「要くん」

すぐに、外から人がやってきた。さっきまで部屋の前にいて、要に「気をつけて」と声をかけていった人たち。その人たちが要を気遣い、澪にも「あなたも大丈夫？」と声をかけてくれる。

父親の傍らに跪《ひざまず》くようにしていた要が、心配そうに彼らに尋ねる。

「みんな、無事ですか」

切迫した声に聞こえた。切実な目で、周りの人たちの顔を見つめる。

「全員、逃がしていませんか。『母親』も『長男』も、そろっていますか」

「いるよ。大丈夫だ」

一番年配の男性から答えが返ってきた時、要の体から力が抜けていくのがわかった。彼の口から、はー、と長い息が出た。

「よかった」

混乱が残る病院の中で、花果がそうされたように、要の『父親』もまた、部屋を用意されて寝かされた。要の仲間たちは、要と『父親』をそこに残し、再び混乱の最中《さなか》にある病院のどこかに戻っていく。

なりゆきで、澪も要の傍らに残った。自分のような部外者が残っていていいとは思わなかったけれど、澪もまた事情が知りたかったのと――それと、おこがましいかもしれないが、この時は純粋に、要を一人にしてはいけない、と思った。

誰かが彼のそばにいなければいけない気がしたのだ。

「その人は、要くんの『お父さん』なの？」

沈黙を振り切って、先に口を開いたのは澪の方だった。椅子に座って『父』の顔を覗き込み続けていた要が、やっと顔を上げる。澪が尋ねる。

「どういうことなのか、聞いてもいい？　ひょっとして、要くん、前に一度、あの、『神原家』の家族に取り込まれて、逃げてきた、とか――？」

たとえば、先輩の前の「神原一太」が、要だったのか。あるいは、もともとは血の繋がった存在として、あの家の本物の「長男」が要だったのか――。

尋ねると、要の表情が、ふっと緩んだ。そうすると、年相応の、まだ半分子どもで半分大人な、まぎれもなく自分と同年代の男子の顔になる。――彼にはこういう顔を、これからずっとしていてほしい、と思ってしまう。思うと、胸が痛んだ。

「違うよ。この人は、僕の本物の父親。神原家に取り込まれていたけど、白石稔《みのる》。心療内科の医者だった」

「お医者さん――」

「この病院の院長とは大学の同期で――だから、今回も、協力してもらえた。おかげで大変なことになっちゃったけど」

後で謝らなきゃ、と要の顔に困ったような力ない微笑みが浮かぶ。だけどすぐ、真剣な顔つきに戻る。戻ってしまう。原野さん、と澪に向けて、彼が語り出した。

「『神原家』がやってきたのは、僕が小学校に入ったばかりの頃。父の病院に、神原家の父親『神原仁《じん》』が受診にやってきたのが始まりだった」

空気が、すうーっと薄くなっていく。今、目を閉じて眠る彼の父親――白石稔の顔が、どこか苦悶《くもん》に満ちた表情に、見えてくる。

「眠れないんです、という神原仁の悩みを聞き、相談に乗り、医者としてアドバイスをしているうちに、彼の妻も病院にやってきて、父に診てもらうようになって。――半年かけて、うちでは結局、祖父母と、姉と母が死んだ。周りでも、随分、人が死んだり、いなくなったりしたよ。今回ほどじゃないかもしれないけど」

さっき一瞬、テレビをつけたら、ニュースでやっていた。今夜のヨツミヤフーズの爆発での、現時点での死者は十一人。重軽傷者の正確な数はまだわかっていない。犯人と見られる営業二課の鈴井俊哉も、すでに死亡が確認されているという。

ニュースを少し見て、気が滅入《めい》り、すぐにテレビを消した。

あの爆発に、この人――今、目の前で眠る白石稔が関わっているのかもしれない、と思うと、息が詰まりそうだ。

――彼らが使うのはあくまで、言葉と行動。超常現象的な力ではない、とさっき要に説明されていたが、それでも、さっきの突然の落雷は偶然だとは思えない。彼らも要も、澪の常識を超えた存在なのだということははっきりわかる。

病院内のボイラー火災の方もどうなのだろう。この「父親」が自分の手で起こしたのだろうか。それとも、誰かに何かを囁き、追いつめ、操るようにしてやらせたのか――。

「僕だけが残った。あの年に」

要がぽつりと言った。父親の、力なく投げ出された、袖口が焦げた手に触れる。

「あのままじゃ、僕も危なかったところを、さっきの、夢子さんたちが助けてくれたんだ。その時から、彼らが僕の親代わり。僕にすべてを教えて、鍛えて、育ててくれた」

「あの人たちは、何なの？」

『闇を祓う者』。闇を振りまく、ああいう『家族』の存在に気づいて、そこから人を守る役目を背負っている人たちなんだ。もともと、そういう一族として生まれついた人もいるけど、今は、自分の家族や婚約者を失って仲間になったという人もだいぶいる。――僕みたいに、家族を取り戻すために」

要の目が寂しげに翳《かげ》る。

「父は、すごかったよ」

ぽつりと呟くように言った。

「あの『家族』は補充する。『父親』や『母親』を入れ替える。そうしながら、少しずつ、その人自身が持っていた本来の性格や特徴を取り込んで、継承していく。――カウンセリングを仕事にする医者だった父を取り込んだ後の『神原仁』は、おそろしく厄介だった。神原家の犠牲者は、僕の父を『父親』に据えた途端に、より酷《ひど》くなって、だから――どうしても止めたかった」

要の父親は、まだ目を覚まさない。その顔を見つめる要の顔が痛々しい。祖父母と、母と姉が死んだと、要は言った。取り戻したかった彼の父親は、要の唯一の肉親なのだ。

「時間がかかったけど、ようやく、戻ってきた。だから、ここからやり直すつもりだよ、父と」

「ごめんなさい……！」

澪が頭を下げる。要がきょとんとした顔で、こっちを見たのがわかった。だけど、顔がきちんと上げられない。唇を嚙み締め、澪は続けた。

「さっき私――、花果のことですごく無神経なことを言った」

思い返すと、改めて、頭の奥が沸騰するように熱くなる。恥ずかしく、いたたまれなかった。

「二年も大事な時間を失って、取り返しがつかない、なんて……」

――そんなの、ひどい。この二年、私たちは高校卒業したり、大学に入ったり、してたのに。花果は、その期間を、あんな部屋にずっと閉じ込められて、台なしにされたってこと？　そんなの、あんまりだよ、取り返しがつかない。

それに要が「そうかな？」と尋ねた。

――戻れるんじゃない？　二年か三年くらいなら。

二年か三年くらいって――、と澪は絶句する思いだったけど、その時の要の気持ちが、今ならわかる。今更ながら、わかる。

小学校に入ったばかりの年から、今まで。要が澪と同じ年だとしても、単純計算で十二年間。それだけの長い時間、父親を奪われ、ここから取り戻して、要はやり直すつもりなのだ。その長い年月を思うと、今度こそ正真正銘、言葉を失う。

ああ――と要が呟く。それからゆるりとかぶりを振った。

「どうして、原野さんが謝るの？」

「だって……」

「すぐには難しいかもしれないけど、戻るよ、僕らは。おそらくは花果さんも」

どう答えていいかわからなかった。涙が出そうになって、視界が曇る。その視界の端で、要の手が、しっかりと父親の手に添えられていた。

その手を見つめながら、尋ねる。

「だけど——わからないことがあるの」

「何が？」

「神原家の『父親』は、要くんのお父さんだった。もともと普通の人だったはずなのに、あの家に取り込まれて、『父親』の役割を担わされてた」

「うん」

「だとしたら、すべての元凶は、誰？」

さっきから、それがずっと気になり続けていた。まさか——と思う。嫌な汗が背中を滑り落ちていく。

「ひょっとして——神原家の中心は、あの子の方？」

『父親』が取り戻しに来るならこの子だ——と要に指摘され、ともに、病室にいたあの子ども。神原二子。次男。

幼い顔に、切りそろえられた前髪。ニキビ跡ひとつない、きれいな寝顔。

あの子だけが、そういえば、どういう子なのかを知らない。得体が知れない。目を開けて、きちんと話しているところを一度も見たことがない。

だとしたら、まだ終わっていないのではないか——ぞっと寒気が体を包む。あの後、彼はどうなったのか。要の仲間はしっかり見張っているのだろうか——。

「あの子の方なの？　『父親』じゃなくて、あの子が足りなくなった家族を補充して、あれをやらせた張本人ってこと？」

大変だ、という思いで顔を上げると、要が「ああ——」と頷いた。そして、言った。こともなげに。

「違うよ」

「え？」

「違う。あの子は、四年前にあの家族に取り込まれただけ。さっきいた女性のうちの一人が、彼の本当の母親。――小学校受験に失敗したことで執拗《しつよう》に息子を追いつめてしまったこと、そこを『神原家』につけ込まれたことをずっと後悔していて、さっきも、戻ってきた息子に縋りついて謝ってた。ごめん、もう、生きていてくれるだけでいいよ、いい子でなくていいよ――と泣きながら。『神原二子』だったあの子の、本当の名前は、宮上大河《みやうえたいが》くん」

「じゃあ……」

「『中心』や、『元凶』なんてないんだ」

要が言った。

外のサイレンの音が、思い出したようにまた、部屋の中に戻ってきた。今、この時も、どこかで救急車やパトカーの音が、鳴り響いている。苦しんでいる人が、まだいる。

「あの家族に、中心になって皆を支配する特定の一人は誰もいない。誰が『元凶』や『中心』ということもなく、『家族』であることそのものが力を持ってるんだ。一人が抜けたら補充され、誰かがいなくなったら、またその人が補充されるだけ。それが、ずっと永遠のように続くだけで、『家』という形が、互いを縛っている。誰の支配なんてことはない。強いて言うなら、『家』と『家族』という形が、彼らを支配している」

生活感がまるでない、あの、マンションの部屋を思い出した。

雑多で、統一感のない部屋。黴と雨の匂い、甘ったるいスナック菓子の匂い。あの中で、彼らが『家族』として話をしているところや生活しているところがまるで想像できない、と感じた。

ぞっ――――とする。

家に帰ってきた途端、互いが中に入るけれど、その全員がぼんやりと『家』という箱の中に、ただ虚ろな目で「いる」だけのところを想像する。花果がベッドの上で、ただただ、長い時間、使命のように虚空を見つめていたように。

「だから、全員を一斉に祓うことが必要なんだ。そうしないと終わらない。誰かが一人でも残るとまた補充されてしまう。『家』を作られてしまうから、絶対に全員を止めたかったんだけど、これまではそれがうまくいかなかった」

「呪われているのは『神原家』っていう器自体、ということ?」

要が不思議そうな目で澪を見る。ややあって、躊躇いがちに頷いた。

「あの家がしていたことを『呪い』って言葉で表すなら、まあ、そう」

「ずっと昔から、いつの間にかいたって言ったよね。『神原家』は、そういう、ただの寄せ集めの人たちなのに、『家』として、誰の意思があるわけでもなく、ただ存在してたってこと? 全員が、普通の人で、誰かが何かの目的でやってるわけでもなく、ただ『ある』――」

「そうだね。ただ、ある」

澪は胸を押さえた。そんなことが、と心臓の鼓動が速くなり、呼吸が浅くなる。目的がない。ただ、ある。そういう、闇を振りまく、闇のハラスメントのようなことをする人たちがいる――。時代を経て、世代を超えて、その時々の誰かの性格や性質を取り込みながら、闇の家族がアップデートする。し続けてきた。

要が深く、頷いた。

「誰の意思もないっていうより、強いて言うなら、『家の意思』。家という形を存続させることを目的に、家そのものが彼ら家族を支配する」

「逃げる方法はないの？」

入れ替わり続ける『家族』。その家族たちが振りまく悪意。その悪意で、人が追いつめられ、死んでいく。どこからともなく現れた悪意や死が『家』を中心に蔓延《まんえん》し、人を介して広がり続ける――。

要が首を振る。

「接触しないことしか方法はない。一度でも接触してしまったら、完全に身を守るのはなかなか難しい」

「それが、ようやく、終わったの？」

口にしながら、その瞬間に自分が立ち会ったのかと思うと、途方もないものを目の当たりにしている気持ちになる。

ずっと昔から続いてきた、中心のいない、空っぽな「家」が生んだ闇ハラの流れが、今日、止まった。全員が一気にいなくなって、やっと、呪われた「家」が解体されたのか――。

要の顔が少し困惑気味に傾く。頷いた。

「うん。終わったよ。――『神原家』は、だけど」

「『神原家』、は？」

「うん」

「それって、つまり？」

澪が目を見開く。その時、ふいに、要のスマホが震えた。その振動に要が反応する。電話を取る。父親から手を離し、そして、顔つきがまた真剣そのものになる。表情が、電話の内容を聞きながら引き攣《つ》っていく。

「『——家』の件、ですか」

何家、と言ったのか、その前は耳が衝撃にぼんやりとして、はっきりとは聞き取れなかった。

外で大きな、サイレンの音が続いていた。

エピローグ

その子が引っ越してきてから、すべてが、おかしくなった。


胸の奥がざわざわする。どうして、彼女のことがそんなに気になるのかわからない。

「聞いて聞いて聞いて。ねえ、私、何かしちゃったかな？　あの子から来たメール、ちょっと読んでほしいんだけど。これ、相手の方が絶対におかしいよね？」

最初は、嬉《うれ》しかった。

私はクラスに親友ってほど親しい子がいなかったし、屈託なく、恋愛の話も、成績の話も、あけっぴろげに話してくれる◯◯ちゃんのことが、心を開いてくれてるんだって、嬉しかった。私の相談にだって乗ってくれたし。

だけど、だんだん、彼女の相談ばかりが話題を埋め尽くして。

「あの彼は私のこと、好きだよね？」

「あの先生、私を特別優秀だと思ってるよね？」

「あの子が私に冷たいのは、絶対に嫉妬《しっと》だよね？」

「クラスで私が孤立してるのは、私が、凡人には理解できない特別な存在だからだよね？」

相槌《あいづち》を打たなきゃいけない電話が、手紙が、ＬＩＮＥが、毎日毎日、毎日毎日――。逃げ出してしまいたいけど、無視できない。

そうだよね、きっとみんな羨《うらや》ましいんだよ、悔しいんだよ、だって○○ちゃんは――と、あの子のことを褒めそやしていたら、それがさらに止まらなくなって。

私を見て、私を見て、私を見て。

慰めて。

褒めて。

聞いて聞いて聞いて――。

――コントロールできる、と思っていた。

適当に褒めて、相槌さえ打っていたら、大丈夫だって。だけど、どうしてだろう。大事なのが相談されてる内容そのもの、じゃなくなっていく。

私が褒め続けないことが、○○ちゃんの中で、どんどん、大きな問題になっていく。

「なんで返事をくれないの――」

「私のこと嫌いなの――」

「私は親友だと思ってたのに――」

「あんなにあなたと仲良くしてあげたのに恩知らず――」

ベソベソベソ、声の隙間から、泣き声ではなく直接、擬音が聞こえる。

ベソベ
ソベ

ソベソベソベソベソ――。
死んでやるから。
人殺し。
電話の向こうで、彼女がそう、囁《ささや》いた。
つきあってる恋人本人でもなければ、親友でも、友達ですら、ないのに。
彼女の中で、一番許せない相手が、私になっていく。

◆

彼が来てから、全部が、おかしくなった。

オレ、ダメなやつなんだよね。
だって、お前のこと、守れないし。
守るって約束したのに、果たせないし。
オレのことなんかやめて、もっといいヤツ探せばいいのに。
だけど、これがオレなんだよ。自信ないけど、一緒にいてよ。
お前のためなら死ねるけど、でも。
ねえ、こんな男のどこがいいの？
お前のことなんか好きじゃない。

言葉ひとつに振り回されて、途切れたメールの返事を待ち続けて、返事が来るならそれが暴力的な内容でも構わない、と思っているのに来なくて、来なくて、来なくて。

事故に遭ってたらどうしよう、何かあったんじゃないか、と心配して返事を待ちわびて、それから言われた。

お前のせいだ。

お前がオレを甘やかすから、オレがダメになるんだ。

そう言われても、どうしていいかわからない。「好き」だという言葉に縛られ、動けない。一緒にダメになろうか——という言葉が心を揺さぶる。

一緒に死のうか。

目の前には敵も、障壁も、誰もいないのに、何かから逃げるために、ともに誘われる。

◆

あの先生が来てから、ボクらは、おかしくなった。

このクラスにはいじめはありません。

そう断言した時から、先生の中では何かが始まっていたんだろうか。実際には、クラスに仲間外れができたりすることは日常茶飯事だったし、嫌いなやつが、授業中とかにいじられることなんてよくあって、だけど、先生はそれを含めてないのかなって思った。

だけど、何が起きても、先生が言う。このクラスにいじめはありません。

「団結」と模造紙に書いたクラス目標が、誰が決めたわけでもないのに貼り出されて、給食は、グループを作らず、全員で一緒に食べることになって、「なかよく」を強調されて、何かが起こっても、まるで起こっていないみたいに、このクラスにはいじめどころか、喧《けん》嘩《か》もないことにいつの間にかされていて、ある日、ボクが委員長として先生の机のところに呼び出され、パソコンの画面を見せられた。

『みんなの絆《きずな》物語』と書かれた、その文章を。

落ち着きのないクラスがどうまとまっていったかが、小説のように書かれたデータを見せられ、ポン、と肩を叩《たた》かれる。

「この物語がどう完結するかは、お前たち次第だから。オレは、これを、研究会に提出するから。テコいれ、してくれよ。クラスの物語に」

どう言っていいかわからないまま、舌が貼りついてしまったみたいになって、声が出てこない。いったいどうしてこんなことに——

◆

あのメッセージが来てから、すべてが、変わった。

『あなたが書いているこれ、ぼくの作品についてですよね？　心外です。とても悲しい。人をこんなに傷つけている自覚はあなたにありますか？』

映画のレビューをポツポツと綴《つづ》るＳＮＳをやっていて、少し前に確かにタイトルを伏せて、いくつかの映画について感想を書いた。だけど、感想を書くのは本来自由なはずだし、何より、このメッセージが製作にかかわる当人から来たものだという確証もなかったから、無視した。

すると、次から次へと、ダイレクトメッセージが来る。無視しようとしてもそれができないくらいの相当な数のメッセージが、矢継ぎ早に。

『そんなに言うなら、お前が作れ』

『書いた向こうにも他者がいるという想像力がないのなら、お前はあんなふうにしたり顔でレビューを書くべきじゃない』

『ぼくだって自分の小説に命を賭《か》けている』

小説、という単語を見て、あ、と思った。僕のレビューは映画についてのものだけだし、彼は勘違いをしている。だから返信した。

『失礼ですが、お間違いですよ。僕が挙げたのは映画の感想で、小説について挙げたものはこれまでひとつもないです』

しかし――。

『嘘を吐くな』

『言い逃れするな』

『いまさら許されない』

『あなたの過去のサイトをあたったら、こんな写真が出てきました。晒《さら》していいですよね？』

昔、友人と撮った顔写真が添付されていた。だけど、これはこのアカウントで出したものじゃない。え——と呆然《ぼうぜん》としていると、さらにメッセージが来る。

『住所も△△にお住まいなんですね。もう少し探していいですか？　あなたは罰を受けるべきです』

怖くなって、相手をブロックする。すると、知らないアカウントからまたすぐにダイレクトメッセージが入る。

『さっきまでご連絡していた者です。あなた逃げられませんよ。罰を受けてください』

罰っていったいなんなのだろう。だって、オレは何も、別に——。どうしてこんなことに——

◆

アイツがあんなことを言い出した日から、ぜんぶ、始まった。

バイト仲間の間で、確かに店長はちょっと押しつけがましかったり、無神経なところがあるってそれぞれ思っている気配はあったけど、だけど、みんな、いつまでここでバイトするかわからないし、まあいいかって流してた。そこまで気にすることでもないって。取り立てて口に出したりしないでやってきた。

だけど。
——なぁ、あの店長さ、マジ、ムカつくと思わない？

言葉にされてしまったら、みんな——暗黙の了解だったものが共有されて、そこからはあっという間に——。

口に出されたことで、もう、互いに言わなかった時には戻れなくて、だけど、あんなことまでするつもりはなかったのに——。

店長をみんなで、まさかあんな——

◆

あの後輩が部室にいると、調子が狂う。

初めはいい子だと思っていた。春風のような微笑みの、笑顔が魅力的なマネージャー。みんな彼女を好きになって、誰が彼女を落とせるかって、オレ以外の部員たちはみんな夢中になっている様子で。だけど、後で聞いて驚いた。彼女は誰の誘いも、告白も、断らない。だから——。

いつの間にか、なぜこんなことに——

◆

あの男が来ると、うちはおかしくなる。

◆

あの人が——

◆

——

ヤミ-ハラ【闇ハラ】　闇ハラスメントの略。
ヤミ-ハラスメント【闇ハラスメント】　精神・心が闇の状態にあることから生ずる、自分の事情や思いなどを一方的に相手に押しつけ、不快にさせる言動・行為。本人が意図する、しないにかかわらず、相手が不快に思い、自身の尊厳を傷つけられたり、脅威を感じた場合はこれにあたる。やみハラスメント。闇ハラ。ヤミハラ。
ヤミ-ハラカゾク【闇ハラ家族】　闇を振りまく人。及びその集合体。どこにでも、誰のそばにもいる。
ヤミ-ハラ【闇祓《やみはら》】　闇を振りまく人から、逃れること。彼らの闇を祓うこと。及び、それを生業《なりわい》にする人々の総称。

※この物語はフィクションです。
実在のいかなる団体や個人等とも一切関係がありません。
ですが、闇ハラはおそらく誰の近くにも存在していますので、
どうぞお気をつけください。

辻村深月（つじむら　みづき）

1980年山梨県生まれ。2004年『冷たい校舎の時は止まる』で第31回メフィスト賞を受賞しデビュー。11年『ツナグ』で第32回吉川英治文学新人賞、12年『鍵のない夢を見る』で第147回直木三十五賞、18年『かがみの孤城』で第15回本屋大賞を受賞。『ふちなしのかがみ』『きのうの影踏み』『ゼロ、ハチ、ゼロ、ナナ。』『本日は大安なり』『オーダーメイド殺人クラブ』『噛みあわない会話と、ある過去について』『傲慢と善良』『琥珀の夏』など著書多数。

闇《やみ》祓《はら》

Yami-hara

Mizuki Tsujimura

2021年10月29日　初版発行
2022年 1 月25日　4 版発行

著　者　辻村深月《つじむらみづき》
発行者　堀内大示
発　行　株式会社 KADOKAWA
〒102-8177　東京都千代田区富士見2-13-3
電　話　0570-002-301（ナビダイヤル）
印刷所／大日本印刷株式会社
製本所／本間製本株式会社

［お問い合わせ］
https://www.kadokawa.co.jp/
（「お問い合わせ」へお進みください）
※内容によっては、お答えできない場合があります。
※サポートは日本国内のみとさせていただきます。
※Japanese text only
定価はカバーに表示してあります。

ISBN 978-4-04-111731-6 C0093

初出　「小説 野性時代」二〇一九年三月号～二〇二一年三月号（隔月連載）